CARINA MUELLER

HOPE & DESPAIR

Hoffnungs-schatten

im.press

Hope & Despair, Band 1: Hoffnungsschatten

Im.press
Ein Imprint der CARLSEN Verlag GmbH
April 2016

Lektorat: Konstanze Bergner
Umschlagbild: shutterstock.com / © AS Inc / © Meyer George
Umschlaggestaltung: formlabor
Schrift: Alegreya, gestaltet von Juan Pablo del Peral, Great Vibes / TypeSETit
Satz und Umsetzung: readbox publishing, Dortmund
Druck und Bindung: BoD, Hamburg
ISBN 978-3-551-30060-7
Printed in Germany
www.carlsen.de/impress

Alle Bücher im Internet: www.carlsen.de

Für alle,
die Hoffnung brauchten,
brauchen
und brauchen werden.
Denkt stets daran:
Eure Stärke hat nie ein Ende. Es sei denn, ihr entscheidet es so.

1. Kapitel

Hope

»Hope! Beeil dich! Wir müssen weg! Sofort!«, schrie Barry ins Telefon, so dass ich erschrocken zusammenzuckte. Dann legte er auf.

Noch während ich mein Handy in die Hosentasche gleiten ließ, wurde mir heiß und kalt. Adrenalin pumpte durch meinen Körper und ließ mich erzittern.

Oh mein Gott! Heute war also der Tag, von dem ich mir wünschte, dass er niemals kommen würde.

Ohne eine Erklärung nahm ich die Chips, die ich gerade hier im Laden bezahlen wollte, wieder von der Theke und stellte sie zurück ins Regal. Dann hastete ich hinaus.

Was hätte ich dem Verkäufer auch sagen sollen? Sorry, aber ich muss schnell weg, weil mich jemand umbringen will?

Es schüttelte mich bei diesem Gedanken. Wie absurd das klang – leider nur dem Wortlaut nach. Inhaltlich war genau das mein Problem: ein Mann, der nach meinem Leben trachtete.

Dabei hatte ich ihn noch nie gesehen oder gar mit ihm gesprochen. Aber dennoch ... Er wollte meinen Tod. Und noch mehr als das. Denn wenn ich von ihm nur den Tod hätte befürchten müssen, hätte er mir nicht solche Angst gemacht. Doch das, was er mit mir vorhatte, war tausendmal schlimmer.

Warum das alles? – Ja, das war kompliziert ...

***

»Gott, Hope! Du bist wie immer die Letzte!«, fuhr Barry mich an, als ich endlich an unserem Stützpunkt eintraf. »Ich versteh ja, dass du aufgrund deiner Ausbildung generell nicht sonderlich besorgt bist oder *sein kannst,* aber dennoch muss es doch auch in dein Hirn reingehen, dass das hier kein verdammtes Spiel ist, oder?«

Ich schnaubte entrüstet. »Natürlich ist mir das klar!

»Und warum brauchst du dann immer am längsten? Love, Loyalty, Honesty, Modesty und Mercy: Sie sind alle schon da!«

Alarmiert blickte ich mich um. Ich registrierte zwar tatsächlich die Anwesenheit aller meiner Schwestern, doch ich bemerkte auch, dass keine von ihnen den Anschein machte, jeden Moment aufbrechen und sich aus dem Staub machen zu wollen.

»War das etwa wieder nur ein Scheißprobealarm?« Ich funkelte Barry wütend an, welcher daraufhin die Augen zusammenkniff, meinem Blick jedoch problemlos standhielt.

»Ja, war es. Und solange du dich nicht ein wenig beeilst, wird es davon noch einige geben.«

»Ich dachte, du wolltest keine mehr machen?!« So schnell gab ich mich nicht geschlagen.

Barry sah mich an, als wüsste er nicht, worauf ich hinauswollte.

»Wie war das? Wer einmal lügt, dem glaubt man nicht, und wenn er auch die Wahrheit spricht?«, versuchte ich ihm auf die Sprünge zu helfen.

Doch Barry schüttelte nur den Kopf und ließ sich nicht aus der Ruhe bringen. »Wie gesagt: Solange du nicht schneller wirst, müssen wir das auf diese Weise üben.«

»Und da wunderst du dich, dass ich deine – nebenbei utopische Zeit nicht schaffe? Wozu auch? Es ist ja eh nie Ernst«, beschwerte ich mich.

»Sei *froh*, dass es bis jetzt noch kein Ernstfall war. Wenn dich die Improbas in die Finger bekämen –«

»Werden sie nicht«, unterbrach ich ihn und schenkte ihm ein überzeugtes Lächeln. Mein Herzschlag hatte sich wieder etwas beruhigt.

»Als ich diesen Job damals angenommen hatte, war mir nicht klar, wie schwer das werden würde«, seufzte Barry. »Manchmal würde ich echt gern alles hinschmeißen.«

Da trat Mercy zu ihm. »Sag so etwas nicht, Barry. Du weißt doch, dass wir dich brauchen.« Mitfühlend tätschelte sie seinen Arm.

Barry schnaubte belustigt. »Sei mir nicht böse, Mercy. Aber wenn ausgerechnet *du* diese netten Sachen sagst, verliert es irgendwie an Wertigkeit ...«

Mercy lächelte nachsichtig. Dennoch wirkte sie ein wenig geknickt dabei.

»Mercy hat Recht, Barry. Wir brauchen dich«, versuchte ich die Situation zu entspannen und klopfte unserem Aufpasser auf die Schulter.

»Und Hope kann ja nichts dafür, dass sie den Ernst der Lage nicht immer erkennt«, kicherte Mercy.

Doch Barry blickte mich ernst an. »Tut mir leid, Hope, aber es ist nicht immer leicht mit euch. Ihr seid alle so voll mit euren *Pros*, dass ich manchmal den Eindruck habe, alles andere prallt einfach an euch ab.«

Ich nickte verständnisvoll. So ganz Unrecht hatte Barry damit nicht. Wir sahen zwar aus wie ganz normale Mädchen, doch jede von uns war von Kinderbeinen an auf eines dieser sogenannten Pros trainiert worden – ein Überbegriff für die positiven Charaktermerkmale und Eigenschaften, die wir in den Menschen verstärken sollten. Davon abgeleitet nannte man uns selbst *Probas*.

Und gemäß unseren Namen sorgte meine Anwesenheit auf der Erde für Hoffnung, Loves für Liebe, Loyaltys für Loyalität, Honestys für Ehrlichkeit, Mercys für Mitleid und Modestys für Bescheidenheit.

Jedoch verstärkten unsere erlernten Pros nicht nur das Positive im Menschen, sondern auch bei uns selbst. So war es mir beispielsweise fast unmöglich, irgendetwas negativ zu sehen. Für mich gab es immer Hoffnung und ich verstand schon, dass Barry das manchmal zur Weißglut trieb.

»Na ja, beim nächsten Mal bist du dann bitte ein bisschen mehr auf Zack, okay?«, zeigte sich dieser nun versöhnlich.

Ich nickte, wusste allerdings jetzt schon, dass ich mich garantiert nicht dazu aufraffen könnte. – Wie gesagt: Die Hoffnung starb zuletzt und obwohl ich Angst hatte, war ich mir sicher, dass sich früher oder später alles zum Guten wenden würde.

Barry schien meine Gedanken zu erraten, denn er fasste mich am Arm und sah mir eindringlich in die Augen.

»Hope, hör mir gut zu: Wir können es uns nicht leisten, dass du oder eines der anderen Mädchen den *Improbas* in die Hände fallt. Glaube mir, was ihr da erleben werdet, könnt ihr euch in euren schlimmsten Albträumen nicht ausmalen.«

Ich seufzte und meine Gedanken schweiften ab.

Die Improbas: ein weiteres düsteres Kapitel meines Lebens. Doch um das erklären zu können, musste man schon etwas weiter ausholen.

Im Jahr 1997 ereignete sich hier in Phoenix etwas, dass von den Medien »Phoenix Lights« getauft wurde. Es handelte sich dabei um eine dieser Ufo-Sichtungen, doch wie so oft hatte es die amerikanische Regierung geschafft, den unzähligen Augenzeugen eine Sinnestäuschung einzureden und somit war das Ereignis offiziell bald vergessen.

Warum ich das erzähle? Weil es eben keine Sinnestäuschung war. Punkt.

Das Ufo, oder besser: Raumschiff, kam von meinem Heimatplaneten Sensimos und musste in Phoenix notlanden. Als Dank dafür, dass die amerikanische Regierung die ganze Sache vertuschte und meinen Urvätern half, wieder auf ihren Planeten zurückzukehren, schenkten die Sensianer, also die Bewohner von Sensimos, ihnen zwölf Säuglinge, die ein Jahr später hinunter auf die Erde geschickt wurden. Es handelte sich dabei um sechs Mädchen, von denen ich eines war, und sechs Jungen, allesamt ausgestattet mit besonderen Fähigkeiten.

Als hehres Ziel sollten wir auf unsere Pros trainiert werden, um durch unsere Anwesenheit die Weltbevölkerung zu unterstützen und mit neuer Energie und neuem Lebensmut zu versorgen – was theoretisch auch kein Problem gewesen wäre. Die Kraft, die jeder einzelne von uns ausstrahlte, reichte, um die entsprechenden Pros in jedem Menschen auf der ganzen Welt zu aktivieren und ihn dadurch auf den rechten Weg zu bringen. Das bedeutete im besten Falle: nie wieder Kriege, nie wieder Hungersnöte, nie wieder Leid.

Doch leider waren nicht alle Regierungsmitglieder ein Sinnbild von Loyalität und so kam es, dass wir bereits als Babys gestohlen wurden. Glücklicherweise konnten wir Mädchen gerettet werden, doch die Jungs verschwanden auf Nimmerwiedersehen ...

Spätere Nachforschungen ergaben, dass man aus ihnen Improbas gemacht hatte, welche so ziemlich das Gegenteil von uns verkörperten. Ihre Welt war schlecht und grausam, und genau das ließen sie auch die Menschen der Erde spüren. Sie streuten Hass, Verzweiflung, Habgier, Lügen, Verrat und Unbarmherzigkeit.

Da wir ihnen nun in gleicher Anzahl gegenüberstanden, hätte man annehmen können, das natürliche Gleichgewicht ließe sich durch unsere Fähigkeiten aufrechterhalten, doch so einfach war das leider nicht: Die männlichen Sensianer waren stärker als die weiblichen und da ihnen ihre ohnehin schon größere Macht nicht ausreichte, versuchten sie alles, um uns in ihre Gewalt zu bringen. Ihr einziger Lebensinhalt schien es zu sein, uns auf negative *Impros* umzutrainieren und somit alles Positive auf der Erde auszulöschen.

Mal ganz davon abgesehen, dass es für eine von uns sowieso nie in Frage käme, sich bereitwillig »umpolen« zu lassen, erklärte Barry uns auch, dass der Vorgang mit höllischen Qualen und Schmerzen verbunden war und nicht selten im Tod endete. Zumindest hatten das unsere Urväter bei den Anweisungen, wie ein Sensianer korrekt aufzuziehen und zu trainieren sei, warnend hinzugefügt. Und bei diesen Aussichten konnte ich noch *viel besser* darauf verzichten ...

Laut Barry war es aber zum Glück auch so, dass nicht jeder Improba uns umtrainieren konnte. Damit wir für die Prozedur ausreichend geschwächt werden konnten, musste es schon der passende Gegenpart sein. Und was ist das Gegenteil von Hoffnung? – Verzweiflung, richtig.

Mein persönlicher Widersacher hieß also *Despair*. Schön ...

»An was denkst du nur wieder, Hope?«, riss Mercy mich aus meinen Gedanken. Sie stand immer noch dicht bei mir, während sich die anderen Mädchen etwas zurückgezogen hatten und unbeschwert miteinander plauderten.

»Ich? Äh ... an nichts weiter.«

»Machst du dir Sorgen?« Ihr mitfühlender Blick streifte mich.

»Soll das ein Witz sein?« Ich grinste. »Hallo? Ich bin Hope. Ich machte mir *nie* Sorgen. Ihr erinnert euch? Alles wird gut ...«

Mercy schüttelte leicht den Kopf. »Ich meine ja nur ...«

»Mach DU dir mal lieber keine Sorgen. Uns passiert nichts. Ich weiß es.«

Ich lächelte sie aufmunternd an und wandte mich dann erneut an Barry. »Und jetzt? Steht noch was an oder darf ich zurück in den Laden, um mir meine wohlverdienten Chips zu kaufen?«

»Fahr ruhig. Aber sei das nächste Mal ... *schneller.*« Barry zwinkerte mir zu. Ich bemaß ihn mit einem schiefen Grinsen und sah zu, dass ich wegkam.

***

Nachdem ich endlich eine köstliche Tüte Paprikachips in den Händen hielt, riss ich sie gierig auf und stopfte mir nonchalant eine Handvoll nach der anderen in den Mund. – Ja, an so ein Menschenleben konnte man sich durchaus gewöhnen ... Dann machte ich mich mit meinem Auto auf den Weg ins Krankenhaus.

Schon länger hatte ich festgestellt, dass ich Menschen eine Extraportion Hoffnung mit auf den Weg geben konnte, wenn ich sie direkt berührte. Und wo konnte ich diese Gabe besser einsetzen, als auf der Palliativstation?

Anfangs hatte ich ziemliche Gewissensbisse, dass ich diesen armen Leuten Hoffnung schenkte und sie plötzlich alles ganz positiv sahen, obwohl ich doch wusste, dass sie ein paar Tage später trotzdem für immer die Augen schließen würden. Doch Barry hatte mich in meinem Vorhaben bestärkt, ihnen möglichst unbeschwerte letzte Tage zu gewähren. Genauso sah ich das jetzt, deswegen machte es mir, auch wenn es paradox klang, große Freude, todkranke Menschen – speziell Kinder – in solchen Krankenhäusern zu besuchen.

Zeit hatte ich ohnehin genug. Auf eine normale Schule brauchte ich nicht zu gehen. Die Regierung hatte uns Probas eine Privatschule zur Verfügung gestellt, an der neben dem regulären Unterrichtsstoff vor allem auch unsere Pros geschult wurden. Da ich aber mittlerweile schon siebzehn Jahre alt war und unsere Pros im Alter von sechszehn Jahren voll entwickelt waren, besuchte ich die Schule nur mehr sporadisch.

Um einen Job musste ich mich ebenfalls nicht bemühen. Seit ich ein Säugling war, bekam ich mein Geld ganz offiziell von der Regierung – für »Beratertätigkeiten« ... Oder wenn wir diesen ganzen Geheimhaltungskram mal vergaßen, einfach dafür, dass ich auf diesem Planeten wohnen blieb und den Menschen Hoffnung schenkte. Aber das Geld interessierte ohnehin niemanden. Wenn die Regierung in der Lage war, einen kompletten Ufoabsturz zu vertuschen, war ein Beratergehalt für einen Säugling wohl ein Klacks.

Zudem hatte ich keinerlei Ambitionen, auf meinen Heimatplaneten zurückzukehren. Erstens wusste ich sowieso nicht wie, und zweitens fehlte mir ehrlicherweise auch das Interesse. Sensianer besaßen keine klassischen Familienstrukturen wie Menschenkinder sie in der Regel hatten. Von klein auf wurde mit einem harten Training begonnen, um die jeweiligen Fähigkeiten bestmöglich entfalten zu können. Nichts ging über eine wohlstrukturierte Gemeinschaft, in der jeder seine Aufgabe besaß und damit zum Allgemeinwohl beitrug. Es wimmelte also nur so von Hopes und Loves und Mercys – um nur ein paar der Eigenschaften zu nennen, die unseren Planeten auszeichneten. Zumindest erzählte Barry uns das immer.

Die Vorstellung von solch einem friedvollen Miteinander hatte zwar durchaus ihre Reize, dennoch ... Hier war Barry mein Vater und die anderen Probas meine Schwestern. Und auch, wenn wir alle – rein biologisch betrachtet – nicht miteinander verwandt waren, nannte ich sie so. Denn sie waren einfach meine Familie.

Mit diesem Gedanken und einem Lächeln auf den Lippen bog ich auf den Parkplatz des Phoenix Childrens's Hospital ein und versuchte mich nun wieder ganz auf meine bevorstehende Aufgabe zu fokussieren: Hoffnung schenken.

Ich wollte gerade aussteigen, als mein Handy erneut klingelte. Ich sah auf das Display. *Barry.* Was wollte er denn schon wieder?

»Hey Barry«, begrüßte ich ihn. »Kann es sein, dass dir heute langweilig ist?«

»Hope, du musst sofort kommen! Dies ist keine Übung!«

»Denk dir bitte mal etwas Neues aus ...«, reagierte ich gelassen.

»Nein, Hope. Diesmal nicht. Du musst –«

»Barry? BARRY?« Das Tuten des Handys zeigte an, dass er aufgelegt hatte.

Etwas ratlos saß ich nun hinter dem Steuer. War es dieses Mal wirklich sein Ernst gewesen? Vorhin schien doch alles in bester Ordnung.

Ich überlegte einen Moment lang, ob ich nicht einfach ins Krankenhaus gehen sollte, doch mein Gewissen ließ mich den Motor erneut starten.

Widerwillig machte ich mich auf den Weg zurück zu unserem Stützpunkt – Barrys Haus, wo im Übrigen auch alle anderen Probas lebten. Alle, außer mir, wohlgemerkt.

Es war also kein Wunder, dass meine Schwestern immer vor mir da waren. Zumal sie ohnehin kaum das Anwesen verließen und lieber in Barrys Nähe blieben.

Ich konnte das nicht so ganz verstehen. – Klar: Das Haus samt umliegendem Areal, von der Regierung eigens für den Zweck unserer Ausbildung zur Verfügung gestellt, hätte größentechnisch jeder Hollywood-Villa Konkurrenz machen können, auch wenn es von außen eher unauffällig wirkte. Doch immer nur daheim rumzuhocken war mir viel zu langweilig. Zudem befand sich das Anwesen auf einem ehemaligen Army-Gelände. Willkommen in der Einöde! Weit und breit nichts außer einem dichten Wald und einem meterhohen Zaun drumherum. Dazu mehr oder minder grimmig dreinschauende Soldaten, die neben Barry für unsere Sicherheit zu sorgen hatten.

Ohne Frage: Ich liebte meine Familie und wir verstanden uns alle prima, doch ich wollte etwas sehen von der Welt, wollte etwas erleben und vor allem neue Leute kennenlernen. Und weil es eine gute Stunde dauerte, bis man von hier aus in der Zivilisation war, hatte ich mit sechzehn Jahren ein kleines Appartement in der Stadt bezogen. Barry gefiel das natürlich überhaupt nicht und deshalb veranstaltete er seitdem regelmäßig diese dummen Probealarme.

Er sagte, es wäre nur zu meiner eigenen Sicherheit, doch insgeheim nahm ich an, dass er mich damit mürbe machen wollte. Mürbe genug, dass ich wieder bei ihnen einzog und er einen besseren Blick auf mich hatte. Doch da konnte er lang warten ...

Nichtsdestotrotz ließ ich Barry seinen Spaß, auch wenn mir nicht klar war, wie mich ein Probealarm vor den Improbas schützen sollte. Sie hatten uns schon auffallend lange nicht mehr versucht anzugreifen, es war ohnehin nicht einfach, in unser festungsartiges Haus einzudringen. Doch Barry war felsenfest davon überzeugt, dass sie ihre erstarkenden Kräfte bündelten und wir schon bald mit einem neuen Angriff zu rechnen hatten. Die berühmte Ruhe vor dem Sturm sozusagen.

Nun, ich würde dem Sturm hoffnungsvoll trotzen.

***

Ich fuhr die Einfahrt zum Stützpunkt hinauf und parkte direkt vor der Haustür.

Kurz sah ich mich um. Jay und Ice, zwei Soldaten, die links und rechts neben dem Eingang positioniert waren, nickten mir zur Begrüßung zu. Theoretisch schien alles in bester Ordnung, aber nur theoretisch. Für gewöhnlich veranstalteten die beiden nämlich ein Heidenspektakel, wenn ich kam. Sie verhielten sich nur dann so ruhig, wenn Barry irgendeine Laus über die Leber gelaufen war.

Langsam stieg ich aus, ging zur Haustür und wollte gerade aufschließen, als diese bereits geöffnet wurde.

»Ist das deine Auffassung von *schneller*?!«, empfing Barry mich unfreundlich.

Ich hatte also Recht gehabt.

Mit hochgezogenen Augenbrauen sah ich ihn an. »Willst du etwa damit sagen, dass das schon wieder –«

Doch Barry unterbrach mich. »Ja, Hope. Von mir aus üben wir es bis zum Erbrechen. Im Ernstfall zählt jede Sekunde!«

»Was erwartest du? Soll ich mich etwa über sämtliche Verkehrsregeln hinwegsetzen, Menschenleben riskieren?«, verteidigte ich mich angesäuert. Ich hatte mir nichts, aber auch gar nichts zu Schulden kommen lassen. Und ich wusste, dass Barry das auch wusste. Hier ging es offenbar nur ums Prinzip. Oder um Schikane.

»Würde meine Urgroßmutter noch leben, wäre sie garantiert mit wehenden Fahnen an dir vorbeigezogen. Verdammt, Hope! Selbst ein roher Schinken ist schneller als du!«

»Was bitte hat ein roher Schinken mit Schnellsein zu tun?!« Barry und seine idiotischen Vergleiche, die schlimmer hinkten als ein angeschossenes Speckschwein.

»Das Gleiche wie du. Nämlich nichts!«

Prompt fingen Jay und Ice an zu kichern.

»Sehr witzig.« Ich verdrehte die Augen und ging zurück zu meinem Auto, als Barry erneut das Wort ergriff:

»Hope, du bist siebzehn Jahre jung. Als ich noch in deinem Alter war, wäre ich sicher in Rekordzeit hier gewesen.«

Das glaubte ich sogar. Als alter Elitesoldat hatte er bestimmt auch nichts Besseres zu tun, als jede Sekunde auf einen Befehl zu warten.

Kommentarlos öffnete ich die Autotür.

»So träge bist du doch gar nicht«, foppte Barry weiter.

Pfft! Als müsste ich mir das sagen lassen. Barry wusste ganz genau, dass ich bei allen sportlichen Aktivitäten die anderen Probas weit in den Schatten stellte.

»Stimmt. Als Beste im Fechten, im Judo und im Selbstverteidigungskurs, ruhe ich mich immer gern aus«, konterte ich und schaute Barry herausfordernd an.

»Dann scheinst du wohl nur momentan ein wenig eingerostet zu sein.« Barry hatte den Satz noch nicht zu Ende gesprochen, als er hinter mich trat und versuchte, mich mit einem Schultergriff auf den Boden zu werfen.

Doch ich hatte damit gerechnet. Blitzschnell packte ich seinen Arm und drehte ihn mit einer der Judotechniken auf seinen Rücken.

»Lass mich los«, knurrte Barry, während Jay und Ice noch lauter kicherten.

»Fragt sich, wer von uns beiden hier eingerostet ist«, antwortete ich spöttisch, doch ich gehorchte sofort. Obwohl ich gestehen musste, dass es mir in diesem Moment ein kleines bisschen Genugtuung bereitete, den starken, jedoch mittlerweile leicht ergrauten Barry so hilflos zu sehen. Muskeln waren eben nicht alles. Barry selbst hatte uns das immer wieder gepredigt.

»Bleib beim nächsten Mal einfach in der Nähe deines Autos. Dann bist du auch schneller«, wies er mich an.

»Ich hab sogar noch *im* Auto gesessen und bin direkt losgefahren, nachdem du aufgelegt hattest. Ich weiß wirklich nicht, was du von mir willst.«

»Dann entferne dich nicht so weit von unserem Stützpunkt. Es ist doch alles nur zu deinem Besten.«

Barry rieb sich den Arm, doch sein Blick war wieder versöhnlicher geworden, geradezu väterlich.

»Bitte, Hope: Wir können es uns nicht leisten dich zu verlieren.«

Er wies Jay und Ice an, eine Runde zu patrouillieren. Nachdem die beiden außer Sichtweite waren, fasste er mich an den Händen und senkte die Stimme. »Ich will ehrlich zu dir sein. Ich habe schon seit längerem das Gefühl, dass die Improbas stärker werden.«

Fragend blickte ich ihn an.

»Man sieht es ständig in den Nachrichten. Und man kann es auch fühlen. Egal, ob beim Einkaufen oder beim Sport. Dazu die hasserfüllten Kommentare in den sozialen Netzwerken. Die Leute werden immer aggressiver, egoistischer, arroganter und missgünstiger. Keiner ist mehr bereit, etwas für den anderen zu tun. Viele spinnen Lügen zusammen und versuchen so ihre Mitmenschen schlecht darzustellen, anstatt an den eigenen Defiziten zu arbeiten. Von Nächstenliebe keine Spur mehr.« Barry schloss für einen Moment die Augen – um mich dann umso eindringlicher anzusehen. »Du, Hope, bist die wichtigste Proba von allen. Wenn du nicht mehr da wärst, um diesem Gesinnungswandel durch dein Pro entgegenzusteuern … Wo sollte das alles nur enden?« Er machte eine kurze Pause, während ich schuldbewusst meine Augen senkte. Dann setze er erneut an und drückte mit dem Daumen mein Kinn nach oben, so dass ich zu ihm aufblicken musste.

»Ohne Hoffnung gibt es keine Zukunft, Hope. Es ist sehr wichtig, dass du das begreifst.«

Ich nickte und schluckte schwer. Vielleicht war mein Job doch nicht ganz so easy, wie ich es mir immer einredete? Natürlich war er von der Arbeit her nicht schwierig. Ich brauchte ja nichts zu tun – außer am Leben zu bleiben. Doch die damit verbundene Last, die auf meinen Schultern lag, und die Verantwortung, die ich hatte – für diesen ganzen verdammten Planeten! waren geradezu erdrückend.

»Ich weiß, dass es schwer ist, Hope. Aber aus großer Kraft folgt große Verantwortung, du weißt doch.«

Ich lächelte, da ich das Zitat aus Spiderman erkannte. Ich liebte alle Superheldenfilme, hatte sie schon so oft geschaut, dass ich mitsprechen konnte.

Es mochte vielleicht eingebildet klingen – wobei ich das wirklich nicht war –, aber manchmal fühlte ich mich selbst wie eine Art Superheld. Zwar besaß ich keine supercoolen Laseraugen und konnte mich auch nicht unsichtbar machen, aber dennoch hatte ich die Menschheit in gewisser Weise zu beschützen. Und wenn mir das nur damit gelang, dass ich mich selbst beschützte, sollte ich nicht so egoistisch sein und mein Leben leichtfertig aufs Spiel setzen.

»Barry?«, fragte ich kleinlaut.

»Ja?«

»Ich werde in Zukunft so schnell wie möglich hier sein, wenn du angerufen hast, versprochen. Aber du musst auch ein bisschen mehr Verständnis für mich zeigen. Wenn ich aus der Stadt komme, dauert es eben seine Zeit«, lenkte ich bereitwillig ein.

Da nahm mich Barry in seine Arme. »Danke, Kleines. Ich werde mich bemühen, etwas geduldiger zu sein.«

Ein Räuspern ertönte und ließ uns aufhorchen. Modesty stand am Türrahmen gelehnt und blickte uns mit einem merkwürdigen Gesichtsausdruck an.

»Hey Modesty«, begrüßte ich sie.

»Hey«, entgegnete sie nur, was für eine Proba merkwürdig kalt klang.

Verdutzt schaute ich erst Barry, dann sie an.

»Alles in Ordnung mit dir?«, fragte ich vorsichtig.

Modesty lächelte und nickte. »Klar. Ich wollte nur sehen, wo Barry so lange bleibt. Es gibt gleich Essen. Magst du auch was?«

Obwohl die Frage wieder total normal geklungen hatte – freundlich und nett, typisch Proba eben –, schüttelte ich etwas verunsichert den Kopf. »Nein Danke, Modesty. Ich wollte noch kurz bei den Kindern vorbeischauen und dann nach Hause fahren.« Fragend blickte ich Barry an. «Wenn das in Ordnung ist?«

Er nickte. »Wenn dir was verdächtig vorkommt, rufst du an, okay?«

»Okay.« Damit verabschiedete ich mich von den beiden und machte mich erneut auf den Weg ins Kinderkrankenhaus. Irgendwie schien ich heute alle Wege doppelt nehmen zu müssen.

***

Am nächsten Morgen klingelte bereits um sechs Uhr mein Handy. Verschlafen schaute ich auf das Display. Barry. Na der hatte vielleicht Nerven. Ich war zwar beileibe keine Langschläferin, doch da ich keine wirklichen Verpflichtungen hatte, gönnte ich mir schon bis halb oder um acht meinen Schönheitsschlaf.

»Was willst du?«, gähnte ich ins Telefon. »Nein. Warte. Lass mich raten: Probealarm?!«

»Nein, nein ... Ich wollte dich fragen, ob du Lust hast, heute Abend zum Essen zu kommen?«

»Und deswegen rufst du mich um diese Uhrzeit an?«, entgegnete ich ungläubig und zugleich verständnislos. Das war nun wirklich nichts, was man nicht auch hätte später klären können ...

»Na ja, ich dachte, ich gebe dir so früh wie möglich Bescheid. Damit du dir nichts anderes vornimmst.«

Ich konnte es zwar nicht sehen, doch ich wusste genau, was Barry nun für ein Gesicht machte. Etwas beschämt, doch mit einem frechen Glitzern in den Augen. Ich war mir sicher, dass er seine Mutter mit dieser Tour früher auf die Palme gebracht hatte. Und ich war mir auch sicher, dass er sich einiges hatte erlauben können, ohne jemals wirklich Ärger dafür zu bekommen. – Genau wie jetzt.

»Mmh, mmh«, machte ich daher nur als Antwort.

»Also kommst du so gegen sieben Uhr? Es gibt dein Leibgericht. Gemüsepizza.«

»Gemüsepizza? Bist du sicher? Modesty hasst Gemüsepizza«, gab ich zu bedenken.

»Da ich der Koch bin, wird sie sich wohl damit abfinden müssen. Außerdem wird sie es schon nicht umbringen und wenn du schon mal zu Besuch kommst ...«

»Wir sehen uns fast täglich, Barry.«

Er erwiderte nichts.

»Okay, wie du meinst. Ich bin um sieben da.«

»Klasse! Ich freue mich!«

»Bis dann«, verabschiedete ich mich, legte auf und zog mir noch einmal die Bettdecke über den Kopf. Wie gesagt, ich war wirklich keine Langschläferin, aber ich konnte mir schönere Dinge vorstellen, als quasi mitten in der Nacht von meinem Vaterersatz wegen einer solchen Kleinigkeit geweckt zu werden.

Nachdem ich mich noch eine Viertelstunde erfolglos im Bett herumgewälzt hatte, stand ich auf und begann meinen Tag wie immer. Ich backte mir ein paar Croissants auf, machte mir einen Karamelltee, fütterte Streuner, meinen Stubentiger, und studierte danach gemütlich die Tageszeitung.

Hm ... Barry hatte gar nicht so Unrecht. Seite für Seite las man nur noch über Gewalt, Attentate und Kriege. Aber war das schlimmer geworden? Standen mehr negative Schlagzeilen in der Zeitung als noch vor fünf Jahren? Ich wusste es nicht. Doch Barrys Urteilsvermögen war zweifelsohne zu trauen. Immerhin beobachtete er schon seit Jahren jede noch so kleine Veränderung in der Welt und nahm von allen Geschehnissen, die auch nur ansatzweise etwas mit den Improbas zu tun haben könnten, genauestens Notiz. Eigentlich hatte ich ihn lange Zeit als geradezu besessen abgestempelt, doch wenn ich das hier so las, hätte man schon auf unschöne Gedanken kommen können ... – Und das allein bei der Tageszeitung von Phoenix.

Hatten die Improbas wirklich etwas mit dem gesellschaftlichen Wandel zu tun oder waren das lediglich Mutmaßungen, geschürt von Angst und Unsicherheit unseres menschlichen Beschützers?

Seufzend legte ich die Zeitung beiseite, trank meinen Tee aus und machte mich kurzentschlossen auf den Weg ins Kinderkrankenhaus. Gestern hatte ich wegen des zweiten Probealarms nicht so viel Zeit wie geplant mit den kleinen Patienten verbringen können, und das wollte ich nun nachholen.

***

Pünktlich um zehn vor sieben fuhr ich bei unserem Stützpunkt vor. Doch anstatt mich wie immer direkt vor die Haustür zu stellen – was Barry stets auf die Palme brachte –, parkte ich auf einem der etwas abgelegeneren Parkplätze, um mich heute von meiner besten Seite zu zeigen. Und um Barry nicht schon wieder einen Schritt weiter in Richtung Herzinfarkt zu treiben.

Ich stieg aus und marschierte forschen Schritts auf die Eingangstür zu. »Hey Jay, hey Ice«, begrüßte ich die beiden Wachsoldaten.

Wie auf Kommando schauten sie auf ihre Armbanduhren.

»Wahnsinn, Hope!«

»Ultra! Du bist pünktlich!«, zogen sie mich auf.

»Hört schon auf, Jungs«, erwiderte ich, doch konnte mir selbst ein Grinsen nicht verkneifen.

»Der helle Wahnsinn! – Hey Alter, hast du gesehen? Hope ist mal pünktlich«, sagte Jay zu Ice.

»Krasser Scheiß! Ich fass es nicht! Hope, wie hast du das geschafft?«

Ich schüttelte gespielt tadelnd den Kopf. »Jungs, ihr seid Mitte dreißig. Wird's nicht langsam mal Zeit, erwachsen zu werden?«

Ice sah Jay an. »Hast du das gerade auch gehört?«

Jay machte ein fassungsloses Gesicht und rieb sich die Ohren. »Ohne Witz, Mann. Ich hab das auch gehört.«

»Und jetzt?« Ice boxte Jay gegen die Schulter.

»Keine Ahnung, Alter. Hier geht irgendetwas nicht mit rechten Dingen zu. Erst ist Hope pünktlich, dann denkt sie auch noch, sie sei erwachsener als wir ...«

»'Ne Ahnung, wie wir sie wieder zur Besinnung bringen können?«

»Vielleicht sollten wir sie mit Gemüsepizza einreiben. Ich hab gehört, die gibt es heute. Extra für sie.«

Ice und Jay warfen sich vielsagende Blicke zu.

»Ich warne euch, Jungs«, drohte ich und versuchte meine strenge Miene aufrechtzuerhalten. Doch binnen kürzester Zeit musste ich lachen.

»Wir scheinen ja sehr furchteinflößend zu sein«, stellte Jay niedergeschlagen fest und Ice machte ein beleidigtes Gesicht, was mich jedoch nur noch mehr zum Lachen brachte. Die beiden hätten Zwillinge sein können: einer bescheuerter als der andere, aber auf ganz liebenswürdige Art und Weise.

»Ich muss jetzt rein. Sonst komm ich wegen euch doch noch zu spät.«

»Sehr wohl, Mylady«, säuselte Jay hoheitsvoll.

»Mitnichten würden wir das riskieren wollen«, stimmte nun auch Ice ein, während sich beide unisono verbeugten und Platz vor der Tür machten.

»Manchmal habt ihr echt 'ne Macke«, befand ich kopfschüttelnd und öffnete schnell die Haustür.

»Deswegen magst du uns doch so.« Jay grinste mich frech an.

»Da kann ich Jay nur beipflichten. Das stellt uns alle auf eine Stufe.«

Ich verdrehte die Augen und betrat das Haus.

»Hey, Hope. Du bist ja pünktlich!«, empfing Barry mich gut gelaunt.

»Du bist nicht der Einzige, der das festgestellt hat«, entgegnete ich leicht pikiert. »Ist das echt sooo ungewöhnlich?«

»Schon, ja«, sagte Love, die in dem Moment um die Ecke kam und mich herzlich an sich drückte. »Aber schön, dass du da bist.«

Love war eben die Beste.

»Seht ihr? Das möchte ich hören, wenn ich zu Besuch komme. Alles klar?«, fragte ich in die Runde, während ich mit Love und Barry das Esszimmer betrat.

Meine Schwestern lachten und gaben sich einverstanden.

Alle, bis auf eine.

Modesty.

»Hey, Modesty. Alles klar?«, fragte ich sie direkt.

»Es gibt Gemüsepizza«, kam als Antwort.

»Kein Grund, so schlecht drauf zu sein, Modesty«, neckte Loyalty sie, doch Modesty schaute sie mit einem merkwürdigen Ausdruck in den Augen an. Beinahe ebenso kalt und berechnend, wie sie mich letztens angeblickt hatte.

Ich sah mich in der Gruppe um, ob eine meiner Schwestern das auch registrierte, doch sie alle waren zu sehr mit der Pizza beschäftigt, die Barry gerade auf den Tisch stellte, als dass es einer aufgefallen wäre. Vielleicht irrte ich mich ja auch ...

Hungrig setze ich mich dazu und schnitt mir ein extragroßes Stück ab. Wenn es schon mal selbstgemachte Gemüsepizza gab, musste ich das schließlich nutzen. Außerdem hatte ich den ganzen Tag so gut wie nichts gegessen und mir meinen Appetit für den jetzigen Moment aufgehoben. Hatte ich schon erwähnt, dass Gemüsepizza mein absolutes kulinarisches Highlight war?

Nachdem wir alle satt und zufrieden waren und ich Barry beim Aufräumen half, flüsterte er mir ins Ohr:

»Kommst du gleich mal kurz mit vor die Haustür?«

»Wa –«, doch bevor ich weitersprechen konnte, hatte Barry mir schon den Zeigefinger auf den Mund gelegt und mich damit zum Schweigen gebracht. Sein Blick bedeutete mir, dass das wohl nicht für die Allgemeinheit gedacht war.

Also trocknete ich fertig ab und huschte danach unbemerkt nach draußen.

Barry war noch nicht hier. Was er wohl wollte?

Ich suchte nach Jay und Ice, um sie derweil ein bisschen zu ärgern, doch konnte die beiden nirgendwo entdecken. Vermutlich waren sie gerade auf Patrouille. Schade. Doch bevor ich das weiter bedauern konnte, trat Barry auch schon zu mir.

»Was gibt's?«, fragte ich und konnte meine Neugier dabei kaum verbergen. Etwas suspekt war mir die ganze Sache schon. Wir hatten schließlich nie Geheimnisse vor den anderen Probas.

Barry zog mich am Arm mit sich. »Komm, wir laufen ein Stück.«

»Du machst es aber spannend«, erwiderte ich, ging jedoch bereitwillig mit.

Nachdem wir uns ein paar Meter entfernt hatten, drehte Barry sich zu mir um. »Ich weiß nicht, ob es dir schon aufgefallen ist, Hope, aber irgendetwas ist –«

»Halt die Fresse, du dumme Sau!«

»Wie bitte? Klappt's noch, du kleiner, vulgärer Hosenscheißer?!«

»Deine Mutter ist ein Hosenscheißer!«

»Ey! Mach keine Witze über meine Mutter!«

»Sonst?«

»Sonst fick ich deine!«

»Fick dich selbst, Alter!«

»Fick du dich doch!«

Erschrocken schauten Barry und ich uns an. Das waren Jay und Ice! Was war denn in die gefahren?! Die beiden waren doch sonst ein Herz und eine Seele!

Barry und ich liefen gleichzeitig in die Richtung, aus der die Pöbeleien kamen. Wenig später hatten wir die Streithähne erreicht, doch sie waren nicht mehr nur dabei sich verbal zu bekriegen. Nein, sie lagen auf dem Boden und wälzten sich herum, wobei immer der, der gerade obenauf war, dem anderen mit ganzer Kraft ins Gesicht schlug.

»Seid ihr noch ganz bei Trost?« Barry versuchte Jay und Ice zu trennen, doch als er dazwischenging, bekam er ebenfalls eine Faust ins Gesicht.

»Misch dich nicht ein, alter Bastard!«, warf Jay ihm an den Kopf, wofür er von Ice direkt die nächste Schelle kassierte.

»Jungs! Was ist denn nur los?«, schrie ich dazwischen, da die beiden so im Wahn waren, dass meine normale Stimme sicher untergegangen wäre.

»Shut up, Blondie!«, kam es von Ice, während er wieder über Jay hing und auf ihn einprügelte.

Hilflos sah ich zu Barry, der offensichtlich auch nicht genau wusste, was hier passierte und was er tun sollte. Doch gerade, als Barry ein Licht aufzugehen schien, hörten wir Schreie aus dem Haus.

»Oh, mein Gott! Das ist Love!«, rief ich entsetzt. Ohne zu überlegen rannte ich so schnell ich konnte los.

»Hope! Warte auf mich!«, brüllte Barry hinter mir her, doch er war mir einfach zu langsam.

»Geht nicht! Irgendetwas stimmt mit Love nicht!«

Als ich die sperrangelweit offene Haustür passierte, blieb ich wie angewurzelt stehen. Zwei große, stämmige Typen hielten Love fest, die sich mit Händen und Füßen zu wehren versuchte, jedoch keine Chance gegen ihre Widersacher hatte. Sie schrie und strampelte, bis einer der zwei ausholte und ihr so fest ins Gesicht schlug, dass sie in den Armen des anderen bewusstlos zusammensackte.

Vor Schreck stand ich wie versteinert da und brachte keinen Ton heraus.

Dann sah ich, wie ein Weiterer Mercy die Arme auf den Rücken drehte, um sie gefügig zu machen, und sie in Richtung Terrassentür schob.

Oh mein Gott! Was war hier nur los?

Plötzlich langte von rechts eine Hand nach mir und ich schrie entsetzt auf, doch als ich mich umdrehte, schaute ich in Modestys verheultes Gesicht. Ich wollte sie festhalten, sie stützen, doch zeitgleich griffen starke Männerhände nach ihren Haaren und rissen sie brutal daran zurück.

Modesty wimmerte: »Hilf mir, Hope!«

Ich versuchte, sie an ihrem Arm festzuhalten, doch da wurde ihr Angreifer auf mich aufmerksam.

»Despair?! Komm wieder runter! Deine Bitch ist hier unten!«, brüllte er die Treppe hinauf, während er Modesty gegen ihren Willen von mir wegzerrte.

Ich wollte ihr helfen, ging ihr nach, doch da packte mich jemand fest an meinen Oberarmen.

Ohne zu überlegen schlug ich erst einmal wild um mich, bis jemand mein Gesicht festhielt und mich zwang, ihn anzusehen. Es war Barry.

»Wir müssen weg! Sofort!«

Bevor ich das bejahen oder verneinen konnte, zog er mich zurück in Richtung Haustür.

»Aber die anderen«, protestierte ich und wollte wieder zurück, doch Barry hatte fest zugepackt und ließ mir keine Chance, zu entkommen.

»Steckt dein Schlüssel?«

»Was?«, fragte ich, vollkommen verwirrt und überfordert von den ganzen Geschehnissen.

»Ob dein Schlüssel steckt! Auto?!«

Ich nickte, während Barry mich weiter im Laufschritt zu meinem Wagen hinmanövrierte.

»Was ist –«, begann ich, doch Barry schnitt mir das Wort ab.

»Jetzt nicht.«

»Aber wir müssen den anderen helfen«, wehrte ich mich.

»Werden wir!«

»Aber –«

»Kein Aber!«

Am Auto angekommen riss Barry die Beifahrertür auf und stieß mich in den Wagen – just in dem Moment, als an der Haustür ein großer, dunkelhaariger Mann auftauchte. Sein schwarzes Shirt und seine schwarze Jeans legten sich eng um seinen muskulösen Körper, ein Körper, der von hartem Training zeugte und dadurch geradezu einschüchternd wirkte.

Ich blickte ihm entgegen und schlagartig überfiel mich eine eisige Kälte, die an meinem gesamten Körper Gänsehaut hinterließ. Kurz schienen wir beide wie in Trance, bis der Kerl sich von meinem Blick losriss und aus der Haustür heraus auf uns zustürzte.

»Bring dich in Sicherheit, Hope! Sie dürfen dich nicht kriegen!«, schrie Barry mich an und versuchte die Autotür zuzuschlagen, doch ich hielt dagegen.

»Und was ist mit dir?«, fragte ich verzweifelt.

»Ich werde sie ablenken! Wichtig ist, dass erst mal du in Sicherheit bist!«

»Wieso kommst du nicht mit?«

»Frag nicht, sondern fahr endlich los!«

»Aber wenn er dich kriegt! Er wird dich bestimmt foltern! Oder sogar töten!«

»Hoffen wir, dass er glaubt, dass er das kann ...« Barry rang sich ein Lächeln ab, doch ich sah sofort, dass es nicht ehrlich war.

Der Typ kam derweil näher und näher.

»Und wenn –«

»Wird er nicht, Hope. Ich bin ein ausgebildeter Soldat einer Spezialeinheit. Ich komme klar!«, versicherte mir Barry noch einmal mit Nachdruck.

»Aber ...«, setzte ich erneut an, doch er wollte das nicht hören.

»Du hilfst mir am besten, wenn du überlebst! Erinnere dich daran, was ich dir gesagt habe! DU bist wichtig, Hope! Du allein! Und jetzt fahr endlich!«

Barry zückte seine Waffe und blickte hektisch in die Richtung, aus der der Improba auf uns zugespurtet kam.

»Barry, ich ...«

Da richtete er die Waffe plötzlich auf mich.

»Es wird Zeit! Tue, was ich dir sage!«, brüllte er mich an und in diesem Augenblick spürte ich die ganze Last, die auf seinen Schultern ruhte. Trotz meiner Gegenwart schien sich Verzweiflung in ihm breit zu machen, als ob es kein Morgen mehr gäbe und alles für immer verloren wäre.

Ein flaues Gefühl breitete sich in meinem Magen aus und ließ mich erschauern. »Spinnst du?!«, krächzte ich, doch anstatt irgendetwas darauf zu erwidern, entsicherte er die Waffe und hielt sie weiter an mein Gesicht.

»Wird's bald?« Eine Träne stahl sich aus seinem Augenwinkel.

Völlig verdattert ließ ich den Motor an und trat wie befohlen auf das Gaspedal.

Ich hatte keine Ahnung, wo ich hinfahren sollte. Ich wusste nur, ich musste weg. Weit weg.

Im Rückspiegel sah ich, wie Barry noch mit einem gewissen Vorsprung in den Wald entkommen konnte, was jedoch daran lag, dass der Improba sich keineswegs für Barry zu interessieren schien. Er würdigte ihn nicht mal eines Blickes. Stattdessen rannte er – zumindest ein paar Meter meinem Auto hinterher.

Bei einem weiteren Blick in den Rückspiegel trafen sich unsere Blicke, so schien es mir, und kalte, schwarze Augen starrten mir finster entgegen.

Ja, definitiv. Dieser Improba hatte nur ein Ziel, welches er fokussierte: Mich.

Ich entfernte mich immer weiter von unserem Stützpunkt, mein Herz schlug mir bis zum Hals.

Was sollte ich jetzt tun?

Wo sollte ich hin?

Sollte ich versuchen, Barry zu finden? Oder wäre das zu riskant?

Ich hatte ihm schließlich versprochen mich in Sicherheit zu bringen und genau das würde ich jetzt tun!

2. Kapitel

Despair

Verdammt! Sie war mir schon wieder entwischt! Ich würde sie nie bekommen! Niemals!

Der Gedanke schnürte mir regelrecht die Kehle zu.

»Lass dich nicht von der Verzweiflung verschlucken, Despair. Verwandele sie in Wut!«, mahnte ich mich selbst. Eigentlich machte ich das automatisch, doch in dieser Extremsituation musste ich es mir noch einmal vor Augen führen.

Zornig schlug ich in unserem Quartier gegen die nächstbeste Wand und trat noch einmal dagegen, um meine aufkeimende Verzweiflung entsprechend zu kanalisieren. Schon früh hatte ich mir ein Ventil suchen müssen, um nicht vollends den Verstand zu verlieren.

Die Verzweiflung war unvorstellbar mächtig. Wie ein Strudel, der einen immer tiefer nach unten zog. Weg vom Licht. Hinein in die Dunkelheit. Bis man schließlich von einem großen, schwarzen Nichts verschluckt wurde. Wer einmal drin war, kam nie wieder heraus.

Zum Glück hatte ich gelernt, die Verzweiflung mit Hilfe von Wut zu beherrschen. Wenn auch sehr zum Ärger meines Obersts, der stets befürchtet hatte, dass das Einfluss auf meine eigentliche Ausbildung nehmen könnte. Doch wie sich nach meinem erfolgreichem Abschluss herausstellte, war das total unbegründet.

Die Verzweiflung war ein so übermächtiges Impro. *Keines* könnte ihr jemals gefährlich werden.

Ich setzte mich auf unsere Couch, legte missmutig die Stirn in Falten und grübelte darüber nach, wie ich dieses elende Miststück endlich in die Finger kriegen konnte. Sie war schwerer zu fangen als ein Fisch im Wasser! Mit bloßen Händen!

Ich schluckte schwer. Das würde unserem Oberst gar nicht gefallen ...

»Hey Alter, was ist los?«

Ich blickte kurz auf und sah das dämliche Grinsen von Hate, welcher gerade versuchte, Greeds Hausratte mit einem Stück Käse über eine heiße Herdplatte zu locken. Was für ein elender Wichser!

»Was tust du da, Hate?«, fragte ich angewidert.

Mein Gegenüber jedoch lachte nur, platzierte den Käse so, dass die Ratte die Platte überqueren musste, wenn sie ihn haben wollte, und kam zu mir.

»Ich übe schon mal. Jetzt, wo ich Love habe.«

Ich nickte langsam. In mir sah es anders aus. Auch wenn die Probas für ihre Taten keine Gnade verdient hatten, konnte Love einem schon ein wenig leidtun. Hate war echt krank. Vollkommen durchgeknallt.

»Im Gegensatz zu dir war ich ja erfolgreich«, begann er prompt zu sticheln.

Er hatte gut lachen. Love zu fangen war auch nicht sonderlich schwer gewesen. Durch ihr Pro war sie zutraulicher als ein kleiner Hundewelpe. Wie einen reifen Apfel hatte Hate sie quasi nur pflücken und mitnehmen müssen. Ihre hilflosen Abwehrversuche waren ebenfalls lachhaft gewesen.

Generell hatte es den Anschein gemacht, als hätten die Blondchen wie auf dem Präsentierteller auf ihre Entführer gewartet. – Alle, bis auf eine natürlich.

Warum konnte sie verdammt noch mal nicht einfach mit an diesem beschissenen Tisch sitzen?!

»Jetzt zieh nicht so eine Fresse. Irgendwann wirst du auch Erfolg haben und deine kleine Bitch kriegen.«

Ich warf Hate einen bösen Blick zu. Dieser überhebliche Widerling! Ich wusste, dass es keinesfalls aufmunternd von ihm gemeint war. Nein, so war Hate nicht. Er war einfach gehässig. Durch und durch. Es freute ihn, dass ich als einziger meinen Auftrag nicht erfüllt hatte und mir mein Gegenstück durch die Lappen gegangen war. Dabei hatte uns der Oberst schon von klein auf eingetrichtert, dass Hope die höchste Priorität galt.

Hate war meiner Meinung nach einfach nur neidisch, dass sein Impro nicht das Wichtigste war, aber ich hatte auch keinen Bock, mich deswegen mit ihm anzulegen. Nicht heute.

Durch unser tägliches Training und die Kampfsimulationen war ich zwar bestens in Form, doch gegen den Muskelprotz Hate würde es sicher ein hartes Stück Arbeit werden. Nicht, dass wir es schon mal ausprobiert hätten. Dabei würde ich nichts lieber tun, als ihm sein großes Maul einmal ordentlich zu stopfen, doch der Oberst sah solche Streitigkeiten untereinander nicht gern, hielten sie uns doch von dem Wesentlichen ab: die Probas zu finden und zu brechen.

»Halt's Maul, Hate«, fuhr ich ihn einfach nur an, nahm einen Tennisball vom Tisch und begann, ihn immer wieder gegen die Wand zu werfen. Das machte ich öfter, wenn ich nachdenken musste.

»Awww … Ist unser kleines Prinzesschen etwa eingeschnappt? Oder hat unser Bubu-Bärchen schon Angst, weil es gleich Haue-Haue bekommt?«, stichelte Hate indes weiter und begab sich wieder zu der Ratte.

Ja, er war ein riesengroßes Arschloch! Zudem wusste ich selbst, dass mir für mein Versagen noch eine unangenehme Strafe blühte. Das musste er mir nicht noch unter die Nase reiben. Andererseits war es mir auch egal. Schließlich hatte ich nichts zu erwarten, was ich nicht schon von klein auf in irgendeiner Form kannte.

»Du sagst ja gar nichts mehr? Überlegst du gerade, ob du lieber Schläge, Schnitte oder Brandwunden haben willst?« Hates kalte Augen blitzten höhnisch.

Ich versuchte ihn zu ignorieren und warf den Ball weiter gegen die Wand.

»Ach nein, jetzt weiß ich's. Du willst lieber schwimmen, hab ich Recht? Ich glaube, ich werde das unserem Oberst als erzieherische Maßnahme für dich vorschlagen. Das magst du doch so gern …« Anzüglich wackelte er mit den Augenbrauen.

»Haaate …«, erhob ich mahnend die Stimme, doch Hate wäre nicht Hate, wenn er sich von mir – oder irgendeinem anderen, der nicht unser Oberst war – einschüchtern ließe.

»Lass dir ein paar Titten wachsen. Das passt eher zu dir. Versager!«

Ich fing den Tennisball wieder auf und warf ihn mit voller Wucht gegen Hates Kopf.

»Was zum –«, polterte dieser los, doch ich unterbrach ihn:

»Fick dich doch!«, brüllte ich ihn an und allein von dem Blick, den ich ihm dabei zuwarf, hätte er elendig verrecken müssen. Zugegeben, das Ganze war nicht besonders geistreich, aber es waren die einzigen Worte, die Hate wirklich etwas ausmachten.

Als wir damals auf unsere Impros trainiert wurden, hatten wir alle schlimme Dinge durchmachen müssen und speziell dieses Verb hatte für Hate seitdem eine ganz besondere Bedeutung, rief es doch Erinnerungen in ihm wach, die er in seinem hasserfüllten Herzen sorgsam verschlossen hielt.

Eigentlich hatten wir uns alle geschworen, nach Beendigung unserer Ausbildung niemals wieder ein Wort darüber zu verlieren, doch der Einzige, der diesen Schwur immer wieder brach, war Hate selbst. Vermutlich, weil es ihn selbst zu stark belastete – und ich musste zugeben, dass das nicht ganz unbegründet war. Sein Impro-Training war sehr schlimm gewesen, wahrscheinlich sogar das schlimmste von allen. Bevor wir alle in unsere eigenen Wohnungen gezogen waren, hatte ich manchmal mitbekommen, dass er nachts aus seinen Albträumen hochschreckte und wie ein kleiner Junge zu weinen begann. Dann empfand ich tatsächlich so etwas wie Mitleid für ihn.

Doch keinem von uns ging es wirklich besser. Keines der Trainings war für den betreffenden Improba leicht gewesen, keiner wollte sich freiwillig daran erinnern.

Die Trainings waren an Perversion und Grausamkeit nicht zu überbieten, lediglich in der Art der Durchführung unterschieden sie sich. Doch sie hatten uns auch stark gemacht. Stark gegen das, was die Probas der Welt antaten …

Nur, dass wir hier alle im selben Boot saßen, schien Hate immer wieder zu vergessen. Und so ergötzte er sich, wann immer er die Möglichkeit dazu hatte, an den Quälereien, die wir eigentlich weit hinter uns lassen wollten.

»Was hast du gesagt?«, fuhr er mich an, doch ich zeigte ihm lässig den Mittelfinger.

»*Fick dich*«, wiederholte ich noch einmal eisig.

Hate machte ein paar Sätze auf mich zu und holte aus. Glücklicherweise machten ihn seine schweren Muskelpakete dementsprechend langsam, so dass ich schnell aufspringen und ausweichen konnte.

Doch plötzlich wurden mir von hinten die Arme auf den Rücken gedreht und ich konnte mich nicht mehr wehren.

Hate kam mit einem süffisanten Grinsen auf mich zu.

»Treason, du Judas!«, schrie ich und versuchte mich loszumachen, doch er hatte mich fest im Griff und lachte nur. Ihm als Verräter gefiel natürlich alles, was mit seinem Impro zu tun hatte, und dabei war ihm egal, ob es sich bei seinen Opfern um »Freunde« oder Fremde handelte.

Hate baute sich vor mir auf und schlug mir mit aller Kraft mehrfach in die Magengegend. Ich versuchte durch das Anspannen meiner Bauchmuskeln den Schmerz zu reduzieren, doch seine Schläge waren wie ein Dampfhammer. Stählern und kraftvoll.

»Was zum Teufel macht ihr Idioten da?«, dröhnte eine tiefe Stimme durch das ganze Wohnzimmer, und noch bevor wir unseren Oberst sehen konnten, taten wir alle so, als wäre nichts geschehen.

»Ihr sollt euch nicht gegenseitig angreifen, wie oft soll ich euch Trotteln das noch sagen! Hebt euch das für die Probas auf!«

»Sehr wohl, Oberst«, antworteten wir alle im Chor und jeder ging wieder seines Weges.

Unser Oberst hasste es, wenn wir uns stritten, gleichwohl das eigentlich an der Tagesordnung war. Bei uns galt: jeder gegen jeden. Doch genauso schnell, wie wir uns in den Haaren hatten, vertrugen wir uns auch wieder. – Wenn man das denn so nennen konnte. Ich bezeichnete es eher als einen kurzfristigen Waffenstillstand.

Keine Ahnung, ob das an unseren Impros lag, oder ob wir uns auch grundsätzlich so unsympathisch gewesen wären. In jedem Fall verstärkten sie unsere Abneigungen gegen alles und jeden natürlich noch und ließen uns jederzeit aufeinander losgehen, dem anderen in den Rücken fallen, ihn belügen und betrügen – einer der Gründe, warum wir alle mittlerweile unsere eigenen Appartements hatten. Vierundzwanzig Stunden am Tag zusammen – so wie das bei den Probas der Fall war würde bei uns niemals gutgehen. Allein daran sah man doch schon, dass sie schwach und weich in der Birne waren.

Ganz zu schweigen von dem quietschbunten Dekozeugs, womit sie ihr Quartier ausgestattet hatten. Hier ein paar Blumen, da ein paar Deckchen ... ätzend! Wenn sie wenigstens anständiges Holz verwendet hätten! Aber nein: Alles war voll mit Porzellan und Spitze – Materialien, genauso lasch und zerbrechlich wie die Besitzer selbst.

Da lobte ich mir unseren Oberst. Nicht, dass einer von uns überhaupt auf die Idee gekommen wäre, so einen Scheiß anzuschleppen, aber dulden würde er es auf keinen Fall.

Unser Quartier war schlicht und nüchtern. Weiße Wände, schwarze Möbel, fertig. Mehr brauchte man auch nicht.

»Ich verpiss mich«, verabschiedete ich mich, schnappte mir meinen Schlüssel und verließ rasch den Versammlungsraum – in der Hoffnung, so ungeschoren davonzukommen. Doch unser Oberst hatte mich natürlich nicht vergessen.

»Despair?«, rief er mir hinterher.

Ich drehte mich noch einmal um. »Ja?«

»Ja, was?«, forderte er streng.

»Ja, Sir«, antwortete ich genervt. Ich wusste, dass es nicht besonders klug war unseren Oberst weiter zu reizen, doch ich hasste es, ihn so nennen zu müssen. Das stellte ihn über mich und ich mochte niemanden über mir.

Generell war ich der Typ, der sich eher schlecht bis gar nicht unterordnen konnte, und dann jemanden so anreden und ihm damit falschen Respekt zollen zu müssen, ging mir gehörig gegen den Strich.

Dummerweise musste ich ihn ja irgendwie anreden und da er uns nie seinen Namen verraten hatte, blieb mir wohl keine Alternative. Unser Oberst war der Meinung, umso weniger wir wussten, umso weniger könnten wir im Fall einer Gefangennahme verraten, doch ich hielt das alles eher für eine Art Verfolgungswahn. Wer sollte *uns* schon kidnappen?!

Nicht nur, dass wir dank unserer Impros die ganze Gefühlswelt unserer möglichen Widersacher auf den Kopf stellen konnten; wir waren auch von klein auf in sämtlichen Kampftechniken geschult worden, hatten täglich ein strammes Pensum an Kraft- und Ausdauertraining zu bewältigen und waren zudem erfahren im Umgang mit sämtlichen Waffen. Jemand, der sich mit uns anlegte, konnte nur lebensmüde sein oder einfach nur unglaublich dumm.

»Hast du nicht etwas vergessen, Despair?« Unser Oberst sah mich mit eisiger Miene an.

Ich schluckte. Natürlich hatte ich es *nicht* vergessen, aber gehofft, dass er durch den Streit zwischen mir und Hate nicht mehr daran dachte.

»Also?« Abwartend schaute er mich an.

Um meine Strafe nicht noch zu verschlimmern, tat ich das, was von mir erwartet wurde. Ich stellte mich kerzengerade hin. Bauch rein, Brust raus, legte die rechte Handfläche auf meine linke Brust und begann, meinen Bericht vorzutragen.

»Am heutigen Dienstag, den 05.05.2015, um neunzehnhundert erfolgte ein Zugriff auf das Basislager der Probas. Fünf der Zielobjekte konnten gefasst und erfolgreich in unser Quartier überführt werden. Derzeit wird über eine –«

Der Oberst unterbrach mich. »Fünf?«

Ich nickte.

»Fünf von wie viel, Soldat?«, forderte er und ich rollte innerlich mit den Augen. Er wusste doch genau, was vorgefallen war.

»Soldat?!«

»Fünf von sechs, Oberst«, antwortete ich ruhig.

»Und warum nur fünf von sechs?«

»Das Zielobjekt befand sich nicht wie vermutet in den Räumlichkeiten.«

»Das *Haupt*ziel, wolltest du wohl sagen?«

Ich nickte wieder.

»Und wie gedenkst du dein Versagen zu bereinigen?«

»Na ja, wir haben doch immerhin fünf. Vielleicht können wir –«, wollte ich erklären, doch schon wieder wurde ich unterbrochen.

»Glaubst du ernsthaft, dass der Einsatz heute erfolgreich war?« Er schlug mir mit der flachen Hand gegen den Kopf. »Glaubst du das?«

»Ja, schließlich haben wir –«

Wieder kam seine Hand geflogen.

Ich atmete tief durch, um mich nicht noch weiter in die Scheiße zu reiten.

»Glaubst du das?!« Wieder ein Schlag gegen den Kopf.

»Wir –«

»Soldat, Mission accomplished oder Mission failed?«

»Mission half –«

»Mission accomplished oder Mission failed???«, brüllte der Oberst mich an.

»Mission failed«, presste ich durch meine Zähne.

»Runter in den Keller, Soldat. Du wirst lernen, was Ungehorsam bedeutet. Was *Versagen* bedeutet.«

»In den Keller? Aber da sind doch jetzt die Probas untergebracht!«, erwiderte ich entsetzt.

»Es gibt nichts, wofür sich ein starker Mann schämen muss, Soldat. Schon gar nicht, vor solchen weichgekochten Tussis. Und damit du und Hate eure Streitigkeiten bereinigen könnt, wird Hate die Strafe vollführen.«

»*Hate???*« Fassungslos starrte ich unseren Oberst an. Das war ja wohl nicht sein Ernst!

»Korrekt, Soldat.« Dann rief er nach Besagtem, der wenig später vor uns stand. Als hätte er nur auf diesen Moment gewartet.

»Ja, Sir?«, meldete er sich.

»Du wirst Despair für sein Versagen bestrafen. Zehn Hiebe, Werkzeuge deiner Wahl.«

Ich verkniff mir jeglichen Kommentar dazu, um meine Situation nicht noch weiter zu verschlimmern, doch ich kochte innerlich vor Wut.

»Jawohl, Sir.« Ein listiges Grinsen huschte über Hates Gesicht.

Da beugte sich unser Oberst näher zu ihm.

»Hate?«

»Ja, Sir?«

»Kein Wasser.« Hate nickte gehorsam, auch wenn er sich offensichtlich schon ganz andere Überlegungen angestellt hatte.

»Und Despair?«

»Ja?«

»Ja, was?!«, fragte unser Oberst barsch.

»Ja, Sir?«, antwortete ich tonlos.

»Du weißt doch hoffentlich, wem du das alles zu verdanken hast.«

Ich nickte.

»Und wem?«

»In erster Linie mir selbst«, gab ich niedergeschlagen zurück.

Dann tat unser Oberst etwas, was er nur sehr selten tat. Er legte seine Hand auf meine Schulter und sein ansonsten arroganter Blick wurde für einen kurzen Augenblick geradezu weich.

»Nein, mein Sohn. Es ist nicht deine Schuld. Schuld trägt dieses kleine Luder Hope. Wenn es sie nicht gäbe, müsstest du dies alles nicht ertragen. Wenn es sie nicht gäbe, müsste die ganze Menschheit dieses Leid nicht ertragen. Du weißt doch noch, wie es ist, enttäuscht zu werden, oder?«

Wieder nickte ich.

»Und? War das ein schönes Gefühl?«

Ich schüttelte den Kopf.

»Siehst du. Und deswegen müssen wir sie unschädlich machen. Sie treibt die Menschen in die Spielsucht, macht sie zu Alkoholikern, gaukelt ihnen vor, dass irgendwann alles besser wird. Aber du weißt es besser, mein Sohn, nicht wahr? Die Dinge sind, wie sie sind. Du hast es selbst erlebt. Niemals wird irgendetwas besser werden. Niemals kann die Hoffnung etwas ändern. Nur der Zufall. Wie eine hinterlistige Spinne fängt Hope die Menschen in ihrem Netz, Menschen, die dem Irrglauben an eine bessere Zukunft erliegen. Doch was bleibt zurück? Enttäuschte Menschen, die nur noch weiter abstürzen, die sich sogar das Leben nehmen, weil sie weder ein noch aus wissen. – Nein, es wäre verantwortungslos, dieses Monster weiter ungeschoren davonkommen zu lassen. Das siehst du doch auch so, mein Sohn?«

Ich nickte schwer und erinnerte mich zurück an damals. Als ich klein war, hatte ich Hoffnung. Eine ganze Menge davon sogar. Doch die hatte ich schon vor langer Zeit verloren.

Hoffnung brachte rein gar nichts. Sie machte nur falsche Versprechungen, wie eine Nutte, die einem die vermeintliche Liebe vorgaukelte. Nur, dass an der Hoffnung weitaus wichtigere Dinge hingen ...

Hoffnung zerstörte ganze Existenzen. Unter anderem meine.

Unser Oberst hatte Recht: Das, was ich damals erleben musste, wünschte ich keinem anderen. Und deshalb musste Hope weg!

»Also Soldat, wer ist schuld an deiner Situation?«

»Hope«, gab ich leise zurück, immer noch mit den Gedanken in der Vergangenheit versunken.

»Ich frage dich noch mal, Soldat. Wer ist schuld an dem Leid der Menschen?«

Der Oberst hatte abermals seine Stimme erhoben und mich dadurch wieder ein Stück weit in die Realität zurückgeholt.

»Hope«, antwortete ich nun deutlicher.

»Lauter!«

»Hope!«

»Noch lauter!

»HOPE!«, brüllte ich zurück.

Unser Oberst nickte zufrieden.

»Jetzt nimm deine Strafe entgegen wie ein Mann. Ertrage, was auch immer Hate mit dir macht, und fokussiere stets den wahren Gegner, Despair. Ich bin sicher, beim nächsten Mal wirst du erfolgreich sein.« Zum Abschluss klopfte er mir noch einmal auf die Schulter.

Dann ging ich zusammen mit Hate hinunter in den Keller. Es handelte sich dabei jedoch eher um ein düsteres Verließ. Kalt und feucht. Und vor allem: abgeschottet. Niemand, der hier unten war, kam – ohne dass es gewollt war – wieder heil nach oben. Niemand Unbefugtes gelangte hinein, kein Geräusch drang nach draußen. Schwere Metalltüren und eine dicke Schalldämmung wussten dies zu verhindern.

Hate brachte mich zu dem Raum, in dem die Probas derzeit noch zusammen in einem Käfig untergebracht waren. Das würde sich aber bald ändern ...

Unser Eintreten löste eine regelrechte Panik aus. Die Gefangenen drückten sich an die hintere Gitterwand, doch ich kümmerte mich nicht darum. Ich hatte gerade ganz andere Sorgen, und zwar, dass ich gleich hier vor dem ganzen Hühnerhaufen denunziert wurde. Doch wie ich schon sagte: Eigentlich war auch das nichts Neues für mich. Nur war ich noch nie vor einem Haufen Weiber bloßgestellt worden. Aber gut. Wo war da letztendlich der Unterschied?

»Stell dich mit dem Gesicht an den Käfig«, wies Hate mich an.

»Ist das dein Ernst?«, fragte ich.

»Sehe ich aus, als würde ich Witze machen?«

Nein. Das tat er nicht. Das tat Hate nie.

Kommentarlos ging ich hinüber zu dem Käfig, als er mir eine weitere Anweisung erteilte:

»Zieh dein Shirt aus. Wir wollen ja nicht, dass es schmutzig wird.«

»Vor all den Weibern hier?«

»Ich bin mir sicher, du bist der erste halbnackte Kerl, den die kleine Jungfernparty hier zu Gesicht bekommt. Also zier dich nicht so. Sie haben schließlich noch keine Vergleichsmöglichkeiten.«

Mir lag eine Erwiderung auf der Zunge, doch ich behielt sie vernünftigerweise für mich, zog mir stattdessen wortlos das Shirt über den Kopf, warf es wütend in die Ecke und stellte mich breitbeinig vor den Käfig. Mit Hate konnte man sowieso nicht diskutieren. Je mehr er merkte, wie wenig mir das Ganze hier behagte, desto mehr würde er die Sache ausreizen.

»Du darfst dich am Käfig festhalten«, erlaubte Hate mir gnädigerweise.

Also beugte ich mich leicht nach vorn und tat wie geheißen. Nicht, dass das den Schmerz, der nun unweigerlich folgte, verringern würde, doch er war dadurch eindeutig besser auszuhalten.

Fünf blaue Augenpaare musterten mich neugierig, bis der erste Peitschenhieb auf meinen Rücken niedersauste und alle anfingen zu kreischen. – Gott, was für Tussis!

Ein zweiter folgte, ein dritter, ein vierter. Ich biss die Zähne zusammen und unterdrückte die Tränen, die in meinen Augen aufsteigen wollten.

Hate wollte es mir wirklich nicht angenehm machen (Nein, ich hatte auch nichts anderes erwartet.), denn er hatte statt des normalen Ledergürtels, den mit Nieten genommen. Woher ich das wusste? Ich spürte, wie warmes Blut meinen Rücken hinunterlief und das passierte mit dem normalen Ledergürtel nicht. Der tat zwar auch höllisch weh, verursachte jedoch keine offenen Wunden.

Ein fünfter, sechster, siebter Schlag. Und bei jedem einzelnen Hieb wieder lautes Gekreische von den Weibern.

Ich biss die Zähne so fest zusammen, dass sie knirschten. Wobei es nicht die Schmerzen waren, die diese Situation für mich unerträglich machten, weiß Gott nicht, da hatte ich schon wesentlich Schlimmeres erlebt.

Doch dass die Probas bei diesem Schauspiel zugegen sein durften und mich dabei anstarrten, als wäre ich ein Produkt, was jedem zur freien Verfügung stand, machte mich schier rasend.

»Noch drei, Despair«, informierte mich Hate geschäftsmäßig und ich nickte. Drei waren wohl wirklich noch auszuhalten.

Acht ...

Neun ...

Zehn ...

Die Weiberhorde vor mir atmete erleichtert aus, als hätte jede von ihnen meine Schläge kassiert, doch ich schenkte ihr keine weitere Beachtung mehr. Ich war einfach nur froh, dass meine Strafe relativ glimpflich verlaufen war und wollte weder Hate noch unserem Oberst einen Grund geben sie doch noch weiter auszudehnen.

»Du hast den Hühnern heute wirklich etwas beigebracht, Despair. Lassen wir uns überraschen, wie sie sich schlagen werden«, grinste Hate bösartig und beobachtete die erschrockenen Gesichter der Probas.

Doch das war nicht weiter schlimm. Sollten sie ruhig sehen, was ihre Pros anderen Leuten antaten.

»Komm, Despair. Leider müssen wir noch bis morgen warten.«

Hate warf mir mein Shirt zu, welches ich gekonnt auffing und oben in meinen Hosenbund steckte. Dann verließen wir gemeinsam den Keller und schalteten das Licht aus.

3. Kapitel

Hope

Gute zwei Stunden fuhr ich bereits durch die Gegend.

Ohne jegliches Ziel.

Ohne jegliche Perspektive.

Oh nein, oh nein, oh nein ... Was sollte ich nur tun? Klar: am Leben bleiben. Diese »Was-wäre-wenn«-Situation hatten Barry und ich schon mehrfach zusammen durchgekaut, doch wenn ich ehrlich war, hatte ich dabei nie wirklich zugehört. Ich war immer der festen Überzeugung, dass niemals etwas passieren würde. NIEMALS!

Und jetzt?

Ich spürte, wie mein Herz nach wie vor wild klopfte und meine Hände vor Aufregung zitterten. Um keinen Unfall zu provozieren und aufgrund der Tatsache, dass ich mich schon etliche Meilen vom Tatort entfernt hatte, fuhr ich in einen Waldweg hinein, um erst einmal durchzuschnaufen.

Ich schaltete den Motor aus und schielte auf mein Handy, welches bei meinem Stoß in den Wagen auf den Beifahrersitz gefallen war.

Barry hatte mir stets eingebläut, dass ich es im Falle eines Angriffs umgehend entsorgen müsste, um nicht darüber ortbar zu sein. Doch wenn ich das tat, hatte ich keinerlei Möglichkeiten mehr, mit Barry oder den anderen Probas – sollten ihnen die Handys nicht weggenommen worden sein in Kontakt zu treten.

Sanft strich ich über das Display, als das Handy plötzlich aufleuchtete. Vor Schreck ließ ich es beinahe fallen und noch während ich reflexartig auf »Anruf annehmen« drückte, hätte ich mir selbst dafür gegen die Stirn klatschen können.

Was, wenn das die Improbas waren? Oder am Ende noch Despair höchstpersönlich?

Ich schluckte schwer. Nichtsdestotrotz hauchte ich vorsichtig »Ja?«

»Hab ich dir denn gar nichts beigebracht, Hope?«, wetterte Barry am anderen Ende los.

»Oh Gott! Barry, du bist es!« Ein riesengroßer Stein fiel mir vom Herzen und auch wenn er mich mal wieder anmeckerte, konnte ich mir gerade keinen schöneren Gesprächspartner vorstellen.

»Habe ich dir nicht gesagt, dass du bei einem Überfall dein Handy als Erstes wegwerfen sollst?«, fragte er säuerlich, doch die Worte kamen nicht wirklich bei mir an.

»Du lebst! Ich bin so glücklich!«, schniefte ich und wischte mir eine kleine Träne weg, die sich aus meinem Augenwinkel stahl.

»Du weißt: Wenn sie erst einmal an deine Nummer herankommen, bist du überall für sie zu finden.«

»Ich hatte schon befürchtet, dir ist etwas passiert!«

»Hope? Hörst du mir eigentlich zu?«, polterte Barry verärgert ins Telefon, doch das war mir egal. Ich war einfach nur über alle Maßen froh, dass ihm offensichtlich nichts geschehen war.

»Hätte ich mein Handy weggeworfen, hättest du mich jetzt nicht anrufen können«, konterte ich leise und hörte am anderen Ende nur ein tiefes Seufzen.

»Wie geht es jetzt weiter? Was wollen wir unternehmen, um die anderen da raus zu kriegen?«, fragte ich.

»*Wir?!*« Barry klang entrüstet.

»Ja?«

»*Wir* unternehmen gar nichts. *Ich* werde mich darum kümmern, während du zusiehst, dass du untertauchst.«

»Aber wo soll ich denn hin?«

»Weg. *Weit* weg.«

»Nach –«

Doch Barry unterbrach mich: »Ich will es gar nicht hören, Hope. Falls diese Leitung bereits abgehört wird, wollen wir es ihnen nicht zu leicht machen.«

»Aber wie soll ich dich kontaktieren, wenn ich das Handy wegwerfen soll?«

»Erinnerst du dich an die Nummer, die ich dir von klein auf eingebläut habe?«

»Natürlich.« Immerhin musste ich sie morgens, mittags und abends jeweils einmal auswendig aufsagen. Und wehe, ich hatte eine Zahl vertauscht oder vergessen ...

»Setze eine Null davor und du hast eine Telefonnummer. Dies ist ein sicherer Apparat, auf dem du mich abends zwischen achtzehn und neunzehn Uhr anrufen kannst.«

»Eine Telefonnummer? Warum hast du mir das nie gesagt? Ich dachte immer, du wolltest mich damit bloß schikanieren.«

»Du denkst wie ein Mädchen.«

»Wenn ich mir meine Brüste so anschaue, könnte das seine Gründe haben«, erwiderte ich trocken.

»Ich habe es dir bisher nie verraten, damit die Nummer im Fall einer Gefangennahme nicht aus dir herausgepresst werden könnte. Doch nun ist alles anders. Ich –«

»Was ist mit meinen Schwestern?«, fiel ich ihm aufgeregt ins Wort. »Haben die auch so eine Nummer?«

»Nein. Ich wurde angewiesen, dafür zu sorgen, dass DU jederzeit Hilfe bekommst. Nicht die anderen.«

Ich atmete tief durch. »Das ist ein schlechter Scherz, oder?«

»Nein, kein Scherz. Sie sind nicht so stark wie du. Sobald die Improbas mit ihrer Umschulung beginnen, werden sie singen wie kleine Vögelchen.«

Ich wollte gerade ausholen und Barry sagen, was ich von seinen Worten hielt, als er schon weitersprach:

»Deswegen muss ich auch zusehen, dass ich sie schnellstmöglich befreien kann. Sie werden das nicht lange überleben.«

Ich schluckte meinen Unmut über Barrys offensichtliche Zweiklassengesellschaft hinunter und fragte stattdessen: »Und du bist sicher, dass ich dir nicht helfen kann?«

»Hope, wann verstehst du endlich, dass es DEIN Leben ist, das wichtig ist? DU musst am Leben bleiben! Solltest du sterben oder umgepolt werden, verlieren deine Schwestern jegliche Motivation, durchzuhalten. Und auch ich werde mich viel schneller geschlagen geben. Ganz zu schweigen von dem Rest der Menschheit. An die rasant steigende Selbstmordrate möchte ich gar nicht denken. Oder an die Selbstjustiz. Wenn die Hoffnung stirbt, wird unter anderem jeglicher Glaube an die Gerechtigkeit abhandenkommen. Die Welt würde im Chaos versinken.«

Nun war ich es, die tief seufzte. Ich wusste ja, dass mein Pro wichtig war. Doch je mehr ich nun in Schwierigkeiten steckte, desto mehr fiel mir auf, wie wichtig es *tatsächlich* war.

»Jetzt mach dich auf den Weg. Ich will, dass du bis zum Ende des Tages mindestens Arizona verlassen hast.«

»Okay. Und wie kannst du dich bei mir melden?«

»Das soll nicht deine Sorge sein. Wir sprechen, wenn du dich meldest.«

»Gut«, entgegnete ich matt. Dabei war ganz und gar nichts gut. In meinem Kopf herrschte das reinste Chaos.

Ich überlegte bereits fieberhaft, wo ich hin sollte, als Barry mich noch einmal ansprach:

»Hope?«

»Ja?«

»Wirf nun das Handy weg. Das ist wichtig.«

»In Ordnung.«

»Bis dann«, sagte er und bevor ich noch etwas erwidern konnte, hatte er bereits aufgelegt.

Ich stieg aus dem Fahrzeug und platzierte das Handy so, dass ich beim Zurückstoßen aus dem Waldweg zwangsläufig darüberfuhr.

Als ich wieder hinter dem Steuer saß und gerade den Motor des Wagens starten wollte, fielen mir plötzlich Jay und Ice ein. Ging es ihnen gut? Konnten sie unbemerkt verschwinden oder waren sie auch gefangen genommen worden?

Und was war mit Streuner? Meinem Kater? Ich konnte mich doch nicht einfach so aus dem Staub machen, ohne mich vorher um seine Versorgung gekümmert zu haben!

Es waren noch so viele Dinge ungeklärt ...

Geld war kein Problem. Barry hatte für diesen Fall ein Extrakonto eingerichtet, wofür jeder von uns eine Kreditkarte hatte. Kurz durchzuckte mich eine jähe Furcht. Hatte ich ...?

Hektisch klappte ich meinen Geldbeutel auf, den ich, leichtsinnig wie ich war, im Auto gelassen hatte – und erblickte die schwarze Karte. Soweit so gut.

Klamotten? Auch kein Problem. Hatte man Geld, konnte man sich alles Materielle besorgen.

Essen? Ebenfalls.

Doch Streuner! Ich konnte ihn doch nicht einfach sich selbst überlassen!

Ich stieg wieder aus dem Auto und hob das Handy auf. Sollte ich Barry noch mal kurz anrufen und ihn fragen, was zu tun war? Oder sollte ich schnell nach Hause fahren und meinen Kater einfach holen?

Hin und hergerissen starrte ich auf das Handy. Barry würde mir bestimmt sagen, dass ich den Kater Kater sein lassen und abhauen sollte – was ich mit Sicherheit *nicht* tat. Dennoch wollte ich seine Meinung hören. Wie ich mich dann letztendlich entscheiden würde, blieb immer noch mir selbst überlassen.

Ich wählte Barrys Nummer. Es klingelte. Und klingelte.

Nervös trat ich von einem Fuß auf den anderen. Nach einer gefühlten Ewigkeit hob jemand ab.

»Barry? Bist du's?«, fragte ich und schüttelte gleichzeitig den Kopf über meine eigene Frage. Umgekehrt regte ich mich immer tierisch darüber auf, wenn er auf MEINEM Handy anrief und dann fragte, wer am Telefon war.

»Hallo, Hope«, schnurrte eine Stimme ins Telefon. »Wie schön, dass du dich meldest.«

Ich bekam einen Schreck! Wer auch immer das war: Es war definitiv *nicht* Barry!

Gänsehaut überzog meinen Körper und ich spürte, wie ich gleichzeitig zu schwitzen begann.

»Na? Hat es dir die Sprache verschlagen?«

»Ich ... äh ... Wer ist da?« Meine Stimme zitterte. Wollte ich das wirklich wissen?

»Dein schlimmster Albtraum ...« Ein dreckiges Lachen.

»Was habt ihr mit Barry gemacht?«

»Tja ... Ich würde ihn dir ja geben, doch leider rufst du dafür *etwas* zu spät an. Er *kann* dir jetzt nicht mehr antworten ...« Wieder ein hämisches Lachen.

»Wie meinst du das?«, fragte ich zögerlich.

»Muss ich dir das wirklich noch erklären? Es hat sich ausgebarryt, Baby«, höhnte die Stimme.

Entsetzt warf ich das Handy weg, sprang in den Wagen, setzte zurück und fuhr mit durchgetretenem Gaspedal davon.

Das waren *sie*!

Das waren die Improbas!

Und ich wollte gar nicht wissen, wie genau Barry den Tod gefunden hatte. Allein der Gedanke daran schnürte mir regelrecht die Kehle zu und Tränen rannen auf einmal sturzbachartig über mein Gesicht.

Wie hatte das nur geschehen können? Ich hatte doch noch vor ein paar Minuten mit ihm telefoniert.

Ich schluchzte und raste den Highway entlang. Weg von dem Ort des Geschehens, weg von den Improbas und weg von diesem elenden Handy.

Meine Sicht verschwamm immer mehr, doch ich konnte mich einfach nicht beruhigen.

Wie konnte mein Leben, welches immer so wunderbar verlaufen war, mit einem Schlag so scheiße werden?!

***

Mittlerweile war es tiefste Nacht und ich fuhr immer weiter, während ich mich daran erinnerte, was Barry alles für mich getan und was er mir beigebracht hatte. Mehr und mehr überfiel mich eine Übelkeit, wie ich sie nie zuvor gekannt hatte.

Barry war wie mein Dad gewesen! Mein Mentor! Er hatte mich zu dem gemacht, was ich heute war. Ich hatte ihm so viel zu verdanken! Wenn nicht sogar alles.

Und jetzt war er nicht mehr da. Einfach so.

Nie wieder würde er mir mit Rat und Tat zur Seite stehen, nie wieder würde er mich mit seiner Überfürsorglichkeit in den Wahnsinn treiben, nie wieder würde er mich in den Arm nehmen, wenn ich mal traurig war.

Konnte das alles wahr sein?

Ich weinte und trauerte um unsere gemeinsame Zeit. Trauerte um die, die wir hatten, und um die, die wir nie wieder miteinander haben würden.

Oh Barry! Es tat mir alles so schrecklich leid! Hätte ich das von Anfang an ernster genommen, hätten wir uns vielleicht besser gegen die Improbas schützen können.

Ich wischte erneut meine Tränen weg, doch obwohl mir fortwährend neue aus den Augen kullerten, versuchte ich mich nun zusammenzureißen und an etwas Positives zu denken. – So wie Barry es mir immer beigebracht hatte, um mich auf mein Pro zu trainieren. Auf meine Kraft.

Ich fuhr den Highway weiter entlang. Dabei rief ich mir unsere gemeinsame Zeit ins Gedächtnis. Barry und ich hatten viel zusammen erlebt: Wir hatten viel gelacht, uns natürlich auch oft gestritten, doch insgesamt war unser Verhältnis mehr als herzlich gewesen. Und genauso, wie er mein Pro geschult, mir meine Fertigkeiten beigebracht und mich Gehorsam, Einsicht und Verständnis gelehrt hatte, brachte er mir Werte bei. Wichtige Werte. An erster Stelle die Loyalität zu meinen Vertrauten.

Ich hörte ihn noch, als würde er direkt neben mir stehen:

Hope? Modesty, Loyalty, Mercy, Honesty, Love und ich: Wir sind deine Familie. Du darfst uns nie im Stich lassen, sonst sind wir alle verloren. Hörst du?

Ich wusste, dass Barry das voll und ganz auf mein Pro bezogen hatte, darauf, dass ich am Leben bleiben musste und ich es nie zu einer Umschulung kommen lassen durfte. Doch ich gönnte mir nun ein wenig Interpretationsspielraum. Meine Familie war alles in meinem Leben und auch wenn ich meine Freiheit liebte: meine Familie liebte ich mindestens ebenso sehr. Und ich war nicht gewillt, sie in den Fängen dieser Psychopathen zu lassen, wo sie wer weiß was mit ihnen anstellten.

Ich atmete noch mal tief durch, schaute dann in den Rückspiegel, vergewisserte mich, dass niemand hinter mir war und trat auf die Bremse. Danach wendete ich mitten auf der Straße in drei kurzen Zügen und fuhr wieder in die entgegengesetzte Richtung.

Wer wäre ich schließlich, wenn ich mich wie ein schreckhaftes Reh verstecken würde?

Außerdem hatte Barry nicht nur meinen Charakter geschult, sondern – wie bereits erwähnt auch sämtliche andere Fähigkeiten. Wofür sollte das viele Training denn gut gewesen sein, wenn es nie zum Einsatz kam?

Ich wischte mir mit meinem Ärmel noch mal die Tränen weg und schmunzelte. Erst jetzt fiel mir auf, dass er grün war.

Grün: die Farbe der Hoffnung. *Meine* Farbe. Und für mich das Zeichen, was ich in diesem Moment gebraucht hatte.

Rückschläge gab es immer wieder im Leben. Bei jedem. Da ich mich viel mit dem Leid der Menschen auseinandersetzte, wusste das keine besser als ich. Doch auch wenn ich bisher nie selbst betroffen war, hatte mich das Leben ebenfalls gelehrt, dass selbst auf den stärksten Regen wieder Sonnenschein folgte. Dass es immer ein Licht am Ende des Tunnels gab und dass selbst die schlimmsten Momente irgendwann wieder vorbeizogen und man ihnen lächelnd hinterherwinken konnte. Man durfte nur nicht die Hoffnung aufgeben, auch wenn es noch so schwer fiel!

Erneut atmete ich tief ein und aus und fühlte mich plötzlich unglaublich stark. Langsam begriff ich, warum Barry immer sagte, dass viel – wenn nicht sogar alles von mir abhing. Ich hatte das nie hören wollen, weil ich mir dann immer schrecklich eingebildet vorkam, wirklich realisieren konnte ich seine Worte ohnehin erst jetzt. Offenbar war solch eine Extremsituation dafür nötig.

Ich lächelte in mich hinein. Hatte diese ganze schreckliche Sache doch noch etwas Gutes gehabt. Ganz wie Barry es immer gesagt hatte.

Hach ... Barry ...

Eine einzelne Träne kullerte über meine Wange, doch ich nahm mir vor, dass es die letzte gewesen war. Ich durfte jetzt nicht in Selbstmitleid versinken. Barry hätte mir den Arsch aufgerissen! Schließlich gehörte das ebenfalls zu der Ausbildung meines Pros. IMMER das Gute sehen! NIE zurückschauen – nur nach VORN! EGAL, wie lange es dauert: ALLES WIRD GUT! Die Sätze, die ich mein Leben lang bei jeder Ausbildungseinheit mantraartig heruntergebetet hatte.

Zudem war ich mir sicher, dass die Improbas als Letztes damit rechneten, dass ich mich freiwillig in die Höhle des Löwen begab. Und diese Überraschung wollte ich mir zunutze machen.

***

Während ich weiterfuhr, versuchte ich meine derzeit noch chaotischen Gedanken über eine mögliche Rettungsaktion zu sortieren. Leider hatten wir immer nur das Weglaufen, Verstecken oder im besten Fall das Verteidigen geübt. Jedoch nie das Angreifen. Was sollte ich also zuerst tun?

Barry hatte irgendwann mal erzählt, dass er Nachforschungen darüber angestellt hatte, wo sich das Quartier der Improbas befinden könnte. Ob es definitive Ergebnisse waren oder nur Vermutungen, wusste ich nicht. Wo ich danach suchen sollte, ebenfalls nicht. Doch es war immerhin ein Anfang.

Ich gähnte herzhaft. Dann blickte ich auf die Uhr. Wir hatten bereits zwei Uhr morgens. Vielleicht sollte ich mir erst mal ein Nachtlager suchen, mir eine genaue Strategie überlegen, um dann mein Vorhaben am nächsten Tag frisch gestärkt in die Tat umsetzen zu können? Wie Barry immer zu sagen pflegte: *Müdigkeit ist die Wurzel von Trägheit und Unaufmerksamkeit.* Und das waren die letzten Eigenschaften, die ich haben wollte, wenn ich den Improbas entgegentrat.

Ich fuhr noch ein paar Meilen, bis ich auf den Parkplatz eines Motels abbog. »Snuggling in« zierte das Hauptgebäude in grellen Leuchtbuchstaben.

Mit hochgezogenen Augenbrauen musterte ich das heruntergekommene Etablissement. Ich wählte in Gedanken absichtlich dieses Wort. Wer wusste schon, was diese alten und verdreckten Wände verbargen?

Einen kurzen Moment überlegte ich, ob ich nicht doch lieber weiterfahren sollte, doch ich war zu müde. Außerdem war es, realistisch betrachtet, das perfekte Versteck. Wer würde mich hier suchen? Wer würde – außer mir diese Kaschemme freiwillig betreten?

Wie auf Kommando parkte ein protziger Mercedes direkt neben mir und ein Herr in piekfeinem Anzug stieg aus.

Ich rutschte tiefer in meinen Sitz, in der Hoffnung, nicht gesehen zu werden, doch meine Sorge war unbegründet. Aus der Beifahrertür schlüpfte eine Rothaarige, bei der es sich unverkennbar um eine Prosituierte handelte. Sie schien ziemlich angetrunken zu sein und hängte sich mit ihrem ganzen Gewicht an den Arm des Mannes. Dabei lachte und kicherte sie in einer Tour, während der Typ sie überall begrabschte und mit der Zunge über ihre Wange leckte.

Angewidert beobachtete ich das Schauspiel, bis die zwei schließlich in einer Tür verschwunden waren.

Soviel zum *Snuggling in* ... Na, das konnte ja heiter werden ...

Ich parkte mein Auto hinter den Gebäuden, damit es von der Straße aus nicht sichtbar war und ging in das Hauptgebäude, um mir selbst ein Zimmer zu buchen.

»N'Abend, Ma'am. Kann ich helfen?«, begrüßte mich ein fettleibiger, ungepflegter Kerl, dessen Haare zu einem strähnigen Pferdeschwanz zusammengebunden waren. Wenn das mal kein Klischee war ...

»Ähm, ja. Ich brauche ein Zimmer für heute Nacht«, erwiderte ich und trat vor die Rezeption. Gleichzeitig dachte ich, dass das ein überaus anspruchsvolles Wort für den maroden Schreibtisch vor mir war.

»Ausweis«, verlangte der Typ, während er seinen Rotz geräuschvoll hochzog und gekonnt in einen Eimer neben sich spuckte. Ich sah auf den Eimer und es schüttelte mich. Ich wollte gar nicht wissen, wie oft er das am Tag machte und welche Menge an undefinierbarem, schleimigem Scheiß sich darin befand.

»N'Problem?«

»Nein, nein«, beeilte ich mich zu sagen, zog meinen Geldbeutel hervor und legte ihm den Ausweis auf den Tisch.

»Marry Brown?«

»N'Problem?«, fragte ich in der gleichen Tonlage zurück, wie er es zuvor getan hatte.

»Nein, nein.« Der Typ grinste. »Ich sehe schon: Wir verstehen uns. Also: fünfzehn Dollar pro Nacht. Bar. Im Voraus zahlbar. Ohne Frühstück.«

Ich zückte die passenden Scheinchen und gab sie ihm.

»Hier.« Er hielt mir einen Schlüssel hin. »Schlafen Sie gut.«

Ich nickte, nahm den Schlüssel entgegen, steckte meinen Ausweis wieder ein und wünschte ihm ebenfalls eine gute Nacht. Dann verließ ich das Hauptgebäude, lief zurück zu meinem Auto, um meine Notfalltasche herauszuholen und suchte anschließend nach meinem Zimmer.

Ich ging die Veranda entlang und es dauerte nicht lange, bis ich es gefunden hatte.

Zimmer 123. Direkt neben Zimmer 124 – dem Zimmer, in dem vorhin das ungleiche Pärchen verschwunden war. Aber was sollte es.

Ich schloss die Zimmertür auf und schaltete das Licht an. Eine einzelne Glühbirne, die von der Decke herunterhing und eher den Anschein eines Provisoriums machte, flackerte filmreif und tauchte das Zimmer in ungleichmäßiges, trübes Licht.

Ich schloss hinter mir ab und schaute mich noch ein bisschen um. Das Zimmer war weder besonders gemütlich, noch sauber. Doch ich hatte tatsächlich schon schlechter geschlafen, zum Beispiel in meiner allerersten Wohnung. Barry hatte mir partout nicht helfen wollen, eine geeignete zu finden, da er dachte, er könnte mich so am Ausziehen hindern. Aber wenn ich mir einmal etwas in den Kopf gesetzt hatte, war es schwer mich vom Gegenteil zu überzeugen. Ich nahm also die erstbeste Gelegenheit wahr und schlief eine ganze Woche lang in einer Art »Tropfsteinhöhle«, bis Barry sich endlich dazu erbarmte mir bei der Suche nach einer besseren Bleibe zu helfen. Was hatten wir damals gelacht ...

Ich riss mich aus meinen Gedanken und kontrollierte, ob alle Fenster verschlossen waren. Auch wenn ein wenig Frischluft diesem muffigen Appartement sicher gutgetan hätte, wollte ich es einem eventuellen Einbrecher nicht zu leicht machen. Dann schnappte ich mir das Waschzeug aus meiner Notfalltasche und begann mich bettfein zu machen. Was für ein Glück, dass Barry mich gezwungen hatte, eine solche Tasche allzeit in meinem Auto zu haben. »Man weiß nie, was kommt«, hatte er immer gesagt. Und mal wieder hatte der gute Mann Recht behalten …

Nachdem ich fertig war, zog ich mir ein T-Shirt zum Schlafen über, knipste das Licht aus und kuschelte mich in meine Bettdecke. Sie war überraschend weich. Vielleicht rührte auch daher der Name *Snugglin in*? Ich grinste und es dauerte tatsächlich nicht lange, bis ich eingeschlafen war.

***

Laute Schreie und Gepolter rissen mich einige Zeit später aus meinen unruhigen Träumen.

»Du Schlampe! Ich mach dich alle!«

Erschrocken fuhr ich hoch. Oh Gott! Wie konnten sie mich hier nur finden?

Panisch suchte ich nach dem Lichtschalter, damit ich meinen Angreifern wenigstens in die Augen sehen konnte.

»Du verdammtes Miststück! Ich werd dir helfen, mir entkommen zu wollen!«

Endlich hatte ich den Schalter gefunden und knipste das Licht ein. Hektisch scannten meine Augen das Zimmer ab.

Ein schriller Frauenschrei war zu hören, doch langsam realisierte ich, dass sich gar niemand in meinem Appartement befand, sondern die Schreie aus dem Nachbarzimmer drangen.

»Bleib hier!«, befahl eine tiefdunkle Männerstimme.

Wieder ein Schrei.

Dann Geräusche, als würden Sachen durch das Zimmer geworfen. Schwere Sachen.

Ich rappelte mich auf und horchte an der Wand. Was zur Hölle war da los?

»Komm her, du …«

»Bitte nicht!«, wimmerte eine hohe Stimme.

Ein erneuter Schrei. Gepolter.

Kurz darauf ein verzweifeltes Flehen: »Bitte … Pack das Messer weg.«

Messer?!

Ich schnappte mir meine Hose, zog sie in Windeseile über, rannte aus meinem Appartement und hämmerte an die Tür des Nachbarzimmers.

»Machen Sie auf!«, schrie ich.

Es wurde still.

»Machen Sie auf, verdammt noch mal!«, wiederholte ich. Dieses Mal jedoch schärfer.

Ich hörte, wie dumpfe Schritte in Richtung Tür kamen und ging ein Stück zurück. Dann öffnete mir der Kerl, der vorhin noch so offenkundiges Interesse an seiner Begleitung zeigte, einen Spalt breit die Tür.

»Was willst du?«, pampte er mich an.

»Rein«, antwortete ich kurzerhand, stieß die Tür beiseite und schlüpfte an dem Typ vorbei. Dieser war im ersten Moment so perplex, dass er gar nicht reagierte und mich einfach nur ungläubig anstarrte, während ich zu der Prostituierten ging und mich zu ihr hinunterbeugte, da sie in der Ecke des kleinen Zimmers zusammengesunken war. Sie blutete aus der Nase und bereits jetzt zeichnete sich ein Veilchen ab, doch ansonsten schien sie soweit unversehrt zu sein.

»Alles okay?«, fragte ich sicherheitshalber nach und half ihr auf. Ihre Gesichtszüge erhellten sich, als ich sie berührte, und sie wischte sich die Tränen weg.

»Jetzt ja«, antwortete sie und strahlte mich an. Eine typische Reaktion eines Menschen auf mein Pro. Dummerweise gab mein Pro auch den falschen Leuten Hoffnung, selbst wenn diese nicht durch Verzweiflung zu ihrer Tat getrieben wurden, sondern einfach von Natur aus bösartig waren. So wie der werte Herr zum Beispiel, der jetzt vor mir stand und sich auf einmal ganz stark zu fühlen schien.

Glücklicherweise war Barry sich sicher, dass das nur für Menschen galt. Nicht auszudenken, wenn mein Pro den gleichen Effekt bei den Improbas hätte ...

Blitzschnell schlug der aggressive Typ die Tür hinter sich zu und ein dreckiges Grinsen huschte über sein Gesicht.

»Okay, ihr Tussis.« Er hatte das Messer wieder hervorgeholt und fuchtelte in meinen Augen unbeholfen damit herum, obwohl er sich anscheinend sehr cool vorkam. »Ihr wollt eine Party zu dritt? Könnt ihr haben ...«, verkündete er und seine Augen blickten lüstern zwischen der Frau und mir hin und her.

Ich betrachtete den Typ und wägte seine Chancen ab. Er war unsportlich und übergewichtig. Somit war er langsam und wenn ich mir das Messergefuchtel so ansah, war er weder im Umgang mit Waffen geschult, noch hatte er in irgendeiner Form Erfahrung in Kampfsport.

Ich lächelte. Er hatte ja sowas von keine Ahnung, mit wem er sich hier anlegte. Dann drehte ich mich zu der Prostituierten um. »Wie heißt du?«, fragte ich sie.

»Victoria«, erwiderte sie leise.

»Okay, Victoria, du bleibst hier stehen und bewegst dich nicht, bevor ich es sage. Ich regle das.«

Sie nickte und ich schenkte ihr noch eine Berührung. Da stahl sich ein kleines Lächeln auf ihr Gesicht.

»Danke«, hauchte sie.

»Jetzt zu dir ...«, wandte ich mich an den Typ und stellte mich zwischen ihn und Victoria – immer noch so, dass ich ausreichend Abstand hatte und er mich nicht packen konnte.

»Ich hab's schon gehört. Du willst mich für dich allein haben.« Er leckte sich mit der Zunge über die Lippen.

»Richtig. Auch wenn das in deiner Vorstellung anders aussieht, als in meiner.«

Er begann mich zu mustern. Sein Blick glitt an mir herab, verweilte kurz auf meinen Brüsten, dann auf meiner Hüfte und schließlich auf meinen Beinen.

»Du hast Glück, Baby. Du bist genau mein Fall. Schlank, langes, blondes Haar, blaue Augen. Zwar nur ein B-Körbchen, soweit ich das erkennen kann, aber das nehme ich in Kauf.«

»Da bin ich aber froh, dass ich dir gefalle«, antwortete ich sarkastisch. »Aber genug mit den Spielereien. Du hast genau zwei Minuten, um deine Sachen zu packen und zu verschwinden. Ansonsten könnte es durchaus unangenehm für dich werden.«

Der Mann prustete los, und das in einer Lautstärke, als hätte ich den Witz des Jahrtausends gemacht.

»Du hast Recht. Lassen wir das. Du hast genau zwei Minuten dich auszuziehen, damit du es mir besorgen kannst.« Er hielt das Messer vor sich, zückte mit der linken Hand einen Kabelbinder aus seiner Hosentasche und machte grinsend einen Schritt auf mich zu.

»Bist du sicher?«, fragte ich.

»Aber sowas von!«

Es folgten zwei weitere Schritte in meine Richtung und kurz bevor er vor mir stand und mit dem Messer auf mich losstürzte, duckte ich mich. Nach einer gekonnten Linksdrehung trat ich gezielt gegen seinen rechten Unterarm und fühlte mich durch ein lautes Knacken und einen darauffolgenden Schmerzensschrei in meiner Treffsicherheit bestätigt.

Das Messer fiel ihm aus der Hand, doch bevor er sich besinnen konnte, schnellte ich an ihm vorbei und drehte ihm seinen offensichtlich gebrochenen Arm auf den Rücken.

»Und wie ich es dir besorgen werde«, antwortete ich und drückte den Arm so weit nach hinten, bis sein Oberarm kurz vorm Auskugeln stand und er wie ein kleiner Junge zu jammern begann.

»Verdammtes Miststück!«, ächzte er, doch ich blieb unbeeindruckt und sah stattdessen zu der Frau.

»Victoria?«

Mit offenem Mund starrte sie mich an. Vermutlich überlegte sie gerade, vor wem sie mehr Angst haben sollte. Da sie nicht reagierte, sprach ich sie erneut an. Diesmal etwas lauter.

»Victoria?«

Ihr Blick klärte sich und sie antwortete mit einem erschrockenen »Ja, bitte?«

»Pack seine Sachen und schmeiß sie vor das Appartement.«

Hastig klaubte sie sein Zeug zusammen und tat wie geheißen.

»Und was ist mit meinem Geld? Ich hab die Schlampe bereits bezahlt!«, wetterte der Typ, doch ich drehte seinen Arm noch ein kleines bisschen mehr und bis auf ein leidvolles Stöhnen war von ihm nichts mehr zu hören.

»Das darf sie behalten. Da du ja so nett zu ihr gewesen bist, kann sie sich davon neues Make-Up kaufen.«

Der widerliche Kerl schwieg.

Ich zwang ihn in Richtung Tür und stieß ihn unsanft aus dem Appartement.

»Komm ja nie wieder. Beim nächsten Mal bin ich nicht mehr so nett.«

Zuerst schien er zu überlegen, ob er noch etwas entgegnen sollte, doch dann sammelte er mit seinem funktionstüchtigen Arm seine Sachen ein und ging leise fluchend zu seinem Auto. Ich schloss die Tür hinter ihm, lehnte mich dagegen und atmete tief durch. Ich hatte solche Kampfsimulationen schon unzählige Male zuvor mit Barry geübt, doch eine der Taktiken wirklich mal im Ernstfall anzuwenden und damit sogar einen Menschen richtig zu verletzen – und wenn er es noch so verdient hatte – bereitete mir ein fürchterlich flaues Gefühl im Magen.

»Alles in Ordnung?« Nun war es Victoria, die mir ihre Hand auf die Schulter legte und mich dankbar ansah. »Du siehst so blass aus.«

»Alles okay«, antwortete ich und rang mir ein Lächeln ab.

»Du hast mir vermutlich das Leben gerettet. Danke.«

»Schon gut.«

Sie hielt mir dreihundert Dollar hin.

Überrascht sah ich sie an.

»Was soll ich damit?«

»Für dich. Für meine Rettung.«

»Ich möchte doch kein Geld dafür«, lehnte ich ab.

»Bitte, nimm es. Ich kann mich anders nicht revanchieren. Ich habe sonst nichts.«

»Du brauchst dich nicht zu revanchieren. Das war für mich selbstverständlich.« Ich lächelte abermals.

Victoria schaute bedrückt nach unten.

»In meinem Leben war nie etwas selbstverständlich«, sagte sie leise.

Ich spürte, wie sich erneut Verzweiflung in ihr breitmachte, jedoch nicht mehr aus Furcht. Es war vielmehr eine Art Hoffnungslosigkeit, die ihr ganzes Leben sinnlos erschienen ließ.

»Kann ich dir irgendwie helfen?«, fragte ich.

Sie schaute mich niedergeschlagen an und schüttelte dann den Kopf. Von der überdrehten Kichertussi, die sie vorhin auf dem Parkplatz noch gegeben hatte, schien nichts mehr übrig zu sein.

»Du hast mir schon genug geholfen. Besser du gehst. Nicht, dass du meinetwegen noch tiefer in Schwierigkeiten gerätst.«

Sie gab mir einen Kuss auf die Wange, begann ihre Kleidung zu richten und ging ins Badezimmer, wo sie sich das Blut abwusch.

Ich folgte ihr.

»Hast du Probleme?«

Sie schaute mich an und ich sah, wie sich Tränen in ihren Augen sammelten.

»Hey ...«, murmelte ich mitfühlend und nahm sie in die Arme. Sie drückte mich und begann haltlos zu weinen.

»Du kannst es mir ruhig erzählen. Vielleicht kann ich dir helfen ...«

»Ich denke nicht, dass du das kannst«, schluchzte sie.

»Wir könnten es auf einen Versuch ankommen lassen«, ermunterte ich sie – und da brach alles aus ihr heraus.

»Ich weiß nicht, wo ich hin soll. Ich hab keine Wohnung, keine Familie, keine Freunde. Ich hab kein Geld und seit eben auch keine Arbeit mehr. Und wenn Tyrone mich findet ...« Victoria schluchzte so sehr, dass ihre Stimme brach.

»Wer ist Tyrone?«, hakte ich nach.

Sie machte sich von mir los und schaute mich mit ihren verheulten Augen an.

»Mein Zuhälter«, schniefte sie.

»Na, wenn das alles ist«, scherzte ich und hoffte, sie damit etwas aufzumuntern, doch ihr Gesichtsausdruck blieb regungslos.

»Ich helfe dir. Wir kriegen das hin«, versuchte ich es noch einmal und streichelte ihr über die Wange – eine gezielte Berührung, die ihr so viel mehr geben sollte als nur Trost.

»Wirklich?« Sie wischte sich die Tränen weg.

»Bestimmt.«

»Danke«, flüsterte sie erneut.

»Schon okay. Jetzt hol deine Sachen. Wir bleiben die Nacht in meinem Appartement und beratschlagen morgen, was wir tun können.«

Sie nickte, wusch sich noch einmal das Gesicht, packte ihre Sachen und kam mit mir rüber ins angrenzende Zimmer.

»Jetzt muss ich aber ins Bett. Ich bin hundemüde«, gähnte ich, zog meine Hose wieder aus, kontrollierte noch einmal, ob die Tür auch wirklich verschlossen war und legte mich dann hin.

Victoria stand unbeholfen im Zimmer.

»Was ist?«, fragte ich.

Sie antwortete nicht.

»Du kannst dich ruhig neben mich legen. Solange du mich nicht im Schlaf erdrosseln willst, macht mir das nichts aus.« Ich zwinkerte ihr zu und drehte mich auf die Seite.

»Um Gottes Willen, nein!«, rief sie empört.

»Na, dann spring rein, damit ich das Licht ausmachen kann.«

Sie zog sich ihren Mini aus und krabbelte zu mir unter die Decke.

»Schlaf gut«, sagte ich und betätigte den Lichtschalter.

»Du auch.«

Ich war kurz vorm Wegnicken, als Victoria mich noch einmal ansprach.

»Wie heißt du eigentlich?«, flüsterte sie.

»Hope.«

»Das passt.«

»Ich weiß.«

Sie konnte mein Grinsen zwar nicht sehen, doch ich war mir sicher, dass sie es spürte.

Weitere fünf Minuten vergingen.

»Hope?«

»Hm?«

»Wo hast du so kämpfen gelernt?« Victorias Stimme klang leicht nervös.

»Das ist eine lange Geschichte«, blockte ich das Gespräch ab und ließ sie mit einem herzhaften Gähnen glauben, dass meine Müdigkeit der Grund für meine Wortkargheit war. Was hätte ich ihr auch erzählen sollen?

»Oh. Okay.« Nun hörte sie sich doch ein wenig enttäuscht an. Andererseits irritierte mich ihre besorgte und zurückhaltende Stimmlage, so dass ich mir gar nicht mehr sicher war, ob sie das *wirklich* interessierte. Wer wusste schon, was sie in ihrem Leben schon alles hatte durchmachen müssen. Vielleicht hatte sie auch einfach genug von irgendwelchen Schauermärchen?

»Vielleicht erzähl ich dir es irgendwann mal«, fügte ich hinzu.

»Ja, vielleicht.«

»Dann gute Nacht.«

»Dir auch.«

Ich schloss die Augen und es dauerte nicht lange, bis ich eingeschlafen war.

***

Am nächsten Morgen wurde ich sanft von warmem Kaffeeduft geweckt. Ich blinzelte, streckte mich und sah auf die Uhr.

11:15 Uhr.

Ich schrecke hoch. So spät schon?!

Victoria saß auf der Bettkante und hielt mir schüchtern einen Kaffeebecher hin.

»Ich wusste nicht, was du magst, deswegen hab ich dir Milch und Zucker mitgebracht.«

Eigentlich war ich kein Fan von Kaffee, doch ich wollte sie ungern in Verlegenheit bringen, indem ich es ihr sagte, also nahm ich ihn dankend entgegen, tat Zucker und Milch hinein und nahm einen großen Schluck.

Sie schien sich sichtlich zu freuen, dass er mir »schmeckte«.

»Möchtest du noch etwas anderes?«

»Nein, danke.« Ich sah sie an und betrachtete sie. So ganz ohne Make-Up und die hochtoupierten Haare sah sie richtig hübsch aus. Nur der Mini störte das Gesamtbild.

»Ich würde etwas Anderes anziehen, wenn ich etwas hätte. Doch die paar Sachen, die ich habe, sind bei Tyrone und da brauche ich nie wieder aufzutauchen«, erriet sie meine Gedanken.

Verschämt senkte ich den Blick. »Tut mir leid, ich wollte dich nicht –«

»Hast du nicht«, unterbrach Victoria mich. »Das hier ist Arbeitskleidung. Mehr nicht.«

»Wenn du möchtest, leihe ich dir gerne was. Eine Freundin hat noch Sachen bei mir. Sie hat ungefähr die gleiche Statur wie du.«

Victorias Augen weiteten sich vor Freude, doch genauso schnell verdüsterte sich ihr Gesichtsausdruck wieder.

»Und du meinst, das wäre ihr recht?«, fragte sie unsicher.

»Ganz bestimmt sogar. Sie mag jeden. Aber sie wird es nicht einmal mitkriegen.« Meine Stimme klang plötzlich seltsam belegt – jetzt, wo ich an die besagte Freundin, also an Love dachte.

Was sie wohl mit ihr machten? Ob sie bereits mit der Umschulung begonnen hatten?

»Was ist los?«, riss Victoria mich aus meinen düsteren Gedanken und rutschte dichter an mich heran.

Ich überlegte, ob ich ihr überhaupt vertrauen konnte, doch sie sah nicht so aus, als würde sie in irgendeiner Weise gefährlich sein. Sie schien mir eher eine gute Freundin zu werden und vielleicht würde sie mir sogar helfen können. Und jetzt, wo Barry nicht mehr da war, konnte ich eine Freundin, die mich unterstützte, sehr wohl gebrauchen.

»Sie ist entführt worden«, antwortete ich deshalb ehrlich.

Victoria schlug sich mit der Hand vor den Mund.

»Ach du Schreck! Und jetzt? Hast du schon die Polizei informiert?«

»Nein. Das wäre auch zu kompliziert.«

Victoria seufzte. »Ist es das nicht immer?«

»Leider ja. Ich weiß nicht, wem ich noch trauen kann.«

»Stecken die Bullen etwa auch mit drin?« Sie klang fassungslos.

»Ich weiß es nicht.« Und das stimmte sogar.

Eigentlich konnte ich es mir nicht vorstellen, doch Barry hatte uns immer eingebläut, dass wir niemandem trauen durften, dass es genug Leute gäbe, denen dieses »Experiment« – also wir ein Dorn im Auge war. Bis zum heutigen Tag war nicht klar, wer uns damals als Säuglinge entführt hatte. Laut Barry kam somit jeder außer unserer Familie in Betracht. Gleichwohl ich diese Ansicht immer für paranoid gehalten hatte, brachte ich mittlerweile mehr Verständnis für Barry auf.

Victoria nickte indes. »Sind sie auch hinter dir her?«

Ich schaute sie fragend an.

»Hast du deswegen gesagt, dass du Hope heißt, obwohl auf deinem Ausweis da vorne Marry Brown steht?«

»Ich ...«

»Schon okay. Wir haben alle unsere Geheimnisse.« Sie legte ihre Hand auf meine Schulter und drückte sie leicht, um mir ihre Anteilnahme zu bekunden. Und auf einmal kam ich mir total schlecht vor, dass ich ihr nicht alles erzählen konnte.

»Mein richtiger Name ist tatsächlich Hope«, sagte ich leise, um unsere neue, zarte Freundschaft wenigstens mit ein bisschen Ehrlichkeit zu nähren.

Victoria lächelte. »Und was willst du jetzt tun?«

»Meine Freundin retten. Was denkst du denn?« Ich setzte ein Grinsen auf, doch ich spürte, dass es eher maskenhaft wirkte und nicht halb so viel Euphorie verbreitete, wie es eigentlich sollte.

»Kann ich dir irgendwie helfen?«, fragte Victoria ernst.

Zuerst wollte ich ablehnen, doch dann fiel mir Streuner wieder ein und ich erzählte ihr von meinem Kater.

»Klar füttere ich ihn! Ich liebe Katzen!«, antwortete Victoria ganz aufgeregt. »Und du bist dir echt sicher, dass ich so lange bei dir wohnen kann?«

»Solange du willst.«

»Und die Entführer ... Meinst du nicht, dass sie dich dort suchen kommen?«

»Ich weiß es nicht«, gestand ich ehrlicherweise. »Ich nehme nicht an, dass sie wissen, wo ich wohne. Sonst hätten sie mich schon längst geschnappt, doch ich würde es dir nicht verübeln, wenn dir die Sache zu heikel ist und du lieber woanders hin willst.«

Victoria lächelte matt. »Es gibt für mich kein Woanders und ich wäre sehr froh, wenn ich dir mit meiner Hilfe etwas zurückgeben könnte.« Eine Träne stahl sich aus ihrem Augenwinkel. Sie wirkte ganz ergriffen und ich drückte sie noch einmal herzlich an mich.

»Okay. Dann machen wir uns jetzt fertig und dann geht's los, oder?«

»Du kannst auf mich zählen!«

Keine halbe Stunde später saßen wir in meinem Auto und fuhren in Richtung Heimat.

4. Kapitel

Despair

Punkt null achthundert stand ich mit meinem Wagen vor unserem Quartier. Eigentlich hatte ich nicht wirklich Lust, hineinzugehen und bei der Umschulung der anderen zuzuschauen, schließlich hatte ich mich gestern schon genug darüber geärgert, dass Hope mir entwischt war.

Viel lieber würde ich mich auf die Suche nach ihr begeben, doch nachdem unser Oberst zu bedenken gegeben hatte, dass über kurz oder lang eine der Tussis einknicken und uns alles über Hope und ihren Aufenthaltsort verraten könnte, blieb mir kaum eine andere Wahl.

Seufzend stieg ich aus dem Auto. Da drangen mir bereits Töne unserer Hymne ins Ohr, die man uns immer während des Trainings vorgespielt hatte.

»We're warriors, warriors of the world!«, tönte *Manowar* lautstark von drinnen und selbst hier draußen hörte man Hates grausam schiefe Versuche, mitzusingen.

Unser Oberst hatte von uns verlangt, dass wir diese zwei Textzeilen verinnerlichten. Sie glaubten. Danach lebten. Denn genau dazu waren wir ausgebildet worden: zu Kriegern, die die Welt vor der Heimtücke der Probas schützten.

Ich straffte die Schultern, betrat das Gebäude und machte mich auf den Weg hinauf in den ersten Stock. Wären sie bereits im Keller bei den Probas gewesen, hätte man aufgrund der Schallisolierung von außen nichts mehr gehört.

Nachdem ich die Treppe hinaufgestiegen war, erreichte ich die eigentliche Eingangstür unseres Quartiers, welche sich direkt neben der Tür zum Wohntrakt unseres Obersts befand. – Damit er auch ja ein Auge auf uns haben konnte.

Ich blieb noch einen Moment stehen und hörte meinen Brüdern zu, wie sie die Hymne mitgrölten. Dann atmete ich noch einmal tief ein und stieß die Tür auf.

Unser Oberst schrie zur Melodie und streckte den rechten Arm vor sich in die Luft. Meine Brüder taten es ihm gleich und auch ich gesellte mich in die Reihen, während wir alle »We're warriors, warriors of the world!« brüllten.

Anschließend schaltete er die Musik aus und sprach: »Heute ist ein großer Tag. Nach siebzehn langen Jahren haben wir endlich die Probas in unserer Gewalt und können sie auf den rechten Weg zurückführen. Nun ist es an euch, das Leid der Welt zu beenden und den Menschen zu helfen.«

Ein zustimmendes Gemurmel ging durch den Raum.

»Jeder von euch kümmert sich um sein Gegenstück. Da dabei zwei absolute Widerparts aufeinanderprallen und sie so viel negative Energie in hochkonzentrierter Form nicht ertragen können, wird die Umschulung maximal zwei Wochen dauern. Ich gehe allerdings von nur einer Woche aus.«

»So schnell?«, fragte Greed überrascht und entschuldigte sich sogleich für den Zwischenruf. Unser Oberst schätzte es nicht, wenn man ihn unterbrach.

»Du musst dir vorstellen, Greed, dass sie ihr ganzes Leben lang nie etwas Schlechtes erlebt haben. Für sie hat sich immer alles zum Guten gewandt. Wenn die Probas jetzt auf euch treffen und euer Impro unbarmherzig auf sie niederprasselt, ist das so, als würden sie von einem Panzer überrollt. Das hält keine lange aus.«

»Und kann das theoretisch auch umgekehrt passieren?«, hakte Greed vorsichtig nach.

»Du hörst dich schon an wie Despair«, antwortete unser Oberst abfällig und meine Miene verfinsterte sich unwillkürlich. Aber immerhin: Er antwortete. Ungewöhnlich, wenn man bedachte, dass wir ihm sonst NIE Fragen stellen durften. Denn Fragen zeugten von Dummheit, wie er immer betonte.

»Ihr müsst euch keine Sorgen machen. Eure Impros sind stärker als die Pros der Mädchen. Und zudem seid ihr Männer. Ihr seid von Natur aus stärker. In allen Bereichen.«

Greed nickte zufrieden. Wobei es für mich mehr nach Erleichterung aussah.

»Es wird genauso verfahren, wie bei eurer Ausbildung. Die Methoden werden je nach Widerstand gesteigert. Nach dem Prinzip: Klingeln, klopfen, Tür eintreten. Alles klar?«

Zustimmendes Gemurmel.

»Und ich will weder einen von euch, noch eine der Probas zu Gesicht bekommen, bevor keine erfolgreiche Umschulung stattgefunden hat.«

»Sehr wohl, Sir!«, bestätigten alle unisono.

»Dann zeigt, was ihr gelernt habt. Macht mich stolz.« Mit diesen Worten beendete er die Ansprache und deutete in Richtung Tür, zu der sich alle meiner Brüder gehorsam begaben.

Ich drehte mich ebenfalls um, als mich unser Oberst aufhielt.

»Despair?«

»Ja?«

»Ja, *was*?«, fragte unser Oberst gereizt.

»Ja, *Sir*?«, entgegnete ich und konnte den gleichen Unterton in meiner Stimme nicht unterdrücken.

»Da du als einziger versagt hast, solltest du dich schnellstmöglich darum kümmern, dieses Vergehen zu bereinigen.«

Ich nickte.

»Halte dich an Greed. Sein Gegenstück ist die labilste von allen und wird dir vermutlich am schnellsten erzählen, was du wissen musst.«

»Ich soll direkt mit ihr sprechen?«, fragte ich verblüfft.

Missbilligend zog unser Oberst die Brauen nach oben. Ich wusste, dass ich diese Frage besser nicht gestellt hätte. Andererseits: Unser Verhältnis konnte eigentlich nicht noch schlechter werden. Wozu also Vorsicht walten lassen?

»Wenn ich sage, dass sein Gegenstück DIR am schnellsten alles Wissenswerte erzählen wird: Wen, glaubst du, habe ich dann damit gemeint?«, fragte er scharf.

»Na ja, ich dachte nur –«

»Was? Dass du es mal wieder nicht schaffst? Dass du mal wieder versagst? Dass du es wie immer nicht hinbekommst? Dann beauftrage Greed mit der Erpressung der Informationen, wenn du so unfähig bist!«

Ich knirschte mit den Zähnen. Ich hasste dieses Arschloch! Ich hasste ihn so sehr!

»Nein. Ich hatte mich lediglich gefragt, ob es passieren könnte, dass ich Modesty dabei auf mein Impro umtrainiere.«

Der Oberst schaute kurz erstaunt. Man sah ihm deutlich an, dass er eine so intelligente Frage von mir nicht erwartet hatte. – Schönen Dank auch! – Aber er ließ sich nichts weiter anmerken.

»Nein. Das kann nicht passieren. Wenn ihr Sensianer einmal trainiert seid, kann man euch nur noch ins Gegenteil umpolen. Falls ihr das überlebt ... Also trage besser Sorge dafür, dass du derjenige bist, der umschult, und nicht der, der umgeschult wird. Und jetzt geh mir aus den Augen und tue, was ich dir aufgetragen habe.«

»Okay.«

Der Oberst bedachte mich mit einem tödlichen Blick.

»Sir«, fügte ich schnell hinzu. Ich wusste zwar, dass er hauptsächlich meine saloppe Antwort gemeint hatte, aber das war mir in dem Moment egal.

Ich ging hinunter in den Keller. Mal schauen, ob Greeds Proba wirklich so redselig war.

***

»Lass mich!«

»Was soll das, du Arsch?«

»Nimm deine dreckigen Pfoten von mir!«

»Hilfe!!!«

Scheinbar waren meine Brüder schon in vollem Gange.

Ich betrat die Kellerräume und sah dabei zu, wie die Probas erst einmal separiert wurden. Das war Standard. Wenn man alleine war und keinen mehr zum Trösten hatte, brach man viel schneller.

Während meine Brüder ihre Probas zu den Einzelkäfigen zerrten, suchte ich Raum für Raum nach Greed ab. Wie auch wir damals bekamen alle Gefangenen ein einzelnes Zimmer – ein Spielzimmer, wie unser Oberst mit einem dreckigen Grinsen immer zu sagen pflegte.

»Lass mich los, du Arschloch!«, hörte ich eines der Mädchen schreien und ich lugte in das betreffende Zimmer hinein.

Hate war gerade dabei, seine Proba an den Haaren in einen der Käfige zu ziehen.

»Hate?«

»Was ist?«, schnauzte er mich an. »Siehst du nicht, dass ich alle Hände voll zu tun habe?!«

Seine Proba schien sich mit aller Kraft gegen den Käfig zu stemmen.

»Hör auf, du verdammtes Miststück!«, brüllte er sie an.

Woraufhin sie ihn in die Hand biss. Typisch Mädchen.

»Fick dich, du Hinterwäldler!«, schrie sie zurück.

Oh, oh ... Das hätte sie wohl besser nicht sagen sollen ...

Hate holte aus und schlug ihr mit voller Wucht ins Gesicht, ihr Kopf flog wie der einer Puppe zur Seite. Entsetzt starrte sie ihn an, während sie sich wimmernd die Wange hielt.

Hate packte die Proba am Hals und zerrte sie von dem kniehohen Käfig, den er zuerst mit ihr angesteuert hatte, weg zu einem Stehkäfig. Sie hatte aufgehört sich zu wehren.

»Was willst du?« frage Hate mich.

»Eigentlich nur wissen, wo Greed ist.«

»In *deinem* Spielzimmer«, antwortete er und schubste seine Proba in den Käfig.

»In *meinem*?«

»Der Oberst meinte, seine Proba sei die schwächste und wird am ehesten aufgeben. Von daher sei es ratsam, sie in das abseits gelegenste Zimmer zu stecken, damit sie noch nicht mal mehr die anderen hören kann.«

Ich nickte langsam. Das Szenario war mir wohlbekannt.

»Proba, Proba, Proba ... Wir haben auch Namen!«, beschwerte Hates Gefangene sich und er hob drohend die Hand.

»Willst du noch eine?«

Sie drückte sich an die Gitterstäbe, um außer Reichweite zu kommen.

»Kühen und Schweinen gibt man auch keine Namen. Sie sind Vieh, welches zu einem bestimmten Zweck gezüchtet wurde, um dann von der überlegeneren Rasse gefressen zu werden«, blaffte Hate sie an.

Die Proba riss ungläubig die Augen auf. »Und du hältst dich ernsthaft für die überlegenere Rasse?«

Ich musste wider Willen grinsen. So ganz Unrecht hatte sie mit dem Einwand nicht.

Aber sie zählte definitiv auch nicht dazu, sonst hätte sie längst bemerkt, dass sie Hate besser nicht reizte.

Wie auf Kommando griff Hate durch das Gitter in ihr blondes Haar und zog so kräftig daran, dass ihr Kopf gegen die Stäbe prallte. Sofort entstand eine Platzwunde auf ihrer Stirn und Blut floss in einem kleinen Rinnsal hinunter in ihre linke Augenbraue.

»Zweifelst du immer noch daran, dass ich zur überlegenen Rasse gehöre?« Hate lachte höhnisch.

Die Proba sagte nichts mehr, sondern wischte sich das Blut ab, welches mittlerweile bis in ihr Auge tropfte. Sie war kurz davor, in Tränen auszubrechen, doch sie riss sich zusammen. Ein tapferes Mädchen, wie ich fraglos zugeben musste.

Hate schloss den Käfig ab und wollte gehen.

»Hate?« Ich zog ihn ein paar Meter von dem Käfig weg.

»Was ist denn noch?«, fragte er genervt.

»Du weißt schon, dass das Training für gewöhnlich mit dem kniehohen Käfig beginnt, oder?«

Er sah mich mit hochgezogenen Augenbrauen an. »Bist du jetzt ihr Beschützer oder was?!«

Ich rollte mit den Augen. »Nein. Ich wollte nur nicht, dass du dein Spielzeug mal wieder als Erster kaputt machst.«

»*Spielzeug?!*«, kam es entrüstet aus dem Käfig.

Hate grinste hämisch. »Wir können sie ja fragen, was sie lieber möchte.«

Ich winkte ab. Ich wusste jetzt schon, dass sie freiwillig den Stehkäfig wählen würde. Diesen Fehler hatten wir damals alle begangen.

»Hey, Puppe!« Hate ging zu der Proba und lehnte sich an die Gitterstäbe.

»Ich heiße Love!«

Hate feixte. »Als wenn das besser wäre ...«

Die Proba schnaubte.

»Sag mal, Puppe. Willst du lieber in *den* Käfig – er zeigte auf den kniehohen oder *hier* drinbleiben?«

»In den da? Spinnst du? Glaubst du wirklich, ich werde vor dir auf Knien rumrutschen?«, empörte die Proba sich, während ich nur mit dem Kopf schüttelte.

Hate lachte jetzt noch lauter und stieß mich in die Rippen. »Siehst du, Alter. Und das will die überlegenere Rasse sein! Ich hol mir jetzt was zu Essen und danach mache ich sie mit ihrem Eimer vertraut.« Mit diesen Worten verschwand Hate, immer noch laut lachend.

»Was hast du eigentlich für ein Problem mit mir? Warum willst du, dass er mich in den kleinen Käfig steckt?«, fuhr mich die Proba an.

Ich drehte mich um. »Du hättest besser den anderen Käfig wählen sollen«, antwortete ich gelassen, ohne genau auf ihre Frage einzugehen.

»Bist du irre? Da kann ich ja nicht mal drin stehen!«, empörte sie sich weiter.

»Und in diesem kannst du dich nicht mal setzen ...«, erwiderte ich kühl.

Die Proba schaute sich um, als würde sie jetzt erst registrieren, wie schmal der Stehkäfig war. Dann runzelte sie die Stirn.

»Du wolltest mir helfen?«

»Ich muss jetzt gehen.« Abrupt drehte ich mich um und machte mich auf den Weg zu Greed.

Ich wusste selbst nicht, warum ich Hate darauf angesprochen hatte. Vermutlich, weil ich mich beim Betreten dieser Räumlichkeiten immer in die Vergangenheit zurückversetzt fühlte und dadurch automatisch daran denken musste, wie mein eigenes Training damals verlaufen war.

Wir alle wurden zu Beginn unserer Ausbildung in den kniehohen Käfig gesteckt. Und wir alle hatten rebelliert, dass wir lieber in den Stehkäfig wollten, damit wir uns aufrichten konnten.

Als die meisten von uns – einschließlich mir dann auf eigenen Wunsch die Käfige wechseln »durften«, merkten wir erst, was wir eingetauscht hatten. Die Stehkäfige waren so schmal, dass man sich nicht mal hinhocken konnte. Man musste stehen. Immer. Beim Essen, beim Schlafen, ja selbst wenn wir unsere Notdurft verrichteten.

Es dauerte nicht lange, bis Krämpfe uns plagten und bis die ersten von uns vor völliger Erschöpfung zusammenbrachen. Als es danach zurück in den kniehohen Käfig ging, war jeder froh darüber. Keiner wagte es mehr, sich zu beschweren.

***

Ich stand vor meinem ehemaligen »Spielzimmer«. Ein kalter Schauer lief mir über den Rücken. Mit Beendigung meiner Ausbildung hatte ich diesen Raum nie wieder betreten und ich hatte mir auch geschworen es nie wieder zu tun, doch jetzt, wo wir die Probas hatten, war alles anders.

Ich holte tief Luft, sammelte mich und betrat das Zimmer.

Greed hatte seine Proba bereits in den Käfig verfrachtet. Zusammengekauert, ihre eigene Knie umklammert, saß sie in der Ecke und heulte sich die Augen aus dem Kopf.

»Teufel nochmal! Was für eine Heulsuse!«, schnaubte Greed und schüttelte genervt den Kopf.

»Was ist denn los?«, fragte ich. »Hatte sie schon eine Einheit?«

Greed schnitt eine Grimasse. »Wenn es das wenigstens wäre! Aber nein: Das dumme Stück heult, weil sie *ihre Schwestern* nicht mehr bei sich hat.«

Ich nickte. Mir war es damals nicht anders ergangen. Allerdings dachte ich da auch noch, dass wir alle Freunde sein könnten und die Sache gemeinsam durchstehen würden. Ich hatte sogar mehrfach versucht, die Aufmerksamkeit unseres Obersts auf mich zu lenken, wenn er einen meiner Brüder mal wieder besonders misshandelte.

Anfänglich hatten meine Brüder das Gleiche auch noch für mich getan, aber das nahm mit der Zeit immer mehr ab, auch da die Strafen immer härter wurden.

Ich war stark. Ich konnte den Schmerz aushalten. Doch irgendwann hatte ich es einfach nicht mehr eingesehen mich jedes Mal für die anderen zu opfern, während sie mich im Stich ließen. Irgendwann hatte ich mich ... verändert.

Unser Oberst hatte uns einen Rat fürs Leben mitgegeben: »Kein Freund ist so gut, dass er *alles* für dich in Kauf nimmt.« Ich begann es zu glauben.

Das musste auch der Punkt gewesen sein, an dem mir klar wurde, wie schmerzhaft und zerstörerisch Hoffnung war. Wie qualvoll es war, immer darauf zu warten, dass man Hilfe bekäme, dass etwas besser würde, dass man eines Morgens aufwachte und mit den Menschenkindern auf der Straße spielen durfte, anstatt hier in einem Käfig zu sitzen.

Es trat nie ein.

Nie!

Stattdessen lebten wir mehr und mehr nach der Philosophie: Wer sich auf andere verlässt, ist verlassen. – Und damit fuhr ich sehr gut.

»Halt endlich dein verdammtes Maul! Sonst schneid ich dir die Zunge raus!«, blaffte Greed seine Proba an und unterbrach damit meine Gedankengänge.

Schlagartig hörte sie auf zu weinen und starrte ihn angsterfüllt an. Dabei bluffte der Idiot nur. Wir hatten ja viel in unserer Ausbildung mitmachen müssen, aber dass jemandem die Zunge rausgeschnitten wurde? Nein ...

»Greed?«, rief ich zu ihm hinüber, da ich immer noch in der Tür stand.

»Was ist denn?«, seufzte er genervt.

»Frag sie nach Hope.«

»Meinst du wirklich, so einfach geht das?«, murrte er.

»Biete ihr doch etwas für die Information«, schlug ich vor.

»Ihr etwas bieten?« Greed sah mich an, als wäre ich von allen guten Geistern verlassen. »Hast du in deiner Ausbildung nicht gelernt, dass der Dank für Kooperation Ruhe und keine Schmerzen sind?«

Ich nickte. »Das schon. Aber hätte ich tatsächlich etwas *bekommen*, wäre ich definitiv kooperativer gewesen.« Ich grinste.

»Du warst nie kooperativ, Despair.« Greed musterte mich. Er schien kurz darüber nachzudenken. »Vergiss es. Das kannst du ja mit Hope machen, falls du sie irgendwann mal kriegen solltest. Ich werde nach altbewährter Tradition verfahren.«

»Aber es sind nur schwache Weiber«, gab ich zu bedenken.

»Na und? Sollte es ihnen deswegen besser gehen als mir damals?«

Was sollte man gegen solch ein dummes Argument noch sagen?

»Jetzt steh nicht so doof da vorne rum. Komm und beteilige dich«, schnauzte Greed mich an.

Beteiligen. Unser Synonym für helfen. Wir halfen nämlich nicht. Niemandem. Wenn dann *beteiligten* wir uns an etwas.

Ich schaute auf das kleine Becken, welches sich rechts im Raum befand. Verdammt! Musste Greed mit seiner Proba ausgerechnet in *meinem* Zimmer sein?

Ich holte erneut tief Luft, dann drückte ich mich links an der Wand entlang und ging langsam in Richtung meines Bruders.

»Teufel noch mal, Despair! Sag bloß, du hast immer noch Angst vor dem bisschen Wasser?« Greed grinste. »Schwing jetzt endlich deinen verdammten Arsch hierher. Zügig!«

Mit ein paar schnellen Schritten war ich bei Greed. Packte seinen Unterarm und drehte ihn mit einer gekonnten Bewegung auf den Rücken.

»Es wird keine Welt geben, in der *du* mir Befehle erteilen kannst«, zischte ich dicht an seinem Ohr. Dann ließ ich ihn wieder los.

Ich wusste, dass ich ihm wehgetan hatte, doch Greed schluckte den Schmerz hinunter und signalisierte mir mit einem kaum merklichen Nicken, dass er verstanden hatte. Auch ein Teil unserer Ausbildung: niemals Schwäche zeigen, schon gar nicht vor dem Feind.

Dann griff er durch die Stäbe und zog seine Proba an den Haaren zum Gitter.

»So, Schätzchen, du verrätst uns jetzt, wo sich Hope aufhält. Sonst spielen wir ein bisschen miteinander.« Greeds Gesichtsausdruck verfinsterte sich, und obwohl seine Lippen zu einem Lächeln verzogen waren, konnte man die Bösartigkeit in seinen Augen sehen.

»Gar nichts sag ich dir!«, fauchte die Proba überraschend mutig zurück, was mich anerkennend nicken ließ.

»Ich werd dir zeigen …«, begann Greed und riss weiter an ihren Haaren, bis ich ihn zur Seite stieß. Greed akzeptierte es. Er wusste, dass mir außer Hate keiner von ihnen gefährlich werden konnte.

Die Proba krabbelte zurück in ihre Ecke und hielt sich jammernd den Kopf.

Auch wenn die Mädchen mit ihren blonden Haaren auf den ersten Blick alle relativ gleich aussahen, unterschieden sie sich bei näherer Betrachtung doch in Kleinigkeiten voneinander. Diese Proba hier hatte einen goldeneren Haarton und war zudem etwas pummeliger als ihre Schwestern, während die Gefangene von Hate – Love – groß, schlank und sehr feminin wirkte. Ihre Haare waren zudem etwas heller und kürzer.

Ich kniete mich vor den Käfig.

»Modesty, nicht wahr?«, fragte ich.

Schüchtern nickte die Proba.

»Magst du uns nicht erzählen, wo wir Hope finden können?«

Sie schüttelte schnell den Kopf.

»Auch nicht, wenn ich dir etwas Schönes dafür geben könnte?«

Wieder ein Kopfschütteln.

»Und wenn es etwas wäre, was du dir von ganzem Herzen wünschst?«

Modesty versuchte es zu unterdrücken, doch ich sah genau, dass ich ihr Interesse geweckt hatte. Trotzdem schüttelte sie weiter beharrlich den Kopf.

»Sagen wir, ich könnte dich hier rausbringen?«, bot ich an, während ich betont teilnahmslos einen Punkt über ihr fixierte.

»Das könntest du?«, flüsterte sie und schlug sofort die Hände vor den Mund.

Ich grinste. Und auch Greed stieß einen leisen Pfiff aus.

»Das ging wirklich schnell, Despair.« Er klopfte mir anerkennend auf die Schulter.

»Alles eine Sache von Angebot und Nachfrage«, entgegnete ich. Dann wandte ich mich wieder an Modesty:

»Ja, das könnte ich. Du müsstest mir nur verraten, wo ich Hope finde und sobald ich sie habe, lasse ich dich frei.«

Die Proba schien ernsthaft mit sich zu hadern. Ich wusste nicht, ob ich mich darüber freuen oder eher schockiert über so wenig Rückgrat sein sollte. Noch hatte sie ja nichts *wirklich* Schlimmes erlebt und trotzdem war sie direkt so empfänglich für solch vage Versprechungen.

»Nein, vergesst es. Macht mit mir, was ihr wollt. Aber niemals würde ich eine meiner Schwestern verraten«, versicherte Modesty dann doch und schaute mir entschlossen in die Augen. Fast spürte ich so etwas wie Erleichterung. Was äußerst paradox war.

»Ich wusste es«, sagte Greed, doch ich lächelte.

»Das, mein lieber Greed, ist – wie du sicherlich noch weißt – leidglich eine Frage der Zeit.«

»Da könnt ihr warten, bis ihr schwarz werdet!«, rief die Gefangene, doch Greed und ich schauten uns gegenseitig an und fingen an zu lachen. Mal ganz abgesehen davon, dass wir sowieso schon schwarz gekleidet waren, machte sie nicht den Eindruck, als könnte sie lange durchhalten.

Ich beugte mich noch einmal zu ihr hinunter. »Mein Angebot steht. Infos gegen Freiheit.«

Sie schaute in eine andere Richtung.

»Wenn du es dir überlegst, sag Greed Bescheid.«

Sie schnaubte, als wenn das nie passieren würde. Doch ich wusste es besser. Auch so eine Sache, die wir alle lernen mussten. In diesen Räumlichkeiten sollte man *niemals nie* sagen.

5. Kapitel

Hope

Victoria und ich fuhren den Highway entlang.

»Noch mal vielen Dank, dass du mir hilfst«, sagte meine Begleitung bestimmt zum tausendsten Mal.

»Bitte, Victoria. Wenn du dich jetzt noch einmal bedankst, muss ich das Angebot leider wieder zurücknehmen. Das halte ich auf Dauer nicht aus.« Ich lächelte, doch man konnte mir mit Sicherheit ansehen, wie mich diese ganzen Danksagungen quälten. Vor allem, da ich nicht wusste, was uns in meiner Wohnung erwartete.

»Aber ich freue mich so darüber und möchte nicht, dass du denkst, dein großzügiges Angebot wäre für mich selbstverständlich«, erklärte sie.

»Victoria?«

»Ja?«

»Es *ist* selbstverständlich. Für mich jedenfalls und daran wirst du dich gewöhnen müssen.«

Sie lächelte.

»Jetzt erzähl mir lieber mal, wie du in die ganze Kacke reingerutscht bist«, versuchte ich sie abzulenken.

»Die Prostitution meinst du?«

»Wenn es dir nichts ausmacht …«

»Nein, gar nicht. Ich bin froh, wenn ich mir diesen Frust mal von der Seele reden kann.«

Ich lächelte aufmunternd und Victoria fuhr fort.

»Es war eigentlich der klassische Fall. Vor zwei Jahren lernte ich einen Typ übers Internet kennen. Er war romantisch. Liebevoll. Er schrieb Dinge, die sich jede Frau wünschte, die jedoch nicht mal zehn Prozent zu hören kriegen.«

»*Dinge*?« Ich schmunzelte.

»Na ja, was bei Frauen halt so zieht«, versuchte sie sich rauszureden.

Ich schmunzelte noch mehr.

»Hör bitte auf zu lachen!« Victoria boxte mich spielerisch gegen die Schulter, musste dann aber selbst kichern.

»Vorsicht! Greife niemals deinen Chauffeur an. Es könnte das Letzte sein, was du tust«, witzelte ich und machte aus Spaß einen Schlenker mit dem Auto.

»Jetzt erzähl's schon«, forderte ich sie auf.

»Aber nicht lachen!«

»Ich schwör's«, sagte ich und kreuzte zur Bekräftigung die Finger.

»Na ja, er hat mir halt geschrieben, wie wunderschön er mich findet. Dass, wenn er mein Lächeln sieht, die Sonne für ihn aufgeht und –«

»Ich kotz gleich«, rutschte es mir heraus.

»Du wolltest dich nicht lustig machen«, beschwerte Victoria sich, doch ich zuckte nur hilflos mit den Schultern.

»Ich hab nicht gelacht«, verteidigte ich mich, doch wenn ich genauer darüber nachdachte, konnte ich mir ein Grinsen nicht verkneifen.

»Ist ja schon gut, ich hör auf. Erzähl bitte weiter ...«

Victoria lächelte. »Okay.«

Ich hatte den Eindruck, darüber zu reden, tat ihr gut. Zumindest schien sie sich gern an die Anfänge ihrer Beziehung zu erinnern.

»Er war jedenfalls ein Charmeur erster Güte und nachdem wir uns drei Monate lang in jeder freien Sekunde geschrieben hatten, schlug ich ein Treffen vor.«

»Duuu?«

Victoria nickte verschämt. »Ich konnte es nicht mehr abwarten.«

»Und dann habt ihr euch getroffen?«

»Genau. Erst einmal auf neutralem Boden. Genauer gesagt in einem Eiscafé, wo wir zusammen einen Kaffee tranken.«

»Das war schon mal klug«, stellte ich fest.

»Trotzdem hat es mich nicht vor Schlimmerem bewahrt. Weißt du, Hope, für dich mag sich das alles furchtbar idiotisch anhören, doch ich bin in einem

Heim aufgewachsen. Hatte keine Familie, keine Geschwister. Musste immer alles teilen und hatte nie etwas für mich allein. Als ich Tyrone kennenlernte, war das wie ein Sechser im Lotto für mich.«

Ich seufzte. Sie hatte vollkommen Recht. Solche Geschichten hörten sich in meinen Ohren idiotisch an. Verdammt idiotisch sogar. Das hieß nicht, dass ich ihre Situation nicht irgendwie nachvollziehen konnte, aber dennoch ... idiotisch! Doch ich nickte nur mitfühlend, da ich sie nicht unterbrechen wollte.

»Tja ... und dann kam alles, wie es kommen musste. Nachdem wir im ersten halben Jahr eine wunderbare gemeinsame Zeit verlebt hatten und ich – zugegebenermaßen – sehr gut auf seine Kosten mitgelebt hatte, erzählte er mir plötzlich von Geldproblemen.«

Ich hielt die Luft an. Mir war klar, was jetzt kam ...

»Ich wollte ihm helfen, doch da ich nie eine Ausbildung gemacht hatte, war das mit der Jobsuche nicht ganz so einfach«, entschuldigte sie sich.

»Und dann hast du dich von ihm auf den Strich schicken lassen«, schlussfolgerte ich und rollte dabei verständnislos mit den Augen. »Sag mal, Victoria, wie läuft sowas? Hat er gesagt: ›*Geh doch einfach anschaffen, Babe.*‹ Und du hast ›*Ja*‹ gesagt?«

Es tat mir leid, dass meine Worte so vorwurfsvoll klangen, doch mir fehlte einfach jegliches Verständnis dafür. Jeden zweiten Donnerstag besuchte ich eine Suchtklinik, in der ich jungen Frauen half, wieder auf die Beine zu kommen. Fast achtzig Prozent teilten dieses Schicksal und bei fast allen lief es genauso ab wie bei Victoria. Nur, dass meistens noch Drogen mit ihm Spiel waren.

»Nimmst du auch Drogen?«, fragte ich prompt.

Sie riss die Augen auf. »Nein! Um Himmels willen!«, beteuerte sie – und ich glaubte ihr. Dafür war die Reaktion zu direkt und ehrlich.

»Und so einfach, wie du denkst, war das auch nicht«, erzählte sie weiter. »Natürlich hätte ich sofort Reißaus genommen, wenn er mich so direkt gefragt hätte. Aber wie ich schon erwähnte: Er war unheimlich charmant und ist wesentlich subtiler vorgegangen.«

Gespannt hörte ich zu.

»Er sagte damals, er hätte eine Idee, wie ich ihm helfen könne. Ein paar Bekannte von ihm hätten hochdotierte Jobs und würden ständig zu irgendwelchen gesellschaftlichen Anlässen eingeladen werden. Leider wären sie aufgrund ihrer zeitintensiven Arbeit alle Singles und müssten sich Begleitungen aus dem Internet bestellen. Er meinte, es schicke sich nicht, allein auf einer Gala oder ähnlichem aufzutauchen. Der Deal war, mich in Gesellschaft dieser Herren von meiner besten Seite zu zeigen und einfach an den Abendessen teilzunehmen. Das war's.«

»Und wie hat er dann die Brücke zur Prostitution geschlagen?«, fragte ich etwas verwirrt. Noch hörte sich das ja alles halbwegs akzeptabel an.

Victoria schaute mich traurig an. Dann wich sie meinem Blick aus und starrte aus dem Fenster. Ihre zitternde Stimme verriet mir, dass sie mit den Tränen kämpfte und ich legte beruhigend meine Hand auf ihren Arm.

»Du musst das nicht erzählen, wenn es dir zu schwer fällt«, wollte ich sie erlösen, doch Victoria schüttelte den Kopf.

»Es tut gut, mal mit jemanden darüber zu reden.« Sie lächelte halbherzig und eine kleine Träne schimmerte in ihrem Augenwinkel. Dann drehte sie sich wieder zum Fenster. Offensichtlich konnte sie besser erzählen, wenn sie mich dabei nicht ansehen musste.

»Es hat anfangs noch ganz gut geklappt. Wir gingen essen, ich war die perfekte Begleitung und danach wurde ich nach Hause gebracht.« Victoria stieß einen tiefen Seufzer aus. »Nach ungefähr vier Wochen fing es dann an. Meine Begleitung an diesem Abend wollte nach einer Spendengala noch zur Afterparty. Da es sich um einen sehr netten und attraktiven Mann handelte und ich sowieso pro Stunde bezahlt wurde, hatte ich nichts dagegen. Wer würde da *nein* sagen, wenn jede Stunde hundert Dollar einbringt, dafür, dass man mit zu einer coolen Party geht?« Ihre Stimme klang bitter und ich drückte mitfühlend ihren Arm.

»Es wurde immer später und es floss immer mehr Alkohol ...« Victoria schniefte und ich spürte, wie ich Gänsehaut bekam. Mir schwante Böses ...

»Als wir gegen drei Uhr morgens die Party verließen ...«, sie drehte sich zu mir und sah mir in die Augen. »Ich hatte nichts getrunken! Wirklich nichts! Das musst du mir glauben!«

»Ich glaube dir, Victoria«, entgegnete ich ernst und streichelte über ihren Unterarm.

»Er zog mich ins Gebüsch. Einfach so! Und …« Ihre Stimme erstarb und sie begann bitterlich zu weinen.

Ich setze den Blinker und fuhr auf den Randstreifen. Dann nahm ich sie mit aller Liebe, die ich aufbringen konnte, in die Arme und drückte sie herzlich und fest an mich. Sie sollte Halt haben. Sich geborgen fühlen. Und mit meiner Berührung natürlich so viel Hoffnung wie möglich schöpfen, damit sie realisierte, dass es vorbei war und es ab jetzt nur noch bergauf ging.

Schlagartig wurde sie ruhiger.

»Es ist okay, Victoria. Es ist alles vorüber«, flüsterte ich und streichelte dabei sanft ihr Haar. »Du musst auch nicht weitererzählen. Es war dumm von mir, dass ich überhaupt gefragt habe. Es tut mir leid. Wirklich.«

Victoria machte sich von mir los und schaute mich mit ihren verheulten Augen an.

»Nein. Du brauchst dich nicht zu entschuldigen. Wie ich schon sagte, bin ich froh, endlich darüber sprechen zu können.«

Ich lächelte sie aufmunternd an.

Victoria schluckte laut, dann erzählte sie weiter:

»Nachdem er fertig war, wollte er mich nach Hause fahren, doch ich lief weg und rief Tyrone an. Ich erzählte ihm alles und er kam mich holen. Doch anstatt sich auf seinen Kumpel zu stürzen, schlug er mir mit aller Kraft ins Gesicht. Er beschimpfte mich als Schlampe, dass ich seinen Freund verführt und ihn betrogen hätte.« Victoria schluchzte erneut. »Dann meinte er, dass ich jetzt beschmutzt sei und er nichts mehr von mir wissen wollte, ich aber meine Schulden bei ihm abarbeiten könnte, wenn ich schon so heiß auf seine Freunde wäre. Ja, und so kam ich dazu …« Sie wischte sich eine Träne weg.

»Was für ein Arschloch!«, kommentierte ich fassungslos.

Das musste man sich mal reinziehen: Da wurde die eigene Freundin missbraucht, während sie ihm einen Gefallen tat, und dann ließ der Typ sie auch noch fallen wie eine zu heiße Kartoffel.

»Mir fehlen die Worte«, sagte ich und drückte Victoria noch einmal an mich. »Es tut mir schrecklich leid, dass du diese Erfahrung machen musstest. Aber er wird seine gerechte Strafe bekommen«, versicherte ich und dachte dabei an Jay und Ice, die einem solchen Kerl bestimmt gerne mal einen Besuch abstatten würden. Für gewöhnlich gaben sie sich nicht mit »belangloser Polizeiarbeit« ab, aber in diesem Fall machten sie sicher eine Ausnahme.

Jay und Ice ...

Plötzlich überrollten mich die Ereignisse der letzten vierundzwanzig Stunden. Ich wusste ja noch nicht einmal, ob es ihnen gut ging, ob sie den Angriff überlebt hatten, und wenn ja: ob sie ebenfalls gefangen genommen worden waren.

Dann dachte ich an Barry und konnte mich selbst nicht mehr zusammenreißen. Ich vergrub mein Gesicht in den Händen und weinte haltlos.

»Hope? Was ist mit dir?« Victoria tätschelte mir verunsichert die Schulter. Offensichtlich konnte sie nicht so wirklich etwas mit meinem abrupten Stimmungswechsel anfangen.

»Weinst du wegen mir?«, fragte sie besorgt.

Ich schüttelte den Kopf.

»Kann ich dir irgendwie helfen?«

Wieder ein Kopfschütteln.

»Bitte sag etwas, Hope. Du machst mir Angst.«

Ich hob den Kopf, schaute sie aus traurigen Augen an und versuchte mein Gesicht von Tränen zu befreien, was jedoch nicht wirklich funktionierte, da direkt neue flossen.

Victoria saß neben mir und streichelte meinen Arm, so wie ich es bei ihr vorhin getan hatte. Und auch wenn sie nicht so eine Fähigkeit hatte wie ich, tat es gut und beruhigte mich etwas.

»Tut mir leid, dass ich mich gerade hab so gehen lassen«, entschuldigte ich mich. »Das war pietätlos, da du mir ja eigentlich von *deinen* Sorgen erzählt hast.«

»Ach, so ein Quatsch. Dafür sind Freunde schließlich da, oder?«

Nun war sie es, die mich aufmunternd anlächelte und ich erwiderte es nur allzu gern.

Das stimmte. Dafür waren Freunde da. Und auch wenn wir uns erst wenige Stunden kannten, fühlte es sich tatsächlich so an. Wie Freundschaft. Echte Freundschaft.

Ich wischte mir erneut übers Gesicht.

»Weißt du, Victoria«, begann ich mit der Sprache herauszurücken, hielt dann aber kurz inne.

Wenn sie mir alles anvertraute, sollte ich das wohl auch tun. Erstens war ich mir sicher, dass ich das konnte, und zweitens basierte eine Freundschaft darauf. Auf Vertrauen.

»Ich habe vor kurzem meinen ... ähm ... Vater verloren. Um genau zu sein gestern«, fuhr ich fort.

Entsetzt schlug Victoria sich die Hand vor den Mund. »Um Gottes willen!« Sichtlich schockiert und sprachlos saß sie vor mir und schaute mich mit großen Augen an.

»Das ist der Grund, warum ich derzeit etwas nah am Wasser gebaut bin«, versuchte ich mein Verhalten zu erklären.

»Natürlich! Das ist auch absolut verständlich!«

Wir schwiegen, während ich vor mich hinstarrte und mich an die Geschehnisse von gestern erinnerte und Victoria zu überlegen schien, was sie sagen sollte. Dann brach sie das Schweigen.

»An was ist er denn gestorben?«, fragte sie vorsichtig.

»Er wurde umgebracht.« Meine Stimme hörte sich dabei nicht weinerlich und traurig an, sondern eher verständnislos und sauer.

Wieder schlug sie sich auf den Mund. Offensichtlich war das ihre Art, ihre Bestürzung auszudrücken.

»Bitte was?!« Ihre Stimmlage fing normal an, bis sie vor Fassungslosigkeit zum Ende hin immer höher wurde. »Warst du schon bei der Polizei?«

»Nein. Das geht nicht.«

»Warum nicht? Man kann doch nicht ungestraft einen Menschen umbringen! Das ist ... das ist ...«, sie schien nach dem richtigen Wort zu suchen, »... illegal!«

Ich nickte. »Prostitution auch.«

Da senkte sie den Blick.

»Und wie ich gestern Abend schon sagte: Es ist kompliziert«, fügte ich noch hinzu.

»Ich verstehe«, seufzte sie.

»Sollen wir weiterfahren?

»Gerne.«

***

Mittlerweile waren wir fast vier Stunden unterwegs und Victoria quasselte ununterbrochen. Sie erzählte von ihrer Kindheit, die sie im Heim verbracht hatte. Von Streichen, welche sie gespielt hatte – und die durchaus von mir hätten sein können. Sowie von den unmenschlich harten Strafen.

Sie hatte keine Freunde. Nie. Bis sie ihre erste große Liebe kennenlernte. Einen Jungen, Trend, in den sie ganz vernarrt gewesen war. Sie hatten sich geschworen, für immer zusammenzubleiben. Dann wurde Trend adoptiert und ihre Wege trennten sich. Da war sie sechszehn. Lange hatte sie gewartet. Gewartet, dass Trend sie aus dem Heim und zu sich nach Hause holte. Doch leider vergebens. Nie wieder hatte sie von ihm gehört.

Danach geriet sie an Tyrone.

Während sie das erzählte, musste ich mich schwer zusammenreißen, nicht schon wieder loszuweinen. Victoria hatte echt kein leichtes Leben, und immer, wenn sie Vertrauen zu einer Person gefasst hatte, wurde sie enttäuscht und verraten. Und trotz allem war sie freundlich und aufgeschlossen. Sie wäre eine gute Hope geworden ...

»Victoria?«

»Ja?«

»Solange ich lebe, wirst du immer eine Freundin haben.«

»Danke«, hauchte sie ergriffen.

Ich lächelte und obwohl ich weiter auf die Straße schaute, sah ich im Augenwinkel, dass Victoria mit den Tränen kämpfte.

Möglich, dass sich das etwas sehr melodramatisch anhörte, doch ich hatte einfach das Bedürfnis, ihr das zu sagen. Sie war einfach so unglaublich liebenswürdig und sie sollte sich nie wieder allein fühlen müssen oder Angst vor Einsamkeit haben. Und wenn ich ehrlich war, half mir ihre Anwesenheit genauso.

Hatte ich zu Beginn meiner Flucht noch nicht gewusst, wohin mich meine Reise führen würde und wie alles weitergehen sollte, hatte ich es nun ganz genau vor Augen. Victoria gab mir neuen Mut und ich war mir sicher, dass ich meinen Schwestern helfen konnte – und würde. Auch wenn ich Barry nicht mehr retten konnte, wollte ich mein Möglichstes tun, Love und die anderen in Sicherheit zu bringen.

»Über was denkst du gerade nach?«, fragte Victoria mich.

Ich sah zu ihr hinüber. »Über nichts Bestimmtes.«

Sie verdrehte die Augen, als hätten wir diese Unterhaltung schon x-mal geführt.

»Ich möchte dich da nicht mit reinziehen«, antwortete ich vage.

Victoria zog die Augenbrauen nach oben. »Schätzchen, ich habe das Gefühl, ich stecke schon längst mittendrin. Und wenn ich irgendetwas tun kann, um dir zu helfen, werde ich es tun.« Ihre Stimme klang entschlossen und ich schaute sie dankbar an.

»Das ist sehr lieb von dir, Victoria. Aber das könnte gefährlich werden. Um nicht zu sagen: lebensgefährlich. Und ich möchte unter keinen Umständen, dass dir etwas passiert.«

Victoria stieß einen tiefen Seufzer aus. »Wir sind Freundinnen, hab ich Recht?«

»Ja.«

»Tja … Freudinnen helfen einander und es wäre gar nicht nett, wenn du deine Freundin von deinem Vorhaben ausschließt.« Sie zwinkerte mir zu.

»Ich glaube, du hast mich nicht verstanden, Victoria. Es wäre durchaus möglich, dass du dabei verletzt wirst – oder sogar noch Schlimmeres …«

Doch anstatt eines schockierten Gesichtsausdrucks, den ich erwartet hätte, zuckte sie nahezu lässig mit den Schultern.

»Halt! Sag nichts!«, befahl sie, bevor ich etwas darauf erwidern konnte.

Meine Lippen waren bereits zu einer Antwort geöffnet, doch ich schloss sie wieder.

»Ich weiß, dass du mich jetzt für extrem naiv hältst, aber bevor du eine Entscheidung triffst, solltest du dir anhören, was ich zu sagen habe.«

Ich nickte. »Dann schieß mal los.«

»Erstens hast du mir gestern Nacht das Leben gerettet. Du hast keine Sekunde gezögert, und das, obwohl du mich nicht einmal kanntest. Was, wenn der Typ eine Waffe dabei gehabt hätte?«

Ich rollte mit den Augen. »Dann hätte ich ihn entwaffnet. Und außerdem ist das ja wohl rein gar nicht vergleichbar.«

»Okay, wenn dir meine eigenen Beweggründe nicht genug sind, erzähle mir wenigstens, *was genau* du planst.«

Zuerst wollte ich gar nichts darauf erwidern. Wenn sie nicht wusste, was ich vorhatte, könnte sie auch nicht auf einmal irgendwo auftauchen und mir helfen wollen.

»Du solltest es mir erzählen, Hope. Wir sind Freundinnen und vielleicht habe ich eine gute Idee, wie du dein Vorhaben durchführen kannst.«

Ich seufzte tief, gab mich dann aber geschlagen. Vielleicht hatte sie *wirklich* einen guten Einfall, der mir weiterhelfen könnte.

»Okay.«

Ihre Augen leuchteten auf. Offenbar hatte sie nicht damit gerechnet, mich so schnell weich zu kriegen.

»Folgendes: Wie du ja weißt, ist meine Schwester gekidnappt worden.«

Victoria nickte.

»Und ... ja ... meine anderen Schwestern auch.« Gott, hörte sich das blöd an.

Victoria zog überrascht die Augenbrauen nach oben.

»Wie viele hast du denn?«

»Insgesamt fünf.

Sie stieß einen leisen Pfiff aus. »Hatten deine Eltern noch andere Hobbies?« Und noch bevor ich etwas darauf erwidern konnte, begann sie sich zu entschuldigen. »Es tut mir leid, Hope. Ich wollte keinen dummen Witz über deinen kürzlich verstorbenen Vater machen.« Betreten sah sie zu Boden.

»Ist okay, Victoria«, sagte ich und tätschelte ihr den Arm. »Aber wo du gerade meinen Vater erwähnst: Barry hatte schon länger mit so etwas gerechnet und Nachforschungen darüber angestellt, wo sich unsere Angreifer befinden könnten.«

»Seid ihr eine Mafiosi-Familie, oder warum rechnet man mit so etwas?« Victoria schien verwirrt, doch über den Vergleich musste ich leider grinsen. Mir war klar, dass sich das alles sehr merkwürdig anhörte, aber egal. Freundin hin oder her: Die *ganze* Wahrheit konnte ich ihr definitiv NICHT sagen.

»Nein, sind wir nicht. Aber ... äh ... die andere Familie war noch nie gut auf uns zu sprechen«, mogelte ich mich heraus und hoffte, dass es sich für sie nicht ganz so bescheuert anhörte, wie für mich.

Victoria antwortete ein langgezogenes »Ooookaaay« und sah mich skeptisch an. Sagte aber nichts mehr dazu.

»Jedenfalls muss ich Barrys Unterlagen – falls sie überhaupt existieren – aus unserem Stütz... äh ... Wohnhaus herausholen, um einen möglichen Anlaufpunkt zu erhalten, wo sich Love und die anderen befinden könnten.«

Victoria grinste. »Love? Hope? Wie heißen denn deine anderen Schwestern?«

Ich grinste zurück. »Das, meine Liebe, willst du vermutlich gar nicht wissen.«

Victoria lachte, fragte jedoch nicht weiter.

»Weiß deine Mutter überhaupt davon, was du da vorhast?«

»Ich hab keine. Mehr.« Ich konzentrierte mich auf die Fahrbahn, doch ich sah im Augenwinkel, wie Victoria mich fassungslos anstarrte. Diesmal ohne sich die Hand vor den Mund zu schlagen.

»Es tut mir unendlich leid, Hope. Ich wusste nicht –«

Ich unterbrach sie. »Ist okay. Wie du schon sagst: Du konntest es ja nicht wissen.«

Nachdem eine längere Gesprächspause entstanden war, sah Victoria mich auf einmal mit großen Augen an.

»Ich kann dir doch helfen!«, rief sie erfreut, doch ich runzelte die Stirn.

»Kannst du nicht«, wehrte ich ihr Angebot ab, doch sie ließ sich nicht beirren.

»Denk doch mal nach! Wenn sie auch hinter dir her sind – und das sind sie, nachdem sie ja schon quasi deine ganze Familie haben –, wo würden sie dir dann am ehesten auflauern?«

Ich schaute sie argwöhnisch an, da mir noch nicht so ganz klar war, worauf sie hinauswollte.

»Wenn sie nicht wissen, dass du eine eigene Wohnung hast, gehen sie davon aus, dass du wieder zu deinem Elternhaus zurückkehrst. Oder meinst du nicht?«

Ich nickte langsam. Es war schon irgendwie schlüssig, diese Vermutung anzustellen.

»Na siehst du. Und jetzt komme ich ins Spiel.«

»Und wie?«, fragte ich. Dabei war ich gar nicht sicher, ob ich das wirklich wissen wollte.

»Ich werde für dich die Unterlagen suchen!« Victoria strahlte.

»Nein. Nein, nein, nein! Das kommt ja sowas von gar nicht in Frage!«, hielt ich dagegen, doch gegen Victorias Euphorie war ich schier machtlos. Verdammtes Pro! Dass sie alles so rosig und unkompliziert sah, lag hundertprozentig daran. Im Gegensatz zu ihr hatte Barry mir beigebracht, wie ich bei wichtigen Entscheidungen mein Pro kurzfristig ausblenden und dadurch Dinge rational beurteilen konnte. Auch wenn ich das selten tat: In diesem Fall schien es mir durchaus angebracht.

»Überleg doch mal, Hope. Von mir wollen sie nichts!«

»Und wenn sie dich auch kidnappen?!«, gab ich zu bedenken.

Victoria holte eine Brille aus ihrer Tasche, knotete ihr Haare zu einem Dutt zusammen und sah mich über den Rand der Brille hinweg an.

»Warum sollten sie? Falls sie überhaupt da sein sollten, werde ich mich als eine Versicherungsvertreterin ausgeben und sie werden mich wieder wegschicken. So einfach ist das.«

Ich dachte einen kurzen Moment darüber nach.

»Dieser Plan ist bescheuert! Absolut fahrlässig! Und unzumutbar!«

»Aber er könnte funktionieren!«, unterbrach Victoria mich.

Ich seufzte schwer. »Ja, das könnt er ...«, gab ich zu.

»Also machen wir es so?«, rief sie und wurde nur noch aufgeregter.

»Das habe ich noch nicht gesagt«, versuchte ich sie zu bremsen, doch es war bereits zu spät.

»Du wirst sehen, Hope. Mir passiert nichts! Ich kann gut auf mich selbst aufpassen ...«

»Das hab ich gemerkt«, schnaubte ich und Victoria verzog den Mund.

Doch wenn ich es mir recht überlegte ...

»Okay, gebongt!«, willigte ich ein, ließ mein Pro wieder zu und spürte, wie ich mich immer stärker fühlte.

Wie konnte ich nur jemals daran zweifeln, dass nicht doch alles gut werden würde? Schließlich war ich Hope! Die Hoffnung! Wenn *ich* nicht daran glaubte, wer sollte es sonst tun?

Das Gefühl wurde noch stärker. Ähnlich wie nach einer bestandenen Einheit von Barrys Training.

Ich fühlte mich unbesiegbar – ein geiles Gefühl, welches ich mit seinem Tod fast verloren geglaubt hatte, doch jetzt war es präsenter als je zuvor.

Holy moly! Diese Improbas mussten sich warm anziehen!

6. Kapitel

Despair

Endlich war ich zurück in unserem Quartier. Die letzten beiden Stunden hatte ich am Stützpunkt der Probas verbracht, um eventuell dort auf Hope zu treffen. Leider vergebens. Insgeheim hatte ich aber auch nichts anderes erwartet. Es war *immer* alles vergebens.

Ärgerlich über mich selbst, dass ich sie nicht schon bei unserem ersten Zugriff erwischt hatte, ging ich hinunter in den Keller. Vielleicht hatte Greeds Proba Modesty ja schon gesungen. Oder war nun zumindest empfänglicher für Verhandlungen …

Nachdem ich die schwere, isolierte Stahltür, die den eigentlichen Keller vom Treppenhaus trennte, geöffnet hatte, hörte ich bereits leises Wimmern aus sämtlichen Kellerräumen.

Hatten meine Brüder schon mit dem Training angefangen? Oder waren die Probas so weich, dass sie rein gar nichts aushielten?

Ich ging den Flur entlang bis zu *meinem* Zimmer. Dann öffnete ich langsam die Tür. Obwohl ich eigentlich kein besonders vorsichtiger Typ war, verband ich mit diesem Zimmer so viel Schreckliches, dass mir allein der Raum schon unheimlich war.

»Greed?«, fragte ich, während ich an der Tür stehenblieb.

»Hier!«, antwortete er genervt und hielt seine Hand hoch. Er saß an einem kleinen Schreibtisch und hatte den Kopf auf eine Hand gestützt.

»Hat sie sich entschieden?«, erkundigte ich mich.

»Pffft«, zischte Greed unwillig. »Frag sie doch selbst.«

Ich sah hinüber zu dem Käfig. Modesty hatte ihre Beine eng umschlungen und starrte gegen die Wand.

»Hast du dich entschieden?«, rief ich zu ihr hinüber, doch sie ignorierte mich.

»Sie spricht nicht mit jedem«, informierte Greed mich trocken. »Schon gar nicht, wenn du einen halben Kilometer entfernt stehst.«

Ein Grinsen huschte über sein Gesicht. Greed hatte gut lachen. Sein Training war eines der harmlosesten gewesen. Natürlich hatte auch er Schmerz und Gewalt erfahren müssen, doch mit fortschreitender Ausbildung wurde es bei ihm leichter. Er, als Verkörperung der Habgier, hatte lediglich Dinge stehlen und anderen abnehmen müssen. Je mehr, desto besser. Sein Leben bestand nur aus »haben, haben, haben«. Für ihn gab es nur Strafe, wenn er sich erwischen ließ oder mal nicht genug mit nach Hause brachte. Daher war es für ihn auch nicht so schlimm, wenn man darüber redete.

Bei fast allen anderen jedoch war die Strafe selbst Bestandteil des Trainings und beschränkte sich – so wie bei ihm – wahrlich nicht nur auf ein paar Schläge.

Ich ließ meinen Blick durch den Raum schweifen. Es war alles noch so, wie ich es bei meinem Auszug verlassen hatte.

Das Zimmer ist nicht gefährlich, nur die Menschen und deren Taten, mahnte ich mich selbst. Trotzdem war es für mich schwer, wieder hier zu sein. Wenn ich nicht unbedingt musste, verzichtete ich lieber.

»Melde dich, wenn du es dir überlegt hast!«, rief ich zur Proba hinüber, ohne weiter in den Raum hineinzutreten.

Dafür kassierte ich von Greed noch ein »Feigling«, was ich mit »Arschloch« kommentierte, und schloss die Tür wieder von außen.

Pah! Er hatte gut reden. Hätte er *nur ansatzweise* das durchmachen müssen, was ich erlebt hatte, hätte er garantiert nicht so eine große Fresse.

Ich holte tief Luft, straffte meine Schultern und schritt dann auf Hates Zimmer zu. Obwohl ich überhaupt keine Lust auf ihn hatte, konnte ich mir einen Blick in den Raum nicht verkneifen.

»Despair! Schön, dass du da bist, Alter!«, empfing er mich gutgelaunt.

»Wie läuft's, Mann?«, fragte ich und sah mich nach der Proba um. Sie stand noch immer kerzengerade in ihrem Käfig. Den Kopf stolz erhoben und weder ihn noch mich eines Blickes würdigend.

»Ich wette, sie ist die Erste, die bricht«, freute sich Hate.

»Wie kommst du darauf?« Ich sah noch mal zu Love. »Sie macht eher den Anschein, als würde sie *niemals* brechen.«

»Ha! Typisch Despair!« Hate begann zu lachen. »Sie mag das Antlitz einer Königin haben, ist aber dumm wie ein Bauer.«

»Vollidiot!«, murrte sie und sah zu uns herüber. Ihr Blick war bereits etwas kälter als noch vor zwei Stunden. Als Improba spürte man selbst die feinen Unterschiede der Verschlechterung, auch wenn es nur Nuancen waren. Vielleicht hatte Hate doch Recht?

»Kann ich etwas zu trinken haben?«, fragte sie. »Ich habe Durst.« Ich zog scharf die Luft ein. NIE durfte man hier unten um etwas bitten oder gar fordern. Man musste *immer* davon ausgehen, dass man sich damit ins eigene Fleisch schnitt.

»Wunderbar!«, freute Hate sich prompt und holte eine Flasche Wasser hervor. »Weißt du jetzt, was ich meine?«

Er grinste über beide Backen, als er den Käfig öffnete, die Proba an den Haaren herauszog, sie auf den Boden warf, sich auf sie setze und ihr mit einer Hand die Nase zuhielt. Love schnappte nach Luft, doch sowie sie den Mund geöffnet hatte, goss Hate etwas von dem Wasser hinein.

»Na? Schmeckt's?«, fragte er provokativ.

Die Proba hustete.

»Ach, du willst noch mehr?« Wieder hielt er ihr die Nase zu, bis sie den Mund öffnete, um sogleich Wasser hineinzugießen.

Erneut folgte ein Hustenanfall.

»Hate?«, sprach ich ihn an.

»Willst du etwa auch mal?«

Wieder etwas Wasser. Wieder starker Husten.

»Nein. Aber ich denke, du solltest jetzt aufhören. Die Trainings haben heute erst begonnen und das, was du da machst, gehört definitiv in das fortgeschrittene Stadium.«

Hate schaute mich an. Seine zuvor noch kindliche Freude war einem regelrecht bösartigen Gesichtsausdruck gewichen. Schizophrenes, widerwärtiges Arschloch!

»Auf was willst du warten? Je eher sie einknickt, desto eher hast du Hope und umso schneller sind wir hier fertig«, antwortete er kalt.

»Vielleicht stirbt sie aber auch durch deine Tortur und der Befehl des Obersts hieß eindeutig *umschulen*. Nicht *umbringen*«, entgegnete ich ebenso kühl.

Hate konnte man mit nicht viel beeindrucken. Außer man baute das Wort »Oberst« in seinen Satz ein.

Es funktionierte: Hate versteifte sich. Dann verfrachtete er Love zurück in ihren Käfig.

»Ach herrje ... Hast du etwa Angst vor deinem Vorgesetzen?« Die Proba lachte hysterisch.

Eines musste man ihr lassen: Die Tussi hatte echt Eier. Doch zu welchem Preis?

Hate schlug mit aller Gewalt gegen den Käfig, so dass Love entsetzt aufschrie und danach sofort verstummte.

»Du solltest mich besser nicht weiter reizen«, zischte Hate ihr zu. Danach wandte er sich an mich: »Und du besser auch nicht!« Mit diesen Worten ging er aus dem Zimmer und schlug die Tür mit einem lauten Knall hinter sich zu.

Etwas unschlüssig stand ich in dem Raum. Ich hatte es schon wieder getan: eingegriffen. Eigentlich hatte ich gar nichts sagen wollen, eigentlich sollte es mir doch verdammt noch mal scheißegal sein, was Hate mit seiner Proba machte. Doch ich konnte ihn *so* wenig leiden, dass Hates Feinde automatisch zu so etwas wie »Freunden« wurden.

Ich wandte mich ebenfalls zum Gehen, als die Proba mich ansprach:

»Hey du!«, rief sie.

Ich wollte sie zuerst ignorieren, drehte mich dann aber doch um.

»Ja?«

»Mein Name ist Love.«

»Ich weiß.«

Sie machte eine kurze Pause, als wenn sie nicht wüsste, was sie sagen sollte. »Kannst du mir bitte etwas Wasser geben? Ich habe wirklich schrecklichen Durst.«

»Hast du noch nicht genug?«, fragte ich mit hochgezogenen Brauen.

»Bitte was?! Ich habe doch alles wieder ausgehustet.« Es klang mehr wie eine Entschuldigung, als eine normale Antwort.

»Und du hast keine Angst, dass ich mit dir das Gleiche mache wie Hate?«

Sie schüttelte zögerlich den Kopf. Offensichtlich war das eine Option, über die sie noch gar nicht nachgedacht hatte. Dann antwortete sie jedoch mit fester Stimme und ihre Antwort überraschte mich:

»Nein. Ich erkenne bösartige Menschen und du gehörst nicht dazu. Ich glaube eher, die Umstände haben dich zu dem werden lassen, der du heute bist.«

Mein Blick verfinsterte sich.

»Deine Freundin Hope hat mich zu dem werden lassen, der ich heute bin«, entgegnete ich kalt.

Ich hasste es, wenn Leute so taten, als würden sie mich kennen. Trotzdem hob ich die halbvolle Flasche auf und reichte sie ihr.

»Das ist, was deine *Freunde* dich glauben lassen wollen«, erwiderte sie und griff nach der Flasche, doch ich hielt sie fest.

»DAS ist die Realität.«

Love schnaubte verächtlich, sagte aber nichts mehr dazu.

»Und wenn du das hier Hate erzählst – ich deutete auf die Flasche –, werde ich ihn beim nächsten Mal anstacheln, anstatt ihn zu bremsen, klar?«

Sie nickte gehorsam und ich ließ die Flasche los. Gierig nahm sie große Schlucke. Dann gab sie sie mir wieder zurück.

»Danke«, flüsterte sie. »Für alles.«

»Möchtest du mir nicht verraten, wo ich Hope finden kann?«, fragte ich ohne Umschweife. Leute, die dankbar waren und sich somit in irgendeiner Form verpflichtet fühlten, waren leichter zu etwas zu bringen, als einfach nur hasserfüllte.

Sie schüttelte den Kopf und sah zu Boden.

»Auch nicht, wenn ich dich für diese Information freilassen würde?«

Im Gegensatz zu Modesty zögerte Love keine Sekunde. Sie hob den Kopf und sah mir direkt in die Augen.

»Ich würde lieber sterben, als euch Hope auszuliefern.« Sie legte so viel Inbrunst, so viel Härte und so viel Entschlusskraft in ihre Worte, dass ich ebenfalls keine Sekunde daran zweifelte, dass sie es ernst meinte.

Schade um sie. Hate würde kein Nein akzeptieren ...

Ohne ein weiteres Wort verließ ich das Zimmer und beschloss den restlichen Tag sinnvoll zu nutzen. Training war immer sinnvoll. Nicht, dass ich Zweifel hatte, meiner Proba körperlich nicht überlegen zu sein, aber man blieb nur schnell und wendig, wenn man seine Fertigkeiten regelmäßig schulte.

Ich ging hinauf in das Erdgeschoss, in den Raum, wo wir unsere Kraft, unsere Ausdauer und unsere Waffenkenntnis trainierten.

Zuerst legte ich mich auf die Flachbank, um ein paar Gewichte zu stemmen. Ausdauertraining machte zwar wesentlich mehr Spaß, doch unser Oberst hatte uns immer gelehrt, dass beides gleich wichtig war. Und ein bisschen mehr Stahl in der Brust und in den Oberarmen konnte ja auch nicht schaden.

Ich wusste, dass Hate hier als Letztes trainiert hatte. Nur er benutzte die schwersten Gewichte. Dennoch tauschte ich sie nicht, sondern drückte die Langhantelstange tapfer nach oben und senkte sie langsam wieder. Schon spürte ich, wie mir der Schweiß seitlich die Stirn hinunterrann.

Hate war so ein Tier! Diese Dinger waren abartig schwer und trotzdem machte er fünfzig Wiederholungen und mehr.

Nach der zwanzigsten drückte ich die Stange zurück in die dafür vorgesehene Halterung und atmete erst einmal tief durch. Dann setzte ich mich auf und blickte auf meine Arme, die leicht zitterten.

Wenn ich Hate trainieren sah, fragte ich mich immer, woher er die ganze Kraft nahm. Doch schnell kamen mir unsere Impro-Trainings in den Sinn – oder speziell seines – und ich wusste es wieder ...

Hass machte blind.

Hass machte taub.

Und vor allem: Hass formte Unmenschen.

Ich stand auf und holte mir aus dem Schrank ein Nunchaku, eine meiner Lieblingswaffen, welche von den Menschen auch liebevoll »Würgeholz« genannt wurde. Ich strich über die zwei metallenen Stäbe, die mit einer Kette verbunden waren. Ich hatte extra das aus Metall gewählt. Hier durfte man sich keinen Fehler erlauben. Anderenfalls konnte es echt schmerzhaft enden, im schlimmsten Fall mit einem Nasenbruch oder ähnlichem. Doch wer einmal einen Film mit Bruce Lee gesehen hatte, war sicherlich ebenfalls fasziniert von diesen Dingern. Unfassbar, dass *ein Mensch* zu solch einer körperlicher Leistung im Stande war.

Ich ging hinüber zu der Trainingspuppe, begann das Nunchaku zu schwingen und schlug meinem wehrlosen Gegenüber mit blitzschneller Geschwindigkeit auf sämtliche Nervenaustrittspunkte. Der menschliche Körper hatte immerhin achtundsechzig davon und diese alle gezielt zu treffen war schon eine Kunst – eine Kunst, die ich beherrschte.

Mochte sein, dass Hate körperlich der Stärkste von uns allen war, doch solche Waffen, die ein bestimmtes Maß an Geschicklichkeit und Schnelligkeit voraussetzten, konnte er nicht bedienen. Allerdings brauchte er das auch nicht. Wenn Hate richtig zuschlug, wuchs an dieser Stelle kein Gras mehr. Nie wieder ...

Er war in meinen Augen das, was man hierzuplanet als Unmensch bezeichnete. Brutal und ohne Gewissen. Jedoch nicht von Geburt an.

Ich widmete mich weiter dem Nunchaku-Training, bis mir plötzlich der Gedanke kam, noch einmal zur Basis der Probas zu fahren. Auf gut Glück sozusagen.

Vielleicht war Hope ja dumm genug, erneut dort aufzukreuzen und ich konnte mein Versagen endlich bereinigen ...

7. Kapitel

Hope

Über eine geheime Zufahrt, die Jay und Ice mir mal gezeigt hatten, näherten Victoria und ich uns endlich unserem Stützpunkt. Oder – wie ich ihr erzählt hatte – meinem Elternhaus.

Vorsichtshalber hatte ich bereits alle Autotüren verriegelt und schaute mich während der Fahrt ununterbrochen um.

»Hast du Angst?«, fragte Victoria mich.

»Ein bisschen«, gab ich zu.

»Im Ernst?! Du schneist mitten in der Nacht in mein Appartement, führst dich auf wie Kill Bill höchstpersönlich und jetzt hast du Schiss?« Sie lächelte.

Ich wusste, dass sie mich nur auf den Arm nehmen wollte, um die Situation ein bisschen aufzulockern. Trotzdem antwortete ich dem Ernst der Lage entsprechend: »Ich bin voller Hoffnung, Vic. Aber wer nie Angst hat, ist nicht unglaublich mutig, sondern einfach nur unglaublich dumm«, zitierte ich Barry. Es waren die Worte, die er mir seit ich denken konnte eingeschärft hatte, da ich aufgrund bereits bekannter Umstände öfter einmal dazu neigte Situationen etwas zu rosig zu sehen.

»Vic?« Sie grinste.

»Wenn's für dich okay ist? Victoria ist mir ehrlich gesagt ein bisschen zu lang. Und auch ein bisschen zu spießig ...«

Sie boxte mir lachend auf die Schulter und ich lachte mit.

»Vic ist cool! Ich wollte schon immer mal einen Spitznamen haben und – ach du heilige Scheiße!!!«, schrie sie plötzlich und starrte in die Ferne auf unseren Stützpunkt. Pardon. Mein Elternhaus.

»Du kleines Bonzenkind betitelst meinen Namen als spießig und wohnst dann in so einer Hütte? Dürfen da normale Menschen überhaupt rein?«

Ich senkte verschämt den Blick. »Sei nicht albern.«

»Ich mach doch nur Spaß, Hopi«, kicherte sie.

»*Hopi*?«, fragte ich pikiert.

»Wenn's für dich okay ist?«, wiederholte sie meinen eigenen Satz.

»Nein.«

»Ach, Hope«, lachte sie weiter. »Ich liebe deine spezielle Art von Humor.«

»Das war kein Humor. Im Ernst. Wenn du mich noch einmal Hopi nennst, mach ich mit dir das Gleiche, wie mit dem Typ von letzter Nacht.«

Verdattert schaute sie mich an, doch ich verzog keine Miene.

»Äh ... Entschuldigung. Ich wollte dich nicht verärgern«, stammelte sie und ich brach in schallendes Gelächter aus.

»Hast du das echt geglaubt?«, zog ich sie auf und lachte weiter aus vollem Herzen.

»Du bist so eine blöde Kuh!«

Mein Blick wurde schlagartig wieder ernst.

»Ich mein ... Ich wollte nicht ...«, begann sie sich erneut zu entschuldigen, doch ich lachte wieder.

»Ich dachte, du liebst meine spezielle Art von Humor?«, scherzte ich.

»Etwas gewöhnungsbedürftig ist er. Aber ich find dich klasse!«

Ich grinste. Diese Albernheit tat doch irgendwie gut. Vic half mir, nicht permanent an Barrys Tod denken zu müssen und machte mich ein Stück weit ... – Wie sollte ich sagen? ... unbeschwerter? Und in Anbetracht dessen, was uns jetzt bevorstand, konnte ich nichts besser gebrauchen.

Ich parkte den Wagen im Schutz einer Baumgruppe. Von hier aus konnte man den Hintereingang des Stützpunkts sehen.

Vic zauberte sich wie zuvor besprochen mit ein paar schnellen Handgriffen einen Dutt, setzte ihre Brille auf und strahlte mich an.

»Und? Wirke ich seriös?«

Ich sah an ihr hinunter. Der Dutt ja. Die Brille ebenfalls. Aber das Outfit? Zögerlich schüttelte ich den Kopf.

»Wir haben das Outfit nicht bedacht«, sagte ich und zeigte auf ihren viel zu knappen Mini. Vic runzelte die Stirn.

»Mist! Du hast Recht.«

»Willst du Klamotten von mir haben? Ich habe noch welche zum Wechseln dabei.«

Sie sah mich mit hochgezogenen Brauen an. »Und wie soll ich da bitte reinpassen?«

Ich seufzte. Sie hatte Recht. Nicht, dass Vic dick war, doch ich war ein gutes Stück schmaler als sie.

»Und jetzt?«, fragte ich und überlegte.

Vic machte ihre Haare wieder auf, durchwuschelte sie, so dass ihre rote Mähne wild und ungezähmt aussah und nahm ihre Brille wieder ab.

»Jetzt tue ich so, als wäre ich die Schlampe deines Dads, die einmal die Woche kommt«, antwortete sie und zwinkerte mir zu.

Ungläubig sah ich sie an. Diese »Verkleidung« gefiel mir noch viel weniger als die vorherige.

»Keine Sorge, Hope. Die Rolle spiele ich erfahrungsgemäß gut«, sagte sie und öffnete die Beifahrertür. Sie hatte wohl versucht, lustig zu sein, doch aus ihren Augen sprach Trauer und Scham.

Ich hielt sie am Arm zurück.

»Vic?«

»Ja?«

»Pass auf dich auf. Bitte.«

Sie nickte. Dann verließ sie den Wagen und verschwand in Richtung Stützpunkt.

***

Zwei Minuten waren vergangen.

Fünf Minuten.

Zehn Minuten.

Verdammte Scheiße! Was machte Vic bloß so lange? Sie sollte doch nur die Lage checken, überprüfen, ob die Luft rein war, und mir dann Bescheid geben.

Ungeduldig rutschte ich auf meinem Sitz hin und her. Wenn sie nicht gleich kam, würde ich sie suchen. Egal, was wir zuvor vereinbart hatten.

Eine weitere Minute verstrich.

Noch eine.

Und noch eine.

So! Jetzt war aber Schluss! Ich wusste, dass dieses ganze Theater ja dem Zweck dienen sollte, mich vor den Improbas zu schützen. Oder wie Victoria dachte: vor der anderen »Feindesfamilie«. Aber ich würde ihnen Vic doch nicht einfach so überlassen. Und mich seelenruhig aus dem Staub machen, während die mit ihr Gott-was-weiß anstellten? – Oh nein! Dafür war sie mir in der kurzen Zeit schon zu sehr ans Herz gewachsen.

Ich griff in die Tasche, die auf dem Rücksitz lag, und holte ein Butterflymesser heraus. Nicht die feinste Art sich zu verteidigen, doch besser als nichts.

»Auch als Stichwaffe zu verwenden, klein und leicht zu verstecken«, klangen Barrys Worte in meinen Ohren. »So hast du noch einen kleinen Überraschungsbonus, wenn du es hinten aus dem Hosenbund ziehst.«

Ich seufzte. Barry ...

Vorsichtig öffnete ich die Fahrertür, darauf bedacht, so wenig Geräusche wie möglich zu machen. Dann glitt ich langsam von dem Sitz hinunter. Die Tür ließ ich offen. Erstens, weil das bei einer plötzlichen Flucht praktischer war, und zweitens, weil das Zuschlagen ja auch wieder ein Geräusch verursacht hätte.

Ich duckte mich und lief im Schutz der Baumgruppe so nah wie möglich ans Haus heran. Dann verharrte ich an Ort und Stelle und versuchte zu hören, was dort drinnen vor sich ging. Doch es war totenstill. Vielleicht war ich auch noch zu weit entfernt?

Ich holte vorsichtshalber das Messer hervor. Scheiß auf den Überraschungsmoment, dachte ich mir. Wenn ich das Ding vor mich hielt, fühlte ich mich sicherer.

Dann flitze ich zur Hausseite und schlich dicht an die Wand gedrückt weiter zur Hausecke. Dort legte ich mich flach hin. Statistisch gesehen fielen Veränderungen im Augenbereich eher auf, als auf dem Boden oder über Kopfhöhe. Und da ich zwar groß, aber nicht riesig war, fiel »über Kopfhöhe« schon mal weg und ich musste mit dem Boden vorliebnehmen.

Ich robbte ein Stück bis zur Hausecke vor. Dann atmete ich noch einmal tief durch und riskierte einen Blick um die Ecke hin zum Eingang.

Nichts. Alles still.

Die Tür stand noch immer sperrangelweit offen. So, wie ich unseren Stützpunkt zuletzt verlassen hatte. Weit und breit war niemand zu sehen. Wo war nur Victoria?

Dann hörte ich ein lautes Rumpeln aus dem Haus. – Oh Gott! Vic! Hatten sie etwa im Stützpunkt auf uns gewartet?

Mit einem Sprung war ich wieder auf den Beinen und bewegte mich zügig, aber vorsichtig in Richtung Tür.

»Vic?«

Wieder ein lautes Rumpeln.

»VIC?«, schrie ich nun.

Doch sie antwortete nicht.

Ich umfasste das Messer fester. Oh bitte! Hoffentlich war ihr nichts passiert!

Dann ein Schrei!

Jegliche Vorsicht über Bord werfend stürmte ich in das Haus hinein.

»VIC?«, rief ich erneut.

Keine Antwort.

Ich rannte durch das Erdgeschoss und kontrollierte jedes Zimmer. Doch sie war nicht aufzufinden.

»VIIIIC!«

Gerade, als ich mich umdrehen und in das Obergeschoss laufen wollte, fasste mir jemand von hinten auf die Schulter. Ein kalter Schauer durchlief mich.

»Alles gut! Hier ist keiner!«

Doch bevor mein Gehirn die Worte registrierte, hatte ich den vermeintlichen Angreifer bereits mit einer Schulterdrehung zu Boden geworfen und stand mit dem Messer über ihm.

»Bist du verrückt geworden?«, beschwerte sich Vic und rieb sich den Kopf, der bei ihrem Sturz auf den Boden geknallt war.

»Ich?! Wohl eher du! Wie kannst du dich so anschleichen? Du hast mich zu Tode erschreckt!«, fuhr ich sie aufgebracht an. »Weißt du eigentlich, was alles hätte passieren können?« Ich hielt ihr die Hand hin und half ihr aufzustehen.

»Was? Dass du mich zu Boden wirfst und mit dem Messer bedrohst, zum Beispiel?«, konterte sie eingeschnappt.

Ich wollte ihr gerade eine Predigt über das »Was« halten, als ich innehielt. Was sollte ich auch sagen? – Es hätte sein können, dass ich dir mein Butterfly zwischen die Rippen jage? Es schüttelte mich bei diesem Gedanken.

Außerdem musste ich über ihre schlagfertige Antwort schmunzeln. Wir schienen echt gut zusammenzupassen.

»Warum hast du nicht reagiert?«, fragte ich stattdessen und steckte mein Messer hinten in den Hosenbund.

Vic schob beleidigt die Unterlippe vor. »Weil du gesagt hast, dass ich so wenig Lärm wie möglich machen soll. Und da erschien es mir nicht sinnvoll, deinen Namen durch das ganze Haus zu schreien. Geschweige denn in einer Lautstärke, dass man es womöglich draußen noch hört.«

Ich nickte. Stimmt. Das hatte ich gesagt.

»Sind wir noch Freunde?«, fragte sie schüchtern.

Ich lächelte. »Natürlich. Aber du musst dich an Absprachen halten. Das hier ist kein Disneyworld-Besuch. Ich habe mir Sorgen gemacht.« Und was für welche ...

Doch sie konnte ja nicht wissen, in welcher Gefahr wir *wirklich* schwebten. Sie hatte auch keinen Barry gehabt, der sie für solche Fälle geschult hatte.

Hach ... Barry ...

Von daher wäre es mehr als unfair ihr Vorwürfe zu machen. Zumal sie nur helfen wollte.

Vic lächelte zurück. »Danke.«

»Nicht dafür«, winkte ich ab.

»Hope?«

»Ja?«

»Ich glaube, ich hab da was gefunden.«

Ich spürte, wie sich mein Gesicht aufhellte. »Gefunden? Was denn?«

»Na ja«, begann sie herumzudrucksen.

»Vic, was hast du gefunden, als du mir eigentlich Bescheid geben solltest, nachdem du festgestellt hattest, dass keine Gefahr droht?«

Sofort blickte sie schuldbewusst zu Boden.

»Ist okay. Sag mir einfach, was es ist.« Ich sah sie aufmerksam an.

»Also, eigentlich war das gar nicht schwer. Du musst auch wissen, dass ich nicht wirklich gesucht hatte. Ich bin nur in das eine Zimmer gegangen und ... Na ja ...«

»Was na ja?«

»Der eine Raum. Ganz oben am Ende des Flurs.«

Ich nickte. Das war Barrys Zimmer. Gewesen ...

»Der Raum sah irgendwie wichtig aus.«

Ich nickte wieder. Das sah er wirklich. Eine Menge Landkarten, Zeitungsartikel und Berichte über diverse Länder zierten die Wände.

Dennoch wuchs meine Ungeduld, was Vic mir wohl zu sagen versuchte.

»Also ... ich hatte wirklich nicht die Absicht ...«, rechtfertigte sie sich weiter.

»Gott, Vic! Komm zum Punkt!«, platze es aus mir heraus. Mein Ausbruch tat mir sofort leid, doch Geduld gehörte leider nicht zu meinen Stärken.

»Ich glaube, ich weiß, wo die andere Familie wohnt!«

Ich öffnete den Mund. Wollte etwas sagen. Doch dann klappte ich ihn wieder zu.

»Also, wenn die Familie den komischen Nachnamen *Improbas* hat«, fügte Vic hinzu.

Meine Augen wurden größer. Ich nickte leicht, doch ich konnte noch gar nicht glauben, was ich da hörte.

»Wie nur –«, begann ich, doch Vic unterbrach mich.

»Da hing ein Bild an der Wand. Leicht schief und da es nicht immer so da hing –«

»Woher willst du das wissen?«, fragte ich sie verblüfft.

»Weil die Tapete um das Bild leicht vergilbt ist und eine kleine weiße Ecke sichtbar war. Ergo wurde das Bild vor kurzem bewegt und wer bewegt schon grundlos Bilder an der Wand?«

Ich sah Vic an, unfähig, vor lauter Stauen etwas dazu zu sagen.

»Ich habe wirklich nicht explizit danach gesucht. Ich hab es mehr zufällig gefunden. Bin sozusagen darüber gestolpert, weißt du?«

Ungläubig zog ich die Brauen nach oben. Dann schüttelte ich den Kopf. »Ich bin noch nie zufällig über ein Bild an der Wand gestolpert«, antwortete ich verwirrt.

Vic gab mir eine kleine Karte, auf der ein Gebäude eingezeichnet war. Darüber stand in dicken, schwarzen Buchstaben *IMPROBAS*.

Fassungslos starrte ich darauf. Vic hatte mal eben so im Vorbeigehen die Zuflucht der Improbas gefunden. – Ernsthaft?!

»Es steckte hinter dem Bilderrahmen ...«, sagte Vic, doch ich unterbrach sie.

»Oh Gott! Vic! Du bist ein Genie!« Ich fiel ihr um den Hals. »Ohne dich hätte ich die *niemals* gefunden!«

Vic schaute zu Boden. Ihre Wangen färbten sich leicht rosa. »In meinem Job weiß man halt, wo reiche Menschen wichtige Dinge verstecken«, erklärte sie kleinlaut.

»Halleluja!«, jubelte ich.

Wie Barry immer sagte: Alles wird gut! Ich war gerade so im Freudentaumel, dass der Gedanke an ihn nicht mal schmerzte. Er hatte Recht behalten. Immer. Mit allem. Und auch wenn Barry nicht mehr lebte, war er nach wie vor in meinem Herzen. Vermutlich sogar stärker, als je zuvor. Und ich war gerade einfach nur dankbar, einen so wundervollen Lehrmeister gehabt zu haben.

Ich spürte, wie sich eine kleine Träne aus meinem Augenwinkel stahl.

Ich würde sie alle retten können. Meine geliebten Schwestern. *Love.*

»Alles okay mit dir?«, fragte Vic.

Ich nickte und wischte die Träne weg.

»Ich bin einfach nur froh, dass wir uns kennengelernt haben.«

Vic lächelte. »Und jetzt? Sollen wir jetzt dorthin?«

»*Wir?!*«, erwiderte ich entgeistert.

»Geht das Theater schon wieder los?«, fragte sie gespielt genervt.

»Lass uns erst mal nach Hause fahren. Es ist schon spät. Wir sollten uns ausruhen und uns Gedanken machen, wie wir weiter vorgehen.«

Auch wenn ich eher das Naturell »Mit-dem-Kopf-durch-die-Wand« hatte, bemühte ich mich um eine strukturierte, durchdachte Vorgehensweise. Schließlich war dies hier nicht mit Barrys Simulationen zu vergleichen.

Ja, er wäre stolz auf mich. Ich hoffte es zumindest ...

***

Nach einer weiteren Stunde Fahrt standen wir endlich vor meiner Wohnung. Mittlerweile war es dunkel geworden und ich parkte versteckt in einer Seitenstraße. Nur für den Fall, dass die Improbas doch wussten, wo sich meine Wohnung befand.

Ich gab Vic den Schlüssel. Sie wollte es sich nicht nehmen lassen, wieder vorab die Lage zu checken, doch dieses Mal hatte ich weniger Bedenken. Im Falle eines Falles hätte ich bereits in der Vergangenheit »ungebetenen Besuch« bekommen.

»Mi casa es su casa«, sagte ich feierlich und beschrieb Vic, in welchem Gebäude, welchem Stockwerk und hinter welcher Tür sich meine Wohnung befand.

Vic lächelte und ihre Augen glitzerten verdächtig.

»Ich hatte noch nie ein richtiges Zuhause«, antwortete sie mit brüchiger Stimme.

»Jetzt schon.« Es sollte aufmunternd klingen, doch meine Stimme hörte sich selbst ganz ergriffen an.

»Jetzt geh, bevor wir beide noch anfangen hier rumzuheulen.«

Vic kicherte. Dann stieg sie aus dem Auto.

»Und vergiss diesmal nicht, mir Bescheid zu geben. So gern sitze ich nicht in Autos herum!«, rief ich ihr hinterher und Vic lachte.

»Ja, ja. Ich hab's begriffen!«, antwortete sie und ging hinüber zu dem Wohnkomplex.

Minuten verstrichen und endlich erschien Vic wieder auf der Straße und winkte mich zu sich hinüber.

Perfekt! Was freute ich mich schon auf meine Wohnung, auf ein heißes Bad und vor allem auf mein Bett!

Ich steckte die Karte mit dem Wohnort der Improbas in meine Hosentasche. Dann stieg ich aus, schloss den Wagen ab und machte mich auf den Weg zu Vic.

»Ich mach dir schon mal einen heißen Tee!«, rief sie mir zu und verschwand wieder im Wohnhaus.

Ich lächelte. Ich wusste, Vic war ein guter Mensch, doch gerade waren ihre Sympathiepunkte noch einmal um einhundert Prozent gestiegen.

Voller Vorfreude folgte ich ihr, als mich jemand von hinten packte und mir etwas ins Gesicht drückte.

Ich versuchte mich zu wehren, doch eiserne Arme hielten mich fest umschlossen. Ich realisierte noch einen Geruch, ähnlich wie Verdünnung. Dann war ich weg ...

8. Kapitel

Despair

Wer hätte gedacht, dass eines der Vögelchen doch so schnell zwitscherte, dachte ich gutgelaunt. Und was für ein Glück, dass mich unser Oberst noch erwischte, bevor ich mich auf den Weg zum Versteck der Probas gemacht hätte. Sonst wäre mir diese geniale Chance am Ende noch durch die Lappen gegangen.

Ich schaute in den Rückspiegel. Hope lag ganz ruhig auf der Rückbank meines Wagens und atmete in tiefen, stillen Zügen. Dank der Betäubung würde sie auch noch einige Stunden schlafen.

Ich konnte es nicht fassen! Ich hatte sie!

Ich. Hatte. Hope!

Und ich hatte sie ganz alleine gefangen!

Ein Lächeln zwang sich förmlich auf meine Lippen. Das war einfach unglaublich!

Mein Handy klingelte.

»Ja?«

»Na, du Versager? Hast du es endlich geschafft, deine Bitch zu kriegen?«

Es war Hate. Na toll ...

»Unser Oberst hat da so seine Zweifel. Er meinte, du seist nicht gut genug. – Nein, warte: Wortwörtlich nannte er dich ›die größte Enttäuschung, die es je gegeben hat‹.«

Ich musste Hate nicht sehen, um zu wissen, dass er bei diesem Satz dreckig vor sich hin grinste. Und bevor ich etwas dazu sagen konnte, hetzte er auch schon unverhohlen weiter:

»Ha! Ich hab's gewusst! Du hast sie nicht! Du bist echt die größte Flasche auf diesem gottverdammten Planeten! Immer nur am Rumjammern. *Alles ist scheiße. Jeder ist fies zu mir. Keiner hilft mir. Nie klappt irgendetwas. Wuäh,*

wuäh, wuäh! Aber so langsam kapiert unser Oberst das auch endlich! Tja! Hätte er mal besser mich auf dieses Impro geschult. Dann –«

»Halt's Maul, Hate«, knurrte ich genervt. »Wir sind mittlerweile siebzehn! Bist du immer noch eifersüchtig?«

Hate stockte einen Moment, doch schnell fand er seine Sprache wieder. »Eifersüchtig? Auf sowas wie dich? Auf jemanden, der in einer Tour versagt? Lächerlich!«

Dann hörte ich den Oberst im Hintergrund.

»Was tust du da, Hate?«

»Despair hat die Bitch nicht!«, erklärte er schadenfroh. *Arschloch!*

Ich wollte mich einmischen, ihnen sagen, dass ich sie sehr wohl gekriegt hatte und es noch dazu ein Leichtes gewesen war, doch schon hatte ich den Oberst höchstpersönlich am Telefon.

»Wie, du hast sie nicht?! Warum? War sie nicht da? Antworte!«, pflaumte er mich an.

Ich zischte genervt. Wieso ließ mich hier keiner erst einmal aussprechen?

»Ich ...«

»Ich, ich, ich«, unterbrach der Oberst mich. »Es heißt ›*Ja, Sir*‹ oder ›*Nein, Sir*‹. Alles andere interessiert mich nicht!«

»Nein, sie war nicht da«, antwortete ich ärgerlich. – Moment, was hatte ich da eben gesagt? Hatte ich wirklich gerade den Oberst angelogen? War ich noch ganz bei Trost? Nicht auszudenken, wenn er das herausfand!

Zunächst hatte ich das ja eigentlich nur aus Trotz gesagt. Doch wie auf Kommando begann ein Plan in mir zu reifen.

Ich würde Hope einfach zu mir nach Hause bringen. Wie jeder von uns hatte auch ich die Käfige und Trainingsutensilien daheim, für sogenannte »Homeworks«.

Ich würde das Training dort vollführen. Hope würde schneller und besser umtrainiert werden, als *alle anderen* Probas! Und dann würden sie mal sehen ...

Wer zuletzt lachte, lachte bekanntlich am besten.

»Nein, sie war nicht da – WAS?!«, schrie der Oberst ungehalten ins Telefon.

Ich knirschte mit den Zähnen.

»Nein, sie war nicht da, *Sir.*«

»Das darf doch nicht wahr sein!«, polterte er weiter. »Das konnte ja nur wieder dir passieren! – Despair, du wirst jede freie Minute damit verbringen, Hope aufzuspüren. Du wirst alles im Umkreis von fünfhundert Meilen abklappern. Jeden Flughafen, jeden Bahnhof, ja sogar jede Busstation! Und wenn es Monate dauert! Du trittst mir nicht eher unter die Augen, bis du dieses Miststück gefangen hast. Ist das klar?!«

»Ja.«

»Ja – ZUR HÖLLE WAS?!« Unser Oberst schien kurz vorm Blutsturz.

»Ja, SIR.« Dabei spie ich das Wort *Sir* mit aller Verachtung aus, die ich aufbringen konnte.

»Hätte ich vorher gewusst, dass du solch ein unkooperatives Produkt wirst, Despair, hätte ich dich nie mit der wichtigsten Aufgabe betraut! Du schienst damals willensstark. Gradlinig. Doch ich habe verkannt, wie schwach du bist. Würdest du dich jemals mit so viel Hingabe deinen Aufträgen widmen, wie du dich anfänglich gegen dein Impro gewehrt hast, hättest du ein guter Soldat werden können. Aber so? – Jetzt geh an die Arbeit und komm nur mit Resultaten wieder.« Dann legte er auf.

Ich schluckte. Ich war kein Produkt. Und ich war nicht schwach. Und das würde ich allen beweisen!

***

Ich fuhr in meine Hofeinfahrt. – Ja, genau: in *meine.*

Ganz untypisch hatte ich als einziger Improba ein komplettes Häuschen gekauft. Warum auch nicht? Unser Oberst vergütete unsere Dienste mehr als akzeptabel. Und hier war der einzige Ort, an dem ich meinem Hobby freien Lauf lassen konnte, ohne dafür blöde Sprüche kassieren zu müssen.

Neben der ganzen Waffenkunde, die nicht nur Teil meiner Arbeit war, sondern mittlerweile auch zu meinen Lieblingsbeschäftigungen zählte, schlug mein Herz noch für etwas ganz Bodenständiges: die Schreinerei.

Fast alle Möbel in meinem Haus hatte ich selbst gebaut, angefangen von einem massiven Eichentisch, über ein paar Stühle bis hin zu meinem Bett. –

Gut, die ersten Versuche waren wahrlich nicht besonders repräsentativ. Aber nach und nach entwickelte ich ein Gefühl dafür und was noch viel wichtiger war meinen eigenen Stil.

Ich probierte immer mehr herum und versah sämtliche Möbel mit kleinen Schnitzereien. Und da ich neben seltenen Waffen auch ein ... nun ja Herz für Tiere und besonders schöne Landschaften hatte ... Was lag da näher, als diese Motive in die Möbel hineinzuschnitzen?

So zierten zum Beispiel zwei kämpfende Hirsche das Kopfende meines Bettes, eine ganze Waldlichtung meinen Eichentisch und mein geliebtes Nunchaku meinen Waffenschrank. Wahrscheinlich gab es inzwischen keinen einzigen freien Platz mehr, in den ich noch etwas hineinschnitzen konnte, aber das gefiel mir so.

Apropos gefallen: Mein Haus besaß noch einen Kamin und eine umlaufende Terrasse, die beide ebenfalls in Eigenregie entstanden waren – auch, wenn der Kamin natürlich nicht aus Holz, sondern aus alten Backsteinen gefertigt war.

Das einzig Moderne hier war wohl die Schallisolierung, mit der das ganze Haus versehen war. Aber die musste sein. Sei es, um schmerzhafte Trainingseinheiten zu vertuschen oder aber ... für den heutigen Zweck.

Ich stieg aus und sah mich um. Dann öffnete ich eine der Hintertüren, um Hope herauszuholen. Sie schlief immer noch.

Ich nahm sie auf den Arm und ging in Richtung Haustür, als meine Nachbarin mich sah und freudig angelaufen kam.

Ich seufzte. Sie nervte, doch ich konnte nicht unfreundlich zu ihr sein. Dazu war sie zu nett.

»Oh, John, wie schön, Sie mal wiederzusehen. Waren Sie verreist?«

John. John Carter. Mein »0815-Ich-gehe-damit-in-der-breiten-Masse-unter«-Erdenbürgername. Wie ich ihn hasste!

»Ich arbeite viel«, erklärte ich und wollte weitergehen.

»Oh«, machte die alte Frau erneut. »Wer ist das denn?«, fragte sie und schaute neugierig auf Hope. Dann spürte ich, wie ihr augenblicklich unwohl wurde.

»Was ist mit ihr?« Die alte Dame schaute nach wie vor freundlich, doch ich merkte, wie das Misstrauen in ihr wuchs.

»Ist das Ihre Freundin? Wurde ja auch langsam mal Zeit. Ich hatte mich schon gewundert, dass ich Sie noch nie in Damenbegleitung zu Gesicht bekam.«

»Ich …« Zuerst wollte ich etwas anderes sagen, doch da mir so spontan keine bessere Ausrede einfiel, bejahte ich: »Ja, das ist meine Freundin. Wir waren auf einer Party und sie hat ein bisschen zu viel getrunken.« Ich zwinkerte der alten Lady zu, die verlegen lächelte und sich wieder ein wenig entspannte.

»Sie sieht aus wie ein Engel. So rein und wunderschön.«

Ich sah auf Hope herunter. So unrecht hatte die Alte gar nicht, doch wenn sie wüsste, dass ich hier gerade den Teufel höchstpersönlich in den Armen hielt …

»Wie heißt sie? Wo kommt sie her?«, fragte meine Nachbarin neugierig.

»Es tut mir leid, Mrs. Brendon, aber so leicht, wie sie aussieht, ist sie nicht.« Mit diesen Worten machte ich einen Schritt in Richtung Haustür.

»Na, jetzt stellen Sie sich mal nicht so an, John. Wenn ich mir Ihre Oberarme so betrachte, hat es schon Schwächere als Sie gegeben.« Die alte Dame gluckste.

Gut, recht hatte sie. Hope war wirklich ein Fliegengewicht.

»Mein Freddy zum Beispiel, der ja wesentlich untrainierter war als Sie, hat mich damals mit Leichtigkeit über die Türsch –«

»Mrs. Brendon, bitte! Wir sind müde und möchten ins Bett.«

Die alte Dame verzog den Mund. Ich merkte genau, dass es ihr nicht passte, so abgewürgt zu werden, doch ihre anfängliche Besorgnis bezüglich Hope war verflogen. Und das war alles, was zählte.

»Schlafen Sie gut, Mrs. Brendon«, fügte ich noch hinzu und holte den Schlüssel heraus.

Die alte Frau lächelte wieder. »Sie auch, mein Bester. Und grüßen sie Ihre Freundin von mir. Sollte sie morgen Kopfschmerzen haben, schicken Sie sie bei mir vorbei. Ich hab da ein kleines Hausmittelchen.«

»Danke, Mrs. Brendon, aber sie wollte morgen früh schon wieder weg.«

»Falls sie es nicht schafft: Sie wissen ja, wo Sie mich finden.«

Ich nickte ihr zu, schloss die Tür auf und ging hinein. Dann drehte ich mich noch einmal verwundert nach Mrs. Brendon um. Warum war sie heute so gut drauf? Für gewöhnlich dauerte es sonst keine fünf Minuten, bis sie mich mit ihren Problemen vollheulte, um dann völlig hysterisch vor meinen Augen zusammenzubrechen.

Meine Augen schweiften zu Hope hinunter. Lag das etwa an ihr? Schaffte sie es selbst in ihrem derzeitigen Zustand meiner Nachbarin eine wahnwitzige Vorstellung eines besseren Lebens vorzugaukeln?

Mrs. Brendon war über achtzig, hatte keinen Mann mehr, keine Enkel, die sich um sie kümmerten, und war gesundheitlich auch nicht mehr die Fitteste. War es dann wirklich fair, ihr derart falsche Hoffnungen zu machen? Früher oder später würde Mrs. Brendon erkennen, dass nichts von dem in Erfüllung ging, wie sie es sich vielleicht unter Hopes Einfluss ausgemalt hatte. Und was war dann? Fiel sie womöglich in ein noch viel schwärzeres Loch als bisher?

Ich verstand einfach nicht, wie man so sein konnte. Wie man anderen so etwas antun konnte. Aber gut: Nach Fairness hatte Hope ja wohl noch nie gefragt …

***

Drinnen legte ich die Proba in ihren Käfig.

Einen Moment lang blieb ich davor stehen. Sah sie an. Sah, wie ihr Oberkörper sich ganz ruhig auf- und absenkte.

Sie wirkte so friedlich. Eigentlich unvorstellbar, dass diese kleine Sensianerin so viel Leid verursachen konnte.

Abrupt schüttelte ich den Kopf. Ich durfte mich von ihrem harmlosen Äußeren nicht blenden lassen. Unser Oberst hatte uns das mehrfach eingeschärft. Schließlich hatte ich am eigenen Leib erfahren, was ihr Pro einem brachte: Schmerz, Angst und vor allem Verzweiflung.

Ohne sie wäre ich nie zu dem geworden, was ich heute war, hätte niemals das Martyrium durchmachen müssen, was hinter mir lag. Und darauf war ich nicht besonders stolz.

Ich schaltete das Licht aus und ging in mein Schlafzimmer. Der Tag war lang genug.

9. Kapitel

Hope

Ich glaubte, es war früher Morgen, als ich meine Augen vorsichtig öffnete. So genau wusste ich das nicht. Alles war noch dunkel.

Mein Schädel brummte. Was hatte ich für Kopfschmerzen!

Ich rollte mich zur Seite und stieß mit dem Kopf gegen etwas Hartes. Und Kaltes.

»Aua«, murrte ich und rieb mir meine Stirn. Ich suchte neben mir nach dem Lichtschalter, doch ich ertastete nur kühle Metallstäbe.

Erschrocken zog ich die Hand weg. Wo war ich?

Ich überlegte kurz und rieb mir weiter meinen schmerzenden Kopf, als die Erinnerungen nach und nach zurückkehrten.

Ich war auf dem Weg in meine Wohnung. Vic wollte mir einen Tee machen, als ... *Ahhh!!!*

»Hilfe!«, schrie ich und presste meine Handflächen fest gegen meine Schläfen. Mein Schädel brachte mich beinahe um!

Ich versuchte mich aufzurichten und stieß mit dem Kopf erneut gegen Metall, so dass ich erst mal in einer halb liegenden Position verharrte.

Dann hörte ich Schritte. Das Licht wurde angeknipst und ein junger Mann in Boxershorts und einem verwaschenen schwarzen T-Shirt stand vor mir. Die Augen zornig zusammengekniffen.

Ich schluckte schwer, angesichts der Kälte, die von ihm ausging, angesichts des Leids darüber, was er erlebt haben musste. Ich spürte auch seine Unfähigkeit, an das Gute zu glauben.

All das prasselte gerade wie ein heftiger Niederschlag an Gefühlen auf mich ein. – Ja: Das konnte nur Despair sein. Seine aggressive Aura und die schiere Verzweiflung, die aus jeder seiner Poren strömte, gaben mir Gewissheit.

Gleichzeitig fragte ich mich, was mit ihm geschehen sein musste, dass er *so* geworden war.

»Ich dachte ja, du lässt mich noch ein bisschen schlafen, aber du kennst offenbar in keiner Weise Erbarmen«, sagte er zynisch.

Dann ging er hinüber zu den Rollläden und zog sie hoch. So schnell es meine Kräfte zuließen, fuhr meine Hand durch die Gitterstäbe und ich versuchte per Winken und Schreien auf mich aufmerksam zu machen, doch er schaute mich nur verächtlich an.

»Alle Fenster in diesem Haus sind von innen mit einer Spezialfolie beklebt. Du kannst hinausschauen, aber dich wird keiner sehen.«

»Hilfeee!!!«, schrie ich erneut.

Despair lächelte spöttisch. »Und hören wird dich auch keiner.« Er klopfte gegen die Wand. Lediglich ein dumpfes Geräusch erklang. Als wäre alles sehr weit weg. »Schallisolierung vom Feinsten. Überall.«

Ich spürte förmlich, wie mir meine Gesichtszüge entglitten. Mich hörte niemand? Mich sah niemand? Wie sollte man mich dann hier finden?!

Gänsehaut bildete sich auf meinem Körper.

Als hätte er meine Gedanken gelesen, fügte er ein trockenes »Keine Sorge: Sobald deine Umschulung beendet ist, bist du entweder frei oder tot« hinzu.

Ich verschluckte mich an meiner eigenen Spucke und bekam daraufhin einen Hustenanfall.

»Mach es mir nicht leichter, als es eh schon ist.« Er wandte sich zum Gehen.

»Lass mich hier raus!«, brüllte ich und schlug mit ganzer Kraft gegen die Gitterstäbe, doch diese vibrierten nicht einmal. Ein stechender Schmerz durchfuhr mein Gehirn. Lautstärke war offenbar keine gute Idee.

Schnell fasste ich mir wieder an die Schläfen und versuchte durch den Druck den Schmerz zu lindern.

»Chlorophyll und Äther.«

»Was?« Verwirrt hob ich den Kopf und schaute ihn an.

»Daraus bestand deine Betäubung. Wenn du möchtest, dass deine Kopfschmerzen bald vorbeigehen, solltest du Ruhe geben.«

Ich schnaubte. »Darauf kannst du lange warten!«

Wieder ein spöttisches Lächeln. »War das eine Kampfansage?«

Ich kniff die Augen zusammen. »Aber sowas von!«

»Gut.« Despair drehte sich um, schaltete das Licht aus und verließ den Raum. Glücklicherweise kamen trotz dämlicher Spezialfolie genug Sonnenstrahlen herein.

Ich sah mich um. Eigentlich wirkte der Raum ziemlich gemütlich. Und gleichzeitig interessant. Fast die ganze Inneneinrichtung war aus kunstvoll verziertem Holz gefertigt. Wo man wohl so etwas kaufen konnte? Das war gewiss teuer. Was für eine Schande, dass so ein Arschloch hier wohnte.

Mein Blick fiel auf eine schwarze Folie, die quer über den Boden gespannt war. Sie sah aus wie eine Poolabdeckung. – Ernsthaft?! Ein Pool? Mitten im Wohnzimmer? Und da dachte ich, Barry sei bei der Einrichtung unseres Stützpunkts schon größenwahnsinnig geworden.

Oh Barry ...

Meine Augen begannen zu brennen und die erste Träne ließ nicht lange auf sich warten.

Was hatte ich nur getan? Ich hatte alles ruiniert. Dabei schien meine Aufgabe doch so simpel: *Bring dich in Sicherheit und lass nicht zu, dass sie dich erwischen.*

Und was war? Jetzt saß ich hier, eingepfercht in einem Käfig, der gerade einmal hoch genug zum gekrümmten Sitzen war. Wie ein Tier, das darauf wartete, zur Schlachtbank geführt zu werden.

Barry hatte Recht gehabt und ich war einfach zu dumm und zu naiv, den wirklichen Ernst der Lage zu kapieren.

Nur mühsam unterdrückte ich einen Schluchzer und wischte mir mit dem Ärmel über die Augen. Ich musste sofort aufhören damit! Ich durfte unter keinen Umständen meine Hoffnung schwächen. *Niemals!*

»Alles wird gut. Ich muss nur ein wenig Geduld haben. Früher oder später findet man mich und holt mich hier raus. Das war immer so und wird immer so sein«, betete ich vor mich hin. Typische Sätze, die Barry mir beim Training stets aufs Neue eingetrichtert hatte.

Ich dachte an unsere gemeinsame Zeit zurück und versuchte aus meinen Erinnerungen Kraft zu schöpfen.

Barry hatte mich schon in manch unmögliche Situation gebracht. Als ich noch jung war und die Trainings gerade erst begonnen hatten, hatte ich oftmals das Gefühl, dass alles für den Arsch war oder mein letztes Stündlein geschlagen hatte.

Zum Beispiel hatte er mich einmal mitten in einem Wald zurückgelassen. Ohne Essen. Nur mit Wasser. Tagsüber war das kein Problem. Solange es hell war und ich alles sehen konnte, hatte ich keine Angst. Nachts sah das Ganze schon wieder anders aus. Nicht mal ein Zelt hatte er mir mitgegeben, nur eine Wolldecke, damit ich nicht übermäßig fror.

Ich war mir damals nicht sicher gewesen, ob ich jemals wieder nach Hause kam. Oder ob ich das gar überlebte. Doch Barry hatte mir gesagt, ich sollte einfach daran glauben, dass alles gut werden würde und er zurückkäme. Einen Zeitraum hatte er mir nicht genannt.

Zunächst hatte ich versucht, selbst einen Ausweg zu finden, war gelaufen, in der Hoffnung, auf ein Haus zu treffen oder den Waldrand zu erreichen. Doch leider erfolglos. Somit blieb mir nichts weiter übrig, als an Barrys Worte zu glauben und ihm zu vertrauen.

Ganze vier Tage später hatte er mich abgeholt. Halb durchgefroren und extrem hungrig – aber lebendig.

Oder das andere Mal, als Barry mich im Zoo in ein Gorillagehege gesperrt hatte. Zuerst war ich fasziniert gewesen von diesen Tieren, doch als der Erste auf mich aufmerksam wurde und erst langsam, dann immer schneller in meine Richtung spurtete, dachte ich, mein letztes Stündlein hätte geschlagen. Zumal der Gorilla alles andere als freundlich aussah.

Wie versteinert war ich dagestanden und hatte um mein Leben gebangt, bevor Barry in letzter Sekunde die Gittertür geöffnet und mich herausgezogen hatte.

Und auch wenn ich ihn für solche Aktionen hätte erschlagen können, hatte ich doch immer das Gleiche daraus gelernt. Egal wie lange es dauerte oder wie verfahren eine Situation schien: Früher oder später wandte sich alles wieder zum Guten – egal, ob von selbst oder durch fremde Hilfe. Man durfte die Hoffnung nur nicht aufgeben.

Ich spürte, wie diese Erinnerungen durch mich hindurchflossen, mir Kraft gaben, meine Hoffnung stärkten – ein überschäumendes Gefühl, wenn nicht sogar das schönste auf diesem Planeten.

Warum hatte Despair nur solch einen Hass auf mich?!

10. Kapitel

Despair

Nachdem ich eine heiße Dusche genommen hatte, warf ich mich in meine Klamotten, schnappte mir meinen Schlüsselbund und verließ das Haus. Ich hörte noch, wie die Proba mir hinterherrief, doch ich ignorierte sie. In ihrem jetzigen Zustand konnte ich sowieso noch nicht mit dem Training beginnen. Zudem wollte ich sehen, wie weit Hate und Co. mit ihren Probas inzwischen waren.

»Hallo, mein Bester«, rief meine Nachbarin und kam auf mich zugelaufen. Sofern man da noch von *Laufen* sprechen konnte …

»Hallo Mrs. Brendon«, erwiderte ich, ging aber unbeirrt zu meinem Auto weiter.

»Wo ist Ihre süße Freundin?«

Ich stockte kurz. »Die ist heute in der Früh wieder los. Das habe ich Ihnen doch gestern Abend schon gesagt.«

»Warum lügen Sie mich an, John Carter?«, fragte Mrs. Brendon tadelnd.

Ich zog die Brauen genervt nach oben. »Wie bitte?«

»Sie haben mich schon verstanden.«

»Nein, das habe ich nicht«, antwortete ich kühl.

»Ich bin schon seit fünf Uhr wach und habe nicht gesehen, dass jemand Ihr Haus verlassen hat.« Sie musterte mich eindringlich.

»Spionieren Sie mir etwa nach?«, fragte ich ungehalten.

Sofort merkte ich, wie sich der Gefühlszustand der Alten, der heute schon wieder ungewohnt euphorisch war, verschlechterte. Das durfte ja wohl nicht wahr sein! SIE spionierte MIR nach und SIE wurde jetzt misstrauisch?!

Doch ich konnte es mir nicht erlauben, die alte Frau weiter zu verunsichern. Wusste der Geier, wie mir ihre penetrante Neugier noch schaden könnte.

Also setzte ich ein falsches Lächeln auf. »Sie sind ein Fuchs, Mrs. Brendon.«

Nun war sie es, die verdutzt die Augenbrauen nach oben zog.

»Sie haben uns erwischt.«

»Habe ich das?«, fragte sie unsicher.

Ich nickte beipflichtend.

»Ich hatte meiner Freundin erzählt, dass Sie uns gestern Nacht gesehen haben und ihr war das so furchtbar peinlich, dass sie mich bat, sie zu verleugnen.«

Mrs. Brendon guckte skeptisch.

»Sie wissen schon. Weil sie ja so betrunken war. Sie hat Angst, dass Sie jetzt falsch von ihr denken, weil sie die Nacht bei mir verbracht hat«, erklärte ich weiter.

Da huschte ein Lächeln über das Gesicht der alten Frau, als würde sie sich an etwas erinnern.

»Ach, mein Lieber«, sagte sie und begann zu kichern. »Als ich das erste Mal bei meinem Freddy übernachtet habe, ging es mir ähnlich.«

Eigentlich hatte ich weder Zeit noch Lust mir dieses Geschwafel anzuhören. Eine gut gelaunte Mrs. Brendon war ja fast noch nerviger als eine depressive. Doch wenn sie sich wieder beruhigen sollte, musste ich das wohl oder übel über mich ergehen lassen.

Nachdem Mrs. Brendon noch die eine oder andere Story über ihren ach so tollen Freddy zum Besten gegeben hatte, schien sich ihr Gemüt wieder beruhigt zu haben.

»Ich muss jetzt wirklich los, Mrs. Brendon«, kürzte ich ihre letzte Geschichte ab.

Enttäuscht sah sie mich an.

»Ich hab noch was zu erledigen.«

Sie kniff die Augen etwas zusammen, aber mehr aus Frust, nicht weitererzählen zu können, anstatt mir nicht zu glauben.

Trotzdem fügte ich noch ein »Außerdem möchte ich Brötchen holen« hinzu und zwinkerte ihr lässig zu.

Schon wandelte sich ihr Gesichtsausdruck wieder. Wie leicht Menschen doch zu beeinflussen waren.

»Sie sind ein Schatz, John. Und dass Sie mir das Mädchen ja gut behandeln.« Sie lächelte und wandte sich dann zum Gehen.

»Machen Sie es gut, Mrs. Brendon«, sagte ich und stieg in mein Auto.

Und wie *gut* ich Hope behandeln würde! Ich konnte es kaum erwarten, ihr alles heimzuzahlen, was sie mir jemals angetan hatte. Und das war eine ganze Menge.

***

Ich fuhr eine Weile, bis ich unser Quartier erreichte. Von außen wirkte alles ruhig. Wie gehabt.

Ich stieg aus dem Auto und ging direkt in den Keller hinunter. Dem Oberst durfte ich ja sowieso erst wieder unter die Augen treten, wenn ich ihm Hope präsentieren konnte. Aber das musste noch ein bisschen warten. Zuerst wollte ich sie umschulen, damit ich ihm direkt das Endergebnis zeigen konnte. Ich war mir sicher, damit war ich wieder rehabilitiert.

Nachdem ich die schwere Metalltür geöffnet hatte, hörte ich wieder aus sämtlichen Zimmern ein leises Wimmern und Schluchzen. Meine Brüder schien das jedoch nicht zu stören.

Zunächst besuchte ich Greed, da ich sehen wollte, wie weit er mit seiner vermeintlich schwächsten Proba war.

Langsam öffnete ich die Tür zu meinem ehemaligen Zimmer und steckte den Kopf hinein. Wie immer kroch mir ein widerliches Gefühl den Nacken hinauf. Hörte das denn nie auf?

»Hey, Alter! Na? Gibt's was Neues?«, begrüßte Greed mich gutgelaunt.

»Nicht wirklich«, antwortete ich. »Und bei dir?«

»Auch nichts.«

»Wie steht's mit deiner Proba?«, fragte ich und sah mich nach ihr um. Sie wirkte geschwächt, doch noch weit entfernt von einer geglückten Umschulung.

Greed grinste. »Kann nicht mehr lange dauern. Ich hab noch nie so eine Heulsuse gesehen.«

»Ja?«, fragte ich ungläubig und musterte erneut das Mädchen.

Gut. Modesty sah wirklich verheult aus, das konnte ich sogar von der Tür aus sehen. – Mehr aber auch nicht.

Greed nickte. »Darauf kannst du wetten, Alter. Aber erzähl du lieber mal: Hattest du schon Erfolg mit Hope?«

Ich schluckte. Wusste er …? – Nein. Unmöglich. Er meinte gewiss, ob ich sie schon gefangen hatte.

»Der Oberst hat mir gestern Abend ihren Unterschlupf mitgeteilt«, erzählte ich.

Modesty zuckte fast unmerklich zusammen und ich war nicht der Einzige, der das registrierte.

Wie aus dem Nichts schlug Greed mit voller Wucht auf ihren Käfig. »Warst du das etwa?« Dann fing er lauthals an zu lachen. »Teufel, bist du armselig! Nicht mal drei Tage hier und schon schneller eingeklappt als ein Billig-Campingstuhl.«

Die Proba schaute unter sich.

»Süße, warum hast du *mir* das denn nicht gesagt? War unser Oberst etwa *überzeugender*? Damit hast du mir ganz schön die Tour vermasselt. So kriege ich meinen Bonus gewiss nicht.«

Modesty sagte nichts.

»Hallo?! Ich rede mit dir!«

Die Proba schwieg weiter.

»Du dummes, kleines Miststück! Soll ich die Antwort lieber aus dir herausprügeln?«, drohte Greed.

Keine Reaktion.

»Jetzt hab ich aber die Faxen –«

»Greed, Mann. Beruhige dich. Ist doch scheißegal, wem sie was gesagt hat«, ging ich dazwischen. »Du weißt doch selbst, *wie* überzeugend der Oberst sein kann.«

Mein Bruder nickte. »Trotzdem: Hätte ich das gewusst, hätte ich sie nicht mit Samthandschuhen angefasst.«

»Samthandschuhe«, schnaubte die Proba.

Doch bevor Greed sich erneut ereifern konnte, redete ich einfach weiter: »Na ja, es war ja auch nicht gerade Fairplay vom Oberst, oder?«

»Wie meinst du das?«

»Hatte er nicht gesagt, dass er keinen Fuß in den Keller setzt, sondern direkt die fertigen Ergebnisse von euch haben will?«

Greed schaute mich an. »Teufel, Despair! Wann akzeptierst du endlich unseren Oberst als Führer?«

»Gar nicht«, entgegnete ich trocken.

»Er ist unser Schaffer, Alter. Wann geht das endlich in deine Birne rein?«

Ich schnaubte. *Unser Schaffer.* Das ich nicht lachte. Auch wenn wir von einem anderen Planeten stammten, funktionierte unsere Zeugung doch wie bei den Menschen.

Greed seufzte. »Ich war ihm wohl zu langsam.«

»Die Probas sind nicht mal ganz drei Tage da.«

»Ja und? Offensichtlich lang genug, um unserem Oberst alles zu erzählen.« Greed machte eine kurze Pause. »Aber das passiert mir nicht noch einmal.« Er holte einen Gürtel hervor, der mit jeder Menge stählerner Nieten besetzt war. »Mag sein, dass du mich um meinen Bonus gebracht hast. Aber die Umschulung lasse ich mir nicht nehmen. Und ich werde der Erste sein, dessen Proba ihm wimmernd zu Füßen liegt!«

Greed öffnete die Käfigtür und zog Modesty an den Haaren heraus. Diese Methode schien sich hier unten bereits etabliert zu haben.

»Lass mich los!«, schrie sie.

»Warum? Willst du lieber von unserem Oberst umgeschult werden? – Mädchen, du weißt nicht, *was* du dir da wünschst!«

»Ich habe deinem verschissenen Oberst gar nichts gesagt! Ich kenne ihn noch nicht mal!«, verteidigte sie sich, doch Greed war nicht mehr zu bremsen.

»Lüg mich nicht an! Es ist sowieso nur noch eine Frage der Zeit! Wenn Despair Hope gefangen und umgepolt hat, ist es ohnehin aus mit euch!«

»Du sollst mich loslassen!«, schrie sie erneut.

»Sorry, Süße, aber die Suppe hast du dir selbst eingebrockt. Ich versuch lieber jetzt schon mein Glück, bevor du wieder ein heimliches Date mit unserem Oberst hast.« Ein fieses Grinsen huschte über Greeds Gesicht.

»Ich werde dann mal –«, verabschiedete ich mich.

»Hol dir Hope«, rief Greed mir hinterher.

Ich nickte und schloss die Tür von außen. Das, was jetzt folgte, musste ich mir nicht unbedingt mitansehen. Bevor mit dem eigentlichen Training begonnen werden konnte, wurden die »Schüler« erst einmal gefügig gemacht. Und das erreichte man am besten durch Schmerz. Je mehr, desto besser – und umso schnellere »Erfolge« versprach man sich.

Ich wollte der Reihe nach einen Blick in die Zimmer der anderen werfen, schauen, wie weit meine Brüder bereits waren. Doch nachdem Schreie aus Hates Zimmer drangen, ging ich gleich zielstrebig darauf zu.

»Hey, Alter«, begrüßte mich Hate. Er saß auf einem Stuhl direkt vor dem Käfig seiner Proba – und wirkte äußerst zufrieden dabei.

»Hey!« Ich schloss die Tür hinter mir.

»Wenn du willst, kannst du dich ein bisschen hierhersetzen und dir dieses lustige Schauspiel ansehen. Der Oberst hat nach mir verlangt und da muss ich nun hin.«

Ohne meine Antwort abzuwarten stand Hate auf und verließ das Zimmer.

Was hatte er gesagt? *Lustiges Schauspiel?*

Ich ging hinüber zu dem Stehkäfig.

»Darf nicht schlafen. Darf nicht schlafen. Darf nicht schlafen …«, flüsterte Love in einem monotonen Singsang vor sich hin. Hate hatte ihr die Arme über den Kopf an der Käfigdecke festgebunden. Halb bewusstlos hing sie in den Seilen.

»Bist du etwa immer noch hier drinnen?«, platzte es aus mir heraus. Als hätte ich keine Augen im Kopf.

Normal war allein der Stehkäfig eine Einheit – auch ohne die Arme dabei über dem Kopf geschnürt zu bekommen. Und nach spätestens zwei Stunden war man wieder draußen und konnte sich in den kniehohen Käfig setzen oder legen.

Love blinzelte mit den Augen. Ein leichtes Nicken war zu vernehmen. Dann sackte ihr Kopf wieder auf die Schulter und ihr Körper kippte gegen die Gitterstäbe. Sie stieß einen spitzen Schrei aus.

»Spinnst du?!«, fuhr ich sie vor lauter Schreck an.

Da begann sie zu schluchzen.

Irritiert stand ich vor ihr. Gut, dass das Ganze nicht angenehm war, wusste ich. Doch deswegen so rumzuschreien?

In dem Moment vernahm ich ein leises Surren. Ich ging um den Käfig herum und sah ein kleines Gerät, mit dem Hate die Gitterstäbe unter Strom gesetzt hatte. Die Bodenplatte sowie die Decke des Käfigs waren aus Gummi. Das leitete nicht. Aber sobald die Proba die seitlichen Käfigwände berührte, bekam sie ordentlich eine gewischt. Und ich wusste, wovon ich da redete. Schließlich hatte ich selbst mehrere Male das zweifelhafte Vergnügen gehabt.

Ohne großartig darüber nachzudenken riss ich das Verbindungskabel von den Stäben.

Dieser Sadist! Das war definitiv keine Einheit, die bereits am dritten Tag durchgeführt werden sollte. In Verbindung mit dem Stehkäfig war das nicht mal eine, die *überhaupt* gemacht wurde!

»Danke«, flüsterte Love kraftlos.

»Wie lange bist du schon in dieser Position?«, fragte ich sie.

»Weiß nicht«, antwortete sie mit schwacher, kratziger Stimme.

Ich zückte ein Messer und sie riss erschrocken die Augen auf. Mit zwei gekonnten Bewegungen zerschnitt ich die Seile über ihrem Kopf und ihre Arme sackten schlaff herunter.

Unsicher sah sie mich an, während sie sich vorsichtig an die Gitterstäbe lehnte.

»Warum tust du das?«, fragte sie und ich reichte ihr eine Flasche Wasser, die sie dankbar entgegennahm.

»Denke nicht, dass ich nett bin. Es ist nur ein gewaltiger Unterschied, ob du auf dein neues Impro trainiert oder aber komplett umgebracht wirst.«

Love nickte und gab mir die Flasche wieder. »In jedem Fall danke.«

Sie wollte noch etwas sagen, als die Tür geöffnet wurde und Hate hereinkam. Zuerst noch gutgelaunt, bis er entdeckte, was ich getan hatte.

Fassungslos starrte er erst die Proba, dann mich an. Doch das erwartete große Donnerwetter blieb aus. Stattdessen fragte er mit schneidender Stimme: »Was soll das denn?«

»Du gehst zu weit, Hate. Du kannst nicht von null auf hundert mit dem Training starten.«

»Bist du etwa verknallt in dieses Miststück?« Sein Blick wurde höhnisch.

»Nein. Aber wenn du sie trainieren und nicht direkt umbringen willst, musst du dich verdammt noch mal am Riemen reißen. Du hast immerhin dreizehn Jahre Schulung hinter dir. Da dürftest du ja wohl gelernt haben, wie das funktioniert«, argumentierte ich sachlich.

Hate kam auf mich zu, bis uns nur noch wenige Zentimeter trennten. Er schaute mich an. Und plötzlich erhellte sich sein Gesicht, als wäre ihm etwas klargeworden.

»Du willst mich hindern! Du bist sauer, weil du deine dumme Bitch nicht gekriegt hast und jetzt willst du mich bremsen!«, brüllte er mich an.

Angewidert wischte ich mir ein paar seiner Spucketröpfchen aus dem Gesicht, trat jedoch nicht zurück.

»Du weißt, dass das Quatsch ist. Ich wollte dir nur behilflich sein, aber wenn du nicht willst …«

»Ich brauche deine verdammte *Hilfe* nicht!«, schrie er.

»Okay«, entgegnete ich und hob beschwichtigend die Hände. Dann wandte ich mich zum Gehen.

»Hope ist noch frei?«, rief mir Love hinterher. Doch ich antwortete nicht und schloss die Tür hinter mir.

Warum nur machte sie sich solche Gedanken um Hope? Müsste sie nicht eher sauer sein, dass sie wegen ihr gequält wurde? Oder war sie einfach nur noch nicht lang genug hier in dieser Folterkammer?

Sollte ich noch einmal mit Love alleine sein, würde ich sie danach fragen …

11. Kapitel

Hope

Ich saß in meinem Käfig und strich sanft über die silberne Plakette meines Lederarmbands. HOPE war in Großbuchstaben dort eingraviert. Nachdenklich fuhr ich die Schriftzeichen mit dem Zeigefinger nach. Barry hatte jedem von uns solch ein Armband zur Abschlussprüfung geschenkt. Damit wir nie vergaßen, wer wir waren und welche Aufgabe wir hatten. Für immer.

Und jetzt? Barry würde sich in seinem einsamen Grabe umdrehen, wenn er wüsste, dass sein Lebenswerk gerade dabei war, den Bach runterzugehen. Sofort erschrak ich bei dem Gedanken. War sein Tod schon so … selbstverständlich geworden?!

Ich seufzte schwer. Ich musste mir irgendetwas einfallen lassen, wie ich wieder hier herauskam. Dann sahen wir weiter.

Mein Kopf fuhr herum. Ein Klicken verkündete, dass jemand gerade die Haustür aufschloss.

Neugierig schaute ich in die Richtung, aus der das Geräusch kam. Man hörte, wie jemand mit klobigen, schweren Schuhen eintrat. Dann Schritte, die immer näherkamen. Sie klangen entschlossen, regelrecht aggressiv.

Die Zimmertür öffnete sich und Despair trat ein. Wortlos warf er seine schwarze Lederjacke über eine Stuhllehne. Seine schwarzen Springerstiefel glänzten.

Er ging hinüber zu einem Schrank und holte einen Gürtel heraus.

Aufmerksam beobachtete ich ihn. Was er wohl damit vorhatte?

Dann zückte er eine Waffe.

Erschrocken starrte ihn an.

»Was willst du tun?«, fragte ich.

Er kam näher, ging vor dem Käfig in die Hocke und lehnte sich vor, bis kurz vor die Gitterstäbe.

»Das ist nur eine Absicherung, damit du machst, was ich dir sage.« Er reichte mir ein paar Handschellen durch das Gitter. »Diese wirst du dir anlegen. Dann hole ich dich raus und wir beginnen mit der ersten Einheit. D'accord?«

»Und wenn nicht?«, fragte ich herausfordernd. Doch anstelle etwas zu erwidern, spannte er den Lauf. – Okay, eine weniger überzeugendere Antwort hätte auch gereicht.

»D'accord?«, fragte er noch einmal.

Wortlos nahm ich die Handschellen entgegen und legte sie mir um die Handgelenke.

Despair ließ mich daraufhin die Hände noch einmal durch das Gitter stecken. Er kontrollierte, ob ich die Handschellen auch tatsächlich zugemacht hatte.

»Du vertraust mir wohl nicht«, stellte ich schmählich fest, was mir einen weiteren spöttischen Blick einbrachte.

»Niemals«, kommentierte er. »Ich werde jetzt die Käfigtür öffnen. Du kommst heraus und wirst dich gegen die Wand dahinten stellen. Blick zur Wand, Hände gegen die Wand, Beine etwas auseinander.«

Ich zog die Brauen nach oben. »Sonst noch was?«

»Solltest du dir irgendeinen Fehltritt erlauben ...« Er sprach nicht weiter, sondern hielt mir demonstrativ seine Waffe ans Gesicht.

Ich nickte.

Wie befohlen kletterte ich aus dem Käfig. Meine Glieder waren von der ganzen Hockerei schon etwas steif und begannen unangenehm zu kribbeln, als ich durch den Raum ging.

»Stütze dich an der Wand. Dann ist es einfacher«, wies er mich an.

Ich nickte wieder und befolgte seinen Befehl. Vorerst.

Während mein Blick stur auf die Wand gerichtet war, überlegte ich, wie ich mich aus dieser Situation befreien konnte. Dieser Affe glaubte doch nicht im Ernst, dass ich es ihm so einfach machen würde?

Ich brauchte jedoch zuerst einen guten Plan, bevor ich gegen ihn angehen konnte.

Despair trat hinter mich. Er berührte mich nicht, doch ich konnte seine ganze Präsenz hinter mir förmlich spüren.

Sein Körper strahlte Hitze aus und ich roch sein After Shave. Es duftete überraschend gut.

»Ich weiß nicht, warum du mir das alles angetan hast. Fest steht jedoch, dass du zum letzten Mal jemandem Schaden zugefügt hast«, flüsterte er mir ins Ohr. Als sein heißer Atem meinen Nacken traf, bekam ich eine Gänsehaut. In seinen Worten und der Art, wie er es sagte, lagen so viel Aggressivität, Rachsucht und Entschlossenheit, dass es mir eiskalt den Rücken hinunterlief.

»Was hab ich? Du musst mich verwechs –« Doch noch bevor ich fertig gesprochen hatte, zerriss er mir von hinten mein Oberteil und ein kalter Luftzug wehte über meinen Rücken.

Blitzschnell drehte ich mich herum, wollte etwas tun, mich verteidigen – irgendetwas –, doch wieder blickte ich direkt in die Mündung seiner Pistole.

Ich schluckte schwer.

»Wa –«, begann ich dennoch.

»Gesicht zur Wand und Schnauze halten!«, wies er mich barsch zurecht und spannte erneut den Lauf.

Langsam drehte ich mich wieder um, legte die Hände zurück an die Wand. Mein Körper war bis zur letzten Faser angespannt. Ich hatte keine Ahnung, was mich jetzt erwartete.

Von Barry hatten wir immer nur gehört, dass uns im Falle einer Gefangennahme eine Umschulung drohte. Und dass diese äußerst schmerzhaft war, uns im schlimmsten Fall sogar umbringen konnte. Doch wie genau diese vonstattenging, hatte er immer nur mit einem saloppen »Das wollt ihr besser gar nicht wissen« umschrieben.

Das stimmte, das wollte ich tatsächlich nicht – zumindest damals. Jetzt hätte ich allerdings einiges dafür gegeben, zu wissen, wie genau dieses »Training« aussah und auf was ich mich einzustellen hatte.

Ich hörte zuerst den Luftzug, bevor ich ihn auf meiner nackten Haut spürte und mich kurz darauf ein brennender Schmerz durchfuhr, begleitet von einem lauten Klatschen.

Der Gürtel!

Ich zuckte zusammen.

»AU!,« schrie ich. »Was zur Höll –«

»Schnauze hab ich gesagt!«, brüllte Despair und noch bevor ich mich zu ihm umdrehen konnte, drückte er mir bereits den Pistolenlauf an den Hinterkopf.

Ein leises Wimmern entfuhr mir.

»Bleib stehen. Vier Einheiten kommen noch.«

Ich biss die Zähne zusammen und versuchte tapfer zu sein. Doch bereits nach dem nächsten Schlag sank ich zusammen. Gekrümmt vor Schmerz lag ich auf dem Boden und kämpfte mit den Tränen. Was war nur mit mir los? Wo waren all meine Stärke und mein Durchhaltevermögen geblieben?

»Na, das kann ja heiter werden. Deine Schwester musste schon mehr durchmachen als das und war nicht so eine Mimi wie du.« Despair stand über mir und schaute mich an, als wäre ich der größte Versager aller Zeiten.

»Meine Schwester? Welche? Wo sind sie? Geht es ihnen gut?«, sprudelte es aus mir heraus. Der Gedanke an sie ließ meine Schmerzen kurzfristig verstummen.

Doch Despair ging nicht weiter auf meine Fragen ein.

»*Gut* ist in diesem Fall eine Ansichtssache«, erwiderte er nur trocken.

»Du gemeines Arschloch!«, warf ich ihm an den Kopf und versuchte mich aufzurappeln, doch ein beißender Schmerz jagte mir über den Rücken. »Warum tut ihr das? Warum tust *du* das?«

Abfällig sah Despair mich an. »Du weißt, warum du hier bist. Warum ihr alle hier seid.«

»Meine Schwestern haben euch nichts getan! Und Barry auch nicht!«, schoss ich zurück. Der Typ war doch einfach nur irre.

»*Wer?*«

»Barry! Mein Vater, den ihr heimtückisch ermordet habt!«

Ich versuchte stark zu bleiben, doch meine Augen brannten nun noch mehr. Es war sicher nicht besonders klug gewesen, Despair gerade jetzt daran zu erinnern. Zumal er schon die ganze Zeit mit seiner Waffe herumfuchtelte, doch ich konnte mir diesen Kommentar einfach nicht verkneifen.

Barry war meine große Stütze gewesen. Immer! Und ich wüsste zu gerne, welches kranke Schwein für seinen Tod verantwortlich war!

»Nummer eins: *Ich* habe niemanden ermordet. Ich –«

»Wer war es dann?«, unterbrach ich ihn.

Despair sah mich ungehalten an – als würde er mir jeden Moment eine reinhauen wollen. »Ich habe keine Ahnung, wovon du redest!«, brüllte er.

Es klang überraschend ehrlich. Doch konnte ich ihm glauben? Oder gehörte das zu seiner Show?

Nachdem er sich Luft gemacht hatte, fuhr er unbeirrt fort: »Nummer zwei: Ich meinte auch weniger deine Schwestern, sondern ganz speziell *dich*.«

»Ich hab dir auch nichts getan!«, verteidigte ich mich.

Da riss mich Depair am Arm nach oben, so dass sein Gesicht nur noch wenige Zentimeter von meinem entfernt war. »DAS denkst du nicht wirklich, oder?«

Abrupt zog er mich zurück zu dem Käfig. »Rein da. Deine Einheit ist für heute beendet.«

Ich sah ihn an. »Das denke ich nicht nur. Das weiß ich!«

Despair zog höhnisch die Brauen nach oben.

»Ich hätte es ja wohl mitbekommen, wenn ich dir irgendetwas getan hätte«, fügte ich noch hinzu.

Er schnaubte verächtlich. »Los! Rein da, habe ich gesagt«, forderte er mich erneut auf. »Oder wir machen doch noch weiter.«

»Ich muss mal auf die Toilette«, wandte ich ein. Eigentlich sollte das nur ein Vorwand sein, um mich doch noch irgendwie von hier wegzuschleichen. Doch jetzt, wo ich es ausgesprochen hatte, merkte ich erst, wie dringend ich tatsächlich musste.

Despair nickte in Richtung Käfig. Daneben stand ein kleiner Keramik-Nachttopf.

»Gutes Gelingen«, wünschte er und drängte mich zurück. Ich blieb stehen.

»Du willst mich verarschen, oder?« Pikiert betrachtete ich das vorsintflutliche Gefäß. Dann wieder Despair.

Dieser schüttelte jedoch nur lässig den Kopf.

»Auf gar keinen Fall werde ich in einen Nachttopf pinkeln. Und schon gar nicht vor deinen Augen!« Ich versuchte die gleiche Entschlossenheit in meine Worte zu legen, wie er es zuvor getan hatte, doch es gelang mir nicht. Für gewöhnlich konnte ich meinen Standpunkt gut vertreten, doch gerade war ich vermutlich einfach zu geschockt dafür. Das konnte doch wohl nicht sein Ernst sein!?

»Tja ... Dann bliebe dir noch, in die Hose zu machen«, erwiderte Despair ungerührt und stieß mich erneut in Richtung Käfig.

»Das kannst du nicht tun«, flüsterte ich hilflos.

»Du hast keine Ahnung, was ich alles kann.« Er hielt mir erneut die Waffe vors Gesicht. »Und jetzt sei schön brav und geh wieder in den Käfig. Los.«

Ich bückte mich und kroch hinein. Mit dem Fuß trat er den Nachttopf in meine Richtung. Dann nahm er mir die Handschellen ab, verschloss die Käfigtür und ging hinaus aus dem Zimmer.

Zusammengekauert saß ich in dem Käfig, den Blick auf den Nachttopf gerichtet. Das konnte er doch nicht wirklich von mir verlangen!

Eine heiße Träne rann mir die Wange hinunter. Dann zwei, dann drei, bis ich richtig zu weinen begann.

Wie entwürdigend!

Ich schluchzte vor mich hin, doch wenn ich nicht in die Hose machen wollte, musste ich mich wohl oder übel damit abfinden.

Schmachvoll griff ich nach dem Nachttopf und begann an meiner Gürtelschnalle zu nesteln.

Da betrat Despair erneut den Raum. Erschrocken stieß ich den Topf beiseite.

»Du hast geweint«, stellte er emotionslos fest.

Ich wischte mir über die Augen. Antwortete jedoch nicht. Das war ja wohl offensichtlich.

Einen Moment blieb er vor mir stehen, unschlüssig, wie es schien. Dann zückte er wieder seine Waffe und reichte mir erneut die Handschellen.

»Mach sie fest«, wies er mich an.

»Ich ... ich müsste wirklich zuerst auf die Toilette«, sagte ich etwas kleinlaut.

»Mach sie fest!«, wiederholte Despair, nun etwas schroffer.

Ich nahm die Handschellen und ließ sie wie vorhin um meine Handgelenke klicken.

»Jetzt komm raus.«

Unsicher sah ich ihn an.

»Los!«

Ich kroch aus dem Käfig und wollte mich aufrappeln, als Despair mich gewaltsam an meinem Shirt – oder was davon noch übrig war hochriss und gegen die Wand drückte. Natürlich darauf bedacht, bloß nicht meine Haut direkt zu berühren. Als wäre ich giftig. Lächerlich!

Sein muskulöser Körper drängte sich gegen meinen und ließ mir kaum noch Platz zum Atmen.

Abwartend sah ich ihn an.

»Wenn du brav bist, lasse ich dich ins Badezimmer.«

Ich wollte ihm schon sämtliche Versprechungen machen, nur damit ich nicht in diesen schrecklichen Nachttopf pinkeln musste, da fuhr Despair schon fort:

»Wenn du allerdings versuchst abzuhauen ...« Er spannte den Lauf seiner Waffe und ahmte das Geräusch einer abgefeuerten Kugel nach.

Ein Schauer lief mir über den Rücken. Ich hatte nicht den leisesten Zweifel daran, dass er das ernst meinte.

Vorsichtig nickte ich.

»Okay. Da lang.« Despair stieß mich aus dem Zimmer. Direkt gegenüber, leicht versetzt, befand sich eine Holztür, auf die er mich zuschubste.

»Mach auf«, befahl er und ich gehorchte.

Das Badezimmer darinnen war relativ dunkel. Es gab kein Fenster. Ansonsten war es jedoch schön eingerichtet. Mit schwarzen Fließen, hellen Armaturen und in der Decke waren unzählige kleine Lichter eingelassen. Und es war sauber.

»Du hast fünf Minuten. Egal, ob du fertig bist oder nicht: nach dieser Zeit kommst du wieder zurück.«

»Was ist mit meinen Handschellen?«, fragte ich.

»Sieh zu, wie du damit klarkommst.« Er gab mir noch einen Stoß und ich stolperte ins Bad hinein.

»Kann ich mir auch die Zähne putzen?«

»Strapaziere dein Glück nicht über!«

Ich nickte und Despair schloss die Tür von außen.

Bereits auf den ersten Blick hatte ich gesehen, dass meine Fluchtmöglichkeiten hier gleich null waren, deshalb verschwendete ich erst gar keine Zeit darauf und ging in Windeseile auf die Toilette.

Nachdem ich fertig war, wusch ich mir das Gesicht und spülte mir den Mund ordentlich mit Wasser aus. Wenn ich schon nicht Zähneputzen konnte, dann wenigstens so.

Wohl exakt fünf Minuten später trat Despair die Tür wieder auf, die Waffe drohend vor sich gehalten.

Verblüfft schaute ich ihn an.

»Du bist aber ganz schön unentspannt«, rutschte es mir heraus und sofort war ich erschrocken über meine eigenen Worte. Einen Mann, der den Zeigefinger am Abzug hatte, sollte man besser nicht reizen.

»Hätte ja sein können, dass du hinter der Tür stehst und mich angreifen willst.«

Ich zog die Brauen nach oben. »Und mit was?«, fragte ich, während ich den Blick unwillkürlich durch das Badezimmer schweifen ließ. Hier war rein gar nichts, was ich dazu hätte benutzen können.

»*Dir* trau ich alles zu«, antwortete er knapp. »Und jetzt geh zurück in deinen Käfig.«

Zuerst überlegte ich, ob ich vielleicht doch einen Fluchtversuch starten sollte. Aber in Anbetracht meiner gefesselten Hände und der Tatsache, dass er nach wie vor eine entsicherte Waffe auf mich gerichtet hatte, verwarf ich den Gedanken schnell wieder.

Ich musste um jeden Preis am Leben bleiben. Nicht nur um meiner selbst willen. Das Wohl dieses ganzen Planten hing davon ab! Und natürlich auch das Leben meiner Schwestern.

Es würde sich schon noch eine bessere Situation ergeben. Ganz bestimmt!

Wie befohlen ging ich in Richtung Käfig.

»Muss ich wirklich wieder da rein? Die ganze Hockerei ist nicht gerade angenehm.«

Ein gehässiges Grinsen huschte über Despairs Gesicht.

»Wenn es dir lieber ist, kannst du auch gerne in den Käfig hier.« Dabei zeigte er auf eine mannshohe, ebenfalls vergitterte Säule, die so schmal war, dass man noch nicht einmal darin sitzen könnte.

Vom Regen in die Traufe, oder was? Missbilligend runzelte ich die Stirn.

»Da rein? Für wie dumm hältst du mich?«, fragte ich erbost.

Zuerst schaute Despair mich ungläubig an. Dann lächelte er. Und es sah sogar echt aus. Das erste Mal, seit ich ihn traf. Doch genauso schnell, wie es gekommen war, verschwand es auch wieder.

»Dann zurück in deinen alten Käfig.«

Ich schnaubte, tat jedoch wie geheißen.

»Danke«, sagte ich noch.

Fragend schaute Despair mich an.

»Dass ich das Bad benutzen durfte.«

Sein Blick wurde verächtlich. »Ich habe das nicht für dich getan. Ich habe nur keine Lust, deine Pisse wegzumachen.«

Ohne einen weiteren Kommentar nahm er mir die Handschellen ab, warf mir ein neues T-Shirt vor die Füße und verschloss die Käfigtür. Dann ließ er mich wieder allein.

Ich rutschte in eine Ecke des Käfigs.

Despair hatte meine Schwestern erwähnt. Sie waren zwar nicht hier, doch offenbar am Leben. Nichts anderes zählte.

Ich spürte, wie mich neue Hoffnung durchfloss.

Sie lebten.

Ich lebte.

Alles weitere würde sich daraus ergeben. Ganz sicher!

Ich nahm das T-Shirt und zog es über. Es war schwarz. Und viel zu groß. Aber wenigstens war es nicht kaputt.

Dann glitten meine Gedanken zurück zu Despair. Zu seinen Worten, die er mir vorhin an den Kopf geworfen hatte.

Ich weiß nicht, warum du mir das alles angetan hast. Fest steht jedoch, dass du zum letzten Mal jemandem Schaden zugefügt hast. Dir trau ich alles zu.

Von was hatte er da gesprochen? Was sollte ich getan haben? Ich kannte ihn doch bis dato gar nicht!

Warum war er so verbittert? Was musste ihm zugestoßen sein, dass er sich so verhielt?

12. Kapitel

Despair

Puh! Einheiten zu bekommen war etwas ganz anderes, als selbst welche zu erteilen. Und obwohl die Proba es mehr als verdient hatte, war es mir keineswegs leicht gefallen – auch wenn ich ihr gegenüber den Anschein zu erwecken versuchte. Schwäche zu zeigen konnte ich mir nicht erlauben. Nicht als Improba. Und schon gar nicht als Hopes Widerpart.

Zum Glück hatte ich den Einfall mit der Waffe gehabt. So konnte ich sie zu allem bringen, ohne dabei noch zusätzlich körperliche Gewalt anwenden zu müssen. Wobei ich mich vorhin schwer am Riemen reißen musste.

Mich des Mordes zu bezichtigen! Diese Wahnsinnige! Das war ja wohl nicht zu fassen!

Hate war hier der Perverse, dem einer beim Foltern abging. Vielleicht hätte sie lieber ihn fragen sollen? Wobei mir das sicher zu Ohren gekommen wäre, wenn er so etwas getan hätte. Aber es interessierte mich auch nicht. Was hatte ich mit ihrem – Wie nannte sie ihn doch gleich? *Vater* zu schaffen?

Eine andere Sache lag mir jedoch schwerer als gedacht im Magen: Als ich den ersten Schlag mit dem Gürtel durchführte, blickte ich wie von oben auf mich herab – fassungslos, dass ich wirklich dazu in der Lage war. Gleichzeitig fühlte ich mich in die Zeit zurückversetzt. In eine Zeit, in der ich an Hopes Stelle war und die Schläge ertragen musste.

Gut, dass sie schon bald zusammengeklappt war. Ich wusste nicht, ob ich überhaupt alle fünf Schläge hätte erteilen können, welche die erste Trainingseinheit vorsah.

Sicher. Ich war darauf trainiert. Und es war auch nicht das erste Mal, dass ich jemandem gewissenlos Schmerzen zugefügt hatte. Doch es war etwas anderes, wenn man beispielsweise Hate eine verpasste, oder solch ein zerbrechliches Wesen vor sich stehen hatte.

Nicht, dass sie unschuldig war …

Gerade ich wusste, welcher Teufel in ihr steckte. Wie sie bedenkenlos Hoffnung und Sehnsüchte schürte. Tückisch und hinterlistig. Ähnlich wie eine Sirene. Und dann verpuffte alles in Schall und Rauch. Unser Oberst hatte dies schließlich mehrfach unter Beweis gestellt.

Dennoch hatte sich vorhin ein bestimmtes Bild bei mir in den Kopf gebrannt. Wie sie dalag. Sich vor Schmerzen krümmte. Wimmerte. – Und trotzdem nur um das Wohl ihrer Schwestern besorgt war. Warum? Gehörte das alles zu ihrer Maskerade?

Ein leises Lächeln schlich sich auf meine Lippen. Wie empört sie gewesen war, als ich ihr den Stehkäfig angeboten hatte. Sie war die Erste, die diesen vom Fleck weg abgelehnt hatte. Ich kam nicht umhin, ihr für diese intelligente Weitsicht Respekt zu zollen.

Rastlos schaute ich auf die Uhr. Vier Uhr nachmittags. Ich beschloss spontan, noch einmal zum Quartier zu fahren – das Risiko, dem Oberst unter die Augen zu treten zum Trotz.

***

Anderthalb Stunden später betrat ich den Keller. Hate kam mir auf der Treppe grinsend entgegen.

»Hey, Mann!«, grüßte ich. Sein Grinsen verschwand.

»Na, Arschloch!«, gab er zurück und boxte mich auf den Oberarm.

Ich wiederstand dem Drang mir an die schmerzende Stelle zu fassen.

»Warum so gut gelaunt?«, überging ich seine Attacke.

»Ach …« Hate machte eine abwertende Handbewegung.

Fragend sah ich ihn an.

»Es ist fast schon *zu* leicht …«

»Du sprichst von Love.« Es war keine Frage, mehr eine Feststellung.

Hate beugte sich zu mir und flüsterte: »Ich gebe ihr noch maximal eine Woche. Dann ist sie hinüber.«

»*Hinüber?*«, fragte ich. Bei jedem anderen hätte ich gewusst, dass von der Umschulung die Rede war. Doch bei Hate war ich mir da nicht so sicher.

»Hinüber«, bestätigte Hate noch einmal und rempelte an mir vorbei.

Ich schaute ihm nach. Love stand also kurz vor einer geglückten Umschulung? Zumindest hoffte ich, dass er davon gesprochen hatte.

Vielleicht hatte Greed Modesty gestern Unrecht getan und es war Love gewesen, die Hope verraten hatte?

Eigentlich hatte ich ja den Eindruck gehabt, dass Love Hope niemals Schaden zufügen würde. Doch nachdem ich heute Vormittag gesehen hatte, in welchem Zustand sich Hates Proba befand, wäre es doch denkbar.

Ich hörte, wie Hate mit seinem bulligen Pick-up davonfuhr. Der Sound seines Motors war unverkennbar. Bestens! Ich würde Love einfach einen Besuch abstatten. Ich hatte ja sowieso noch eine offene Frage und dabei konnte ich direkt ihren Zustand checken.

Ich ging die Treppe weiter hinab, schob die schwere Metalltür auf und betrat den Folterkeller. Hates Zimmer war eines der ersten.

Zielstrebig ging ich darauf zu. Als ich vor der Tür stand, drehte ich mich noch einmal unauffällig in alle Richtungen. Musste ja nicht unbedingt jeder mitbekommen, was ich hier vorhatte. Wer wusste schon, wie mir das wieder ausgelegt wurde.

Vorsichtig drückte ich die Klinke hinunter und versuchte die Tür zu öffnen, doch sie blieb verschlossen. Ich drückte ein wenig kräftiger, aber es tat sich nichts.

Hatte Hate etwa abgeschlossen?

Ich versuchte es noch einmal, doch die Tür blieb zu.

Dieser Drecksack! Was er wohl dahinter zu verbergen hatte?

»Na, Despair? Was tust du denn da?«, fragte jemand mit unangenehm einschmeichelnder Stimme.

Ich drehte mich um und sah in Lies Gesicht. Lie, der Lügner und Betrüger.

»Ich wollte Hate besuchen und schauen, wie weit er mit seiner Proba ist«, antwortete ich gelassen und versuchte dabei so cool wie möglich zu wirken. Die personifizierte Lüge in ihrer eigenen Disziplin zu schlagen war schon wirklich ein Glanzstück.

Lie zog die Brauen misstrauisch nach oben.

»Ach wirklich? Und warum interessiert dich das?«

Ich spürte, wie seine Augen mich regelrecht zu durchleuchten versuchten.

»Weil er heute Morgen schon sehr siegessicher war, ich jedoch eher an sein Versagen glaube.«

Das war perfekt! Etwas Besseres als meine Zweifel vorzuschieben konnte ich als Despair gar nicht tun.

Ich spürte förmlich, wie die Anspannung von mir abfiel. Man durfte nicht vergessen, dass auch, wenn wir uns immer als Brüder bezeichneten, wir alles andere als das waren – mal abgesehen davon, dass wir sowieso nicht blutsverwandt waren. Konkurrenten wäre meiner Ansicht nach ein viel treffenderes Wort gewesen …

Lie schien kurz zu überlegen. Dann nickte er.

»War ja klar, dass du alter Schwarzmaler nicht an seinen Erfolg glaubst. Aber Hate schafft das. Genau wie ich.«

»Wenn du meinst«, entgegnete ich.

Lie rollte mit den Augen.

»Komm mit, ich zeig dir mal, wie weit Honesty schon ist.«

Ich ließ mich von ihm mitziehen. Keine Minute später standen wir in Lies Zimmer. Seine Proba saß jedoch im Gegensatz zu Love oder Modesty noch weitestgehend »aufrecht« und relativ gefasst in ihrem Käfig.

Typisch Lie. Hatte er mal wieder gelogen.

»Hey, Missy!«, rief er. »Wir haben Besuch.«

Die Proba hob den Kopf und starrte uns wütend an.

»Oh ja, Lie. Sie ist wirklich schon so gut wie umgeschult«, amüsierte ich mich.

Ich wusste nicht warum, denn einerseits war mir absolut klar, dass dort der Feind saß. Andererseits beruhigte es mich irgendwie, sie doch noch in solch einem guten Zustand vorzufinden. Das gab mir mehr Zeit.

Und ich musste gestehen, dass ich auch etwas enttäuscht gewesen wäre, hätten sie alle so schnell aufgegeben. Zu welcher Sorte Hope letztendlich gehörte, würde sich noch zeigen.

»Mach dich nur lustig, Despair. Du musst deine Proba ja erst mal kriegen. Und für den Fall, dass meine bis dahin noch nicht fertig umgeschult sein sollte, werden wir ja sehen, wer der Schnellere ist«, erwiderte Lie angepisst.

Ich nickte nur. Und wie wir das sehen würden!

Wortlos verließ ich das Zimmer und schaute danach bei Cruel vorbei. Seine Proba, Mercy, saß im Käfig und war fortwährend am Betteln, wie es schien.

»Bitte, Cruel. Lasst uns gehen. Wir haben euch doch nichts getan. Wir sind unschuldig. Bitte. Wir können nichts dafür – was auch immer euch widerfahren ist ...«

Gemäß ihrem Pro versuchte sie es natürlich voll und ganz auf die Mitleidsschiene, doch sie schien nicht die Hellste zu sein. Hey: Ihr Gegenspieler war Cruel. CRUEL! Die Unbarmherzigkeit. Glaubte sie ihm Ernst, sie könnte ihn mit irgendetwas erweichen?

Wenn Cruel eines nicht kannte, dann war das Mitleid. Für so schlau hätte ich die Proba gerade noch gehalten.

»Na, du Wichser! 'Ne Idee, wie ich das Stück hier mundtot kriege, ohne es direkt umzubringen?«, fragte Cruel mich genervt.

»Hatte sie ihre Einheit schon?«, stellte ich als Gegenfrage. Das war zumindest das, was uns immer zum Schweigen gebracht hatte.

Cruel rollte mit den Augen. »Nicht nur eine. Trotzdem hält sie die Fresse nicht. Ständig labert sie davon, dass sie unschuldig sind, wir ihnen verzeihen sollten, sie ja auch eigentlich gar nichts gemacht hätten, bla bla bla.«

Ich runzelte die Stirn. Cruels Nerven schienen echt überstrapaziert zu sein.

»Wenn sie so weitermacht, hat sie am Ende *dich* umgeschult«, scherzte ich, woraufhin Cruels Augen finster funkelten.

»Darauf kannst du lange warten! – Los, Puppe. Noch eine Einheit!« Er zog Mercy aus dem Käfig, die sich nicht einmal wehrte.

»Mach, was du willst. Aber bitte tut meinen Schwestern nichts«, faselte sie weiter.

»Wirst du jetzt endlich mal die Klappe halten?«, fuhr Cruel sie an, doch Mercy plapperte unentwegt.

»Ich gehe dann mal wieder. Viel Erfolg noch!«, verabschiedete ich mich.

»Halt doch dein Maul!«, rief Cruel mir hinterher, doch ich war schon auf dem Weg zu Treason.

Da die Tür verschlossen war, klopfte ich kurz an. Treason öffnete.

»Was gibt's?«, fragte er und ließ mich eintreten.

»Was macht deine Proba?«, erkundigte ich mich.

Treason winkte ab. »Könnte schon weiter sein.«

Ich sah zu Loyalty hinüber, doch sie würdigte mich keines Blickes.

»Wie sieht's aus mit Hope? Hast du sie?«

Ich schüttelte den Kopf. »Leider nicht.«

»War ja klar ...«

Da drehte sich die Proba um. »Hope ist frei?«, fragte sie erfreut.

»Noch«, erwiderte Treason für mich und schob mich wieder aus der Tür. »Entschuldige uns bitte. Es sieht ganz so aus, als hätten wir noch einen langen Abend voller Einheiten vor uns.«

Ich nickte und besuchte als Letztes noch Greed.

Seine Proba saß weinend in ihrem Käfig, während er genervt auf und ab lief. Als Greed mich entdeckte, blieb er abrupt stehen.

»Hey, Alter, sag bitte, dass du gekommen bist, um mir zu sagen, dass du Hope hast?«

»Sorry, Mann, aber da musst du dich noch ein wenig gedulden.«

Greed schnaufte.

»Weißt du eigentlich, wie die mir auf den Sack geht? Nur am Flennen! Nicht auszuhalten!«

Modesty schaute mich aus verheulten Augen an. »Ich hoffe, du wirst Hope niemals finden!«

Ungläubig trat ich näher, meinen Vorsatz, dieses Zimmer nicht mehr so schnell zu betreten, über Bord werfend.

Konnte das wahr sein? Die ganzen Probas saßen hier in ihren Käfigen, waren mehr oder weniger am Arsch, und das einzige, um was sie sich Sorgen machten, waren jeweils ihre Schwestern?

Fassungslos sah ich Modesty an. »Wie dumm bist du eigentlich? Wenn Hope bereits umgeschult wäre, würdest du nicht so leiden«, sagte ich schneidend.

Doch sie ignorierte mich wieder.

Waren die eigentlich alle bekloppt?!

»Ich gehe Hope suchen«, sagte ich zu Greed und verließ den Raum wieder.

Auf dem Rückweg probierte ich es noch mal an Hates Zimmer, doch die Tür war nach wie vor verschlossen.

So ein Mist!

Mehr oder minder frustriert machte ich mich auf den Heimweg. Soviel Schwachsinn und Naivität an einem Tag konnte ich kaum ertragen!

***

Bei meinem Grundstück angekommen beeilte ich mich, ins Haus zu gelangen. Auf meine neugierige Nachbarin hatte ich so überhaupt keinen Bock. Wie ich sie kannte, wartete sie nur hinter der Gardine darauf, dass ich wieder da war.

Erleichtert, dass ich Mrs. Brendon nicht über den Weg gelaufen war, schloss ich die Haustür hinter mir. Dann ging ich weiter ins Wohnzimmer. Hope saß in ihrem Käfig und flocht sich ihre langen blonden Haare.

»Na, auch mal wieder da?«, begrüßte sie mich. Wenn man diese schnippische Bemerkung überhaupt »Begrüßung« nennen konnte.

»Hast du mich etwa vermisst?«, entgegnete ich trocken. Sie schnaubte.

»Dich weniger. Eher dein Badezimmer.«

Ich konnte mir ein Grinsen nicht verkneifen. Doch ich ging nicht weiter darauf ein.

»Gott, bist du schwer von Kapee! Ich muss mal!« Ihr Unmut war nicht zu überhören.

Ich grinste weiter vor mich hin, während ich erst mal in aller Seelenruhe meine Jacke auszog und sorgfältig über einen Stuhl legte.

»Willst du mich provozieren? Grins nicht so doof! Mach!«

Ich zeigte auf ihren Keramik-Nachttopf. »Tue dir keinen Zwang an …«

»Du willst immer noch, dass ich vorsintflutlich in einen Nachttopf pinkle? Und dann auch noch vor deinen Augen?«

»Warum nicht? Solange du mich nicht anpinkelst …«

Sie kniff erbost die Augen zusammen. »*Dich* würde ich nicht mal anpissen, wenn du brennst!«

Mein Grinsen wurde breiter. Auch wenn sich das Gespräch irgendwie in eine ganz andere Richtung entwickelte als geplant, amüsierte es mich. Schlagfertig war die Kleine schon.

»Du kannst von Glück sagen, dass du nicht Hate als Gegenpart hast«, erwiderte ich.

Da wurden ihre Augen größer. Eine leichte Welle Unwohlseins erreichte mich.

»Hate? Du meinst den Entführer von Love? Warum? Was ist mit ihm? Was ist mit Love?«

»Nichts.«

»Wie nichts?«

»Sie lebt. Noch.«

»Sie lebt *noch*? Was soll das heißen?« Ihr Unwohlsein wurde stärker.

»Was verstehst du denn daran nicht?«, fragte ich.

»Geht es ihr gut? Bitte sag, dass es ihr gut geht.«

»Es geht ihr gut.«

Hope verdrehte die Augen. »Du sollst mir die Wahrheit sagen. Bitte.« Das klang tatsächlich aufrichtig.

»Na ja, Hate hat eben eine etwas andere Vorgehensweise.«

Hope schluckte hörbar. »Und die wäre?«

»Rabiater.«

Hope schwieg einen Moment. Ich sah, dass ihre Augen zu schimmern begannen.

»Love ist eine der liebenswertesten Sensianerinnen, die du je kennenlernen wirst. Ihr dürft ihr nichts antun.« Die letzten Worte klangen brüchig.

Etwas verwirrt schaute ich sie an. »Warum interessiert dich das eigentlich?«

»Bitte?! Love ist meine beste Freundin! Meine Schwester! Wenn ihr oder einer der anderen etwas zustößt, könnte ich mir das nie verzeihen!«

Ich zog höhnisch die Brauen nach oben. »Du weißt schon, dass eine von ihnen dich verraten hat, oder?«

Doch anders als erwartet, zuckte sie bei diesem Satz nicht mal mit der Wimper.

»Wenn eine meiner Schwestern meinen Aufenthalt verraten hat, wird das einen Grund gehabt haben«, rechtfertigte sie das nüchtern.

»Mehr hast du dazu nicht zu sagen? Keine Wut? Keine Enttäuschung?« Ich konnte gar nicht glauben, was ich da hörte.

»Nein. Ich hoffe sogar, dass sie es früh genug gesagt hat, bevor sie dafür irgendwelche Qualen erleiden musste.«

Ungläubig starrte ich sie an. Machte den Mund auf. Wollte etwas sagen. Schloss ihn wieder. Mehr als ein Kopfschütteln fiel mir dazu nicht ein.

Die waren wirklich alle bekloppt. Eine andere Erklärung gab es dafür nicht.

Warum nur hielt unser Oberst sie für so gefährlich? Schwachsinnig würde es viel eher treffen ...

»Darf ich jetzt ins Badezimmer? Bitte?«, fragte Hope.

Ich schaute auf. Schaute sie an. Dann nickte ich.

Wortlos gab ich ihr die Handschellen, damit sie sich fesseln konnte.

Nach der Kontrolle öffnete ich die Käfigtür und geleitete sie ins Badezimmer.

»Ich beeil mich auch.«

Ich nickte wieder. Keine fünf Minuten später rief sie von drinnen, dass sie fertig sei.

»Dir steht heute noch eine Einheit bevor«, sagte ich, als ich sie aus dem Badezimmer holte.

Sie presste die Lippen zusammen. Offensichtlich behagte ihr der Gedanke nicht. Wer konnte ihr das verübeln?

Doch ich musste es tun. Schließlich war sie, war die elendige Hoffnung ja der Auslöser dafür, dass die Einheiten immer in solche Torturen ausarteten.

»Muss das wirklich sein?«, fragte sie leise. Und diesmal lag keinerlei Sarkasmus in der Frage. Es klang fast schon ängstlich.

»Ich mach das nicht gerne«, erwiderte ich, was bei ihr einen spöttischen Gesichtsausdruck hervorrief. »Aber je eher du umgeschult bist, desto schneller hören die Einheiten auf.«

Sie sah mich an. Den Blick konnte ich nicht wirklich deuten.

»Und auch die Einheiten deiner Schwestern«, ergänzte ich.

»Was haben meine Schwestern damit zu tun?«

»Ist das dein Ernst?« Meine Stimme überschlug sich fast. Doch ich konnte mich bei so einem Schwachsinn nicht mehr zurückhalten.

Sie nickte jedoch nachdenklich, als wenn sie es wirklich nicht wüsste.

»Solange du ihnen Hoffnung schenkst, glauben sie, dass sie ohne Umschulung hier herauskommen. Und da das keine Option ist, werden sie solange das Training ertragen müssen, bis die Umschulung vollzogen ist.«

»Du sprichst von Schmerzen«, entgegnete sie sachlich.

»Nicht allein. Schmerzen sind nur der Anfang, bevor das richtige Training beginnt.«

»Und das sieht wie aus?«, hakte sie unsicher nach. Ich spürte, wie ihr Unwohlsein immer stärker wurde.

»Das lässt sich nicht pauschalisieren. Für Love wäre es jedoch besser, wenn sie es *nicht* erfährt«, erklärte ich vage.

Aus eigener Erfahrung wusste ich, dass die Vorstellungen oftmals viel schlimmer waren, als das tatsächlich Erlebte. Andererseits sprachen wir hier von Hate. Vermutlich wäre es bei ihm genau andersherum.

Hope schluckte schwer. »Das heißt, solange ich mein Pro habe, werden meine Schwestern leiden? Wegen mir?«

»Ja, wegen dir.«

Langsam aber sicher begann mich das Gespräch zu ärgern. So schwer konnte sie doch nicht von Begriff sein, oder?

»Du lügst! Hoffnung zu haben ist ein Geschenk!«

»Ist es das?«, fragte ich verächtlich.

»Ohne Hoffnung keine Zukunft!«, blaffte sie mich an. Sie wollte tough klingen, doch zum ersten Mal spürte ich, dass sie sich ihrer Sache nicht mehr hundertprozentig sicher war.

Wir gingen zurück ins Wohnzimmer. Mittlerweile war es schon später Abend und ich zwang Hope zurück in ihren Käfig.

Die angekündigte Einheit wollte ich für heute Abend ausfallen lassen. Das Gefühl von Hoffnungslosigkeit, das sie gerade zum ersten Mal empfunden haben musste, war mir Strafe genug. Darauf würde ich nach und nach aufbauen.

Ich schaltete das Licht aus und ging in mein Schlafzimmer.

13. Kapitel

Hope

Mitten in der Nacht hörte ich Schreie! Panisch schreckte ich hoch und wollte das Licht anmachen, als mir wieder einfiel, dass ich mich ja immer noch in einem Käfig befand.

Wieder Schreie.

Diesmal lauter.

Ich begann zu zittern. Was war hier los?

Unsicher begab ich mich in die Hocke und schaute zur Tür. Schwaches Licht dämmte den Flur und ich hörte jemanden mit nackten Füßen ins Badezimmer laufen. Der Wasserhahn wurde aufgedreht und es hörte sich an, als würde sich jemand waschen. Dann wurde das Licht wieder ausgeschaltet und Despair ging vermutlich zurück in sein Schlafzimmer.

Was zur Hölle war passiert?

Obwohl es noch mitten in der Nacht war und ich mich selbst hundeelend fühlte, konnte ich kein Auge mehr zumachen.

Meine Gedanken kreisten um die Schreie, um Despair und um die Worte, die er mir vor dem Schlafengehen an den Kopf geworfen hatte. Worte, die mich nicht mehr losließen und mehr und mehr beschäftigten.

War das wirklich wahr gewesen? Mussten meine Schwestern meinetwegen leiden?

Und was war das gerade eben gewesen? Hatte er einen Albtraum gehabt?

Es schüttelte mich, als ich daran zurückdachte. An den markdurchdringenden Ton. An die Angst und an die Hilfslosigkeit, die er ausdrückte.

Ich fragte mich, was geschehen sein musste, dass ein erwachsener Mann in der Nacht schrie wie ein kleines Kind.

***

Irgendwann musste ich doch wieder eingeschlafen sein, denn ich wurde von dem Öffnen eines Rollladens geweckt.

Verschlafen rieb ich mir die Augen.

Despair stellte mir etwas zu Essen hin. Ein Brötchen, um genau zu sein. Trocken. Mit einer halben Flasche Wasser dazu.

»Danke«, sagte ich.

Es war das erste Essen, was ich hier bekam. Vor lauter Aufregung hatte ich das nicht wirklich vermisst. Doch nun spürte ich, wie mein Magen anfing zu knurren.

»Wenn du etwas gestärkt bist, hast du mehr Kraft fürs Training«, erwiderte Despair und ging hinüber ins Badezimmer. Derweil klaubte ich mein Brötchen vom Teller und begann gierig zu futtern.

Ich hörte, wie eine elektrische Zahnbürste lief und wie danach die Dusche angestellt wurde.

Hach ja ... Eine Dusche ...

Was würde ich darum geben, mich ebenfalls unter den warmen Strahl stellen zu können.

Ich linste durch die offene Zimmertür hinüber zum Badezimmer. Was mich wohl für heute erwartete?

Despair öffnete das Badezimmer ein Stück – vermutlich, um den heißen Dunst etwas herauszulassen. Dadurch konnte ich ihn sehen. Lediglich ein Handtuch hatte er um die Hüften geschwungen. Ein Schwarzes. Natürlich.

Mein Blick fiel auf seinen wirklich beeindruckenden Körper. Ich wollte gar nicht wissen, was für ein Übungspensum er tagtäglich verrichtete, um so auszusehen. Dann holte Despair etwas aus einem Seitenschrank und drehte mir dafür den Rücken zu.

Prompt verschluckte ich mich an meinem Brötchen und bekam einen heftigen Hustenanfall.

Geschockt starrte ich ihn an.

Der Rücken ... Er war ... zwar genauso trainiert wie der Rest, aber ... VOLLER NARBEN!

Ich spürte, wie mein Puls schneller wurde und sich ein unangenehmes Gefühl in mir breitmachte.

Schnell schaute ich in eine andere Richtung, um nicht erwischt zu werden.

Was zur Hölle war mit ihm passiert?

Woher konnte ein junger Mann solche schlimmen Narben haben? Von einem Unfall? Oder ...

Ich stockte. War das etwa das, wovon Despair immer wieder gesprochen hatte? Sollte DAS mein Verdienst sein?

Mir wurde schlecht. Ich legte den Rest des Brötchens beiseite und nahm ein paar kräftige Züge aus meiner Wasserflasche.

Ohne es mitbekommen zu haben, stand Despair plötzlich im Zimmer. Angezogen. In Schwarz. Wie immer.

Ich schaute in sein markantes Gesicht. Meine Augen brannten. Auch wenn er ein gemeines Arschloch war, tat er mir plötzlich unglaublich leid.

»Musst du ins Bad?«, fragte er knapp.

Ich nickte.

»Ich hab dir eine Zahnbürste hingestellt. Du hast zehn Minuten.«

»Danke«, wisperte ich, doch meine Stimme erstarb.

Ich ließ mich von Despair ins Badezimmer geleiten. In Handschellen. Doch diesmal wären sie nicht notwendig gewesen. Meine Gedanken kreisten gerade nicht um einen möglichen Fluchtversuch – der, solange Despair die Waffe immer parat hatte, sowieso nicht umsetzbar gewesen wäre. Nein: Meine Gedanken kreisten um das Bild, was ich soeben gesehen hatte. Um die schrecklichen Narben. Und um die möglichen Gründe, die dahinterstecken konnten.

Im Badezimmer klatschte ich mir erst einmal eine Ladung Wasser ins Gesicht. Und noch eine. Und noch eine. Ich war vollkommen fassungslos.

Die Narben schienen schon älter zu sein, soweit ich das aus der Entfernung beurteilen konnte. Ich empfand das einerseits als seltsam beruhigend, hieß es doch, es handelte sich dabei nicht um aktuelle Verletzungen, die Schmerzen bedeutet hätten. Auch wenn ich wahrscheinlich alles Recht dieses Planeten hätte ihn zu hassen, wünschte ich so etwas keinem Lebewesen. Weder Sensianer, noch Mensch, noch Tier.

Andererseits … Wenn die Narben schon ein paar Jahre alt waren, hieß das wiederum, dass er sie sich als Kind oder Jugendlicher zugezogen haben musste. Und das war wahrlich ein noch viel schlimmerer Gedanke.

Ich schluckte schwer.

Dann putzte ich mir die Zähne, machte mich fertig und rief nach Despair.

»Während ich noch ein paar Vorbereitungen treffe, wirst du im Käfig auf mich warten«, befahl er.

Ich nickte stumm.

Skeptisch sah er mich an. »Wie? Kein Rebellieren? Keine Beschimpfungen? Keine Versuche, mich vom Gegenteil zu überzeugen?«

Ich schwieg. Sollte ich ihn darauf ansprechen, was ich eben gesehen hatte? Oder auf gestern Nacht? Auf den vermeintlichen Albtraum?

Da versetzte Despair mir einen Stoß in den Rücken. »Hätte nicht gedacht, dass du dich so leicht geschlagen gibst, aber umso besser.«

Er brachte mich zurück zu dem Käfig, in den ich brav hineinkrabbelte. Ich hielt ihm noch nicht mal meine Hände hin, damit er mir die Handschellen wieder abmachen konnte.

Dann ging er weiter zu einem Schrank und holte erneut den Gürtel hervor. Doch anstatt Angst vor dem Bevorstehendem zu haben, fragte ich mich, ob ein Gürtel solche Narben verursachen konnte. Und wenn ja, wie fest man dafür zuschlagen musste. Ich hatte nach meiner – wie Despair es nannte – ersten »Einheit« einen kurzen Blick in den Spiegel riskiert. Die zwei Schläge, die er mir erteilt hatte, hatten mich vor Schmerz zusammenbrechen lassen. Doch im Spiegel waren davon nur rote Striemen zu sehen, die mittlerweile nicht mal mehr wehtaten.

Was also musste Despair erlebt haben, dass er solche Narben davontrug? Ob das der Grund war, warum er so verbittert war? So voller Hass? So voller Wut?

»Hey!«, brüllte Despair und schlug auf den Käfig. Ich erschrak. »Ich habe gesagt, rauskommen!«

Flugs kletterte ich aus dem Käfig. Unter normalen Umständen hätte ich ihm schon längst verbal eine verpasst, doch meine ganze Wut auf diesen Typen war plötzlich wie weggeblasen.

Barry hatte uns immer erzählt, dass die Improbas durch und durch böse wären, dass sie uns nur Schlechtes wollten und dass sie uns – wenn wir Glück hätten- *nur* umbringen würden, sobald sie uns in die Finger bekämen. Keiner von uns hatte sich jemals Gedanken darüber gemacht, *warum* sie so waren. Klar wussten wir, dass sie – genau wie wir- ein Training hinter sich hatten. Doch selbst, wenn wir uns irgendwann einmal Gedanken darüber gemacht hätten, wie das ausgesehen haben könnte, wären wir niemals auf *so etwas* gekommen.

Barry hatte uns nie Leid zugefügt.

Klar: Speziell mich hatte er zwar manchmal in etwas prekäre Situationen gebracht, doch er hatte mich niemals im Stich gelassen. Wir alle wurden liebevoll aufgezogen. Mit Herzlichkeit. Mit Güte.

Unvorstellbar, wie das bei Despair gewesen sein musste.

Wie sollte ich auf so jemanden sauer sein? Wie konnte ich so jemanden verurteilen? War er nicht eher bemitleidenswert? Schließlich konnte er ja nichts dafür, dass er als Baby entführt wurde und somit nicht auf der sprichwörtlichen Sonnenseite des Lebens aufgewachsen war.

Ein dicker Kloß machte sich in meinem Hals breit.

»Stell dich an die Wand«, wies er mich an, die Pistole wie immer auf mich gerichtet.

Ich tat es. Noch in Gedanken bei dem Bild, das ich im Kopf hatte.

Er kam näher. So nah, dass ich abermals seinen heißen Atem an meinem Ohr spüren konnte. Wieder legte er meinen Rücken frei, dieses Mal aber etwas behutsamer und ohne das Shirt zu zerreißen. Vermutlich, weil es jetzt sein eigenes war.

Dann nahm Despair den Gürtel und stellte sich hinter mich. Im Augenwinkel sah ich, wie er ausholte, da drehte ich mich abrupt um.

Überrascht hielt er in seiner Bewegung inne.

»Ist dir das auch passiert?«, fragte ich mit belegter Stimme.

Wie versteinert stand er vor mir. Keinen Ton sagend.

»Bist du deshalb so? So voller Hass? Weil das jemand auch mit dir gemacht hat?«

Er zog die Brauen nach oben. Ob es ein überraschter oder verärgerter Ausdruck war, vermochte ich nicht zu sagen.

»Ich hab's gesehen. Als du vorhin im Bad warst.«

»Was?«, fragte er tonlos.

»Als du die Tür einen Spalt geöffnet hast. Ich konnte ihn sehen. Deinen Rücken«, erklärte ich weiter.

Despairs Gesicht verfinsterte sich.

»Du musst dich nicht schämen, weil –«

Er unterbrach mich harsch. »Ich schäme mich für gar nichts!«

»Nein, natürlich nicht. So war das auch nicht gemeint«, erwiderte ich unsicher, doch schon wieder fuhr er mir dazwischen:

»Lass das!«

»Ich wollte doch nur –«

»Lass das, hab ich gesagt!«

Schweigend stand ich vor ihm, nicht sicher, ob ich noch etwas sagen sollte.

»Dreh dich wieder um!«, befahl er, doch ich blieb stehen.

»Ich habe keine Ahnung, was du durchmachen musstest. Und ich finde es schrecklich, was man dir angetan hat. Das hast du sicher nicht verdient.«

»Richtig! NOCH hast du keine Ahnung!« Er spuckte die Worte nur so aus.

»Lass mich dir helfen«, sagte ich und machte mit ausgestreckter Hand einen Schritt auf ihn zu. Doch blitzschnell hatte Despair mir den Gürtel über den Oberschenkel gezogen. Mit einer Wucht, die meine Jeans an dieser Stelle zum Platzen brachte.

»Aua!«, schrie ich und wich zurück, mir das schmerzende Bein haltend.

»Ich wollte nur –«, versuchte ich zu erklären, doch wieder fiel er mir ins Wort:

»*Helfen?!* Ich brauche dein Scheißmitleid nicht! Diese Narben gehören zu mir. Schon seit langer Zeit. Sie erzählen das Erlebte. Und sie sind allein dein Verdienst! Hoffnung ist ein Gift. Beinahe tödlich, wie du siehst, deshalb musst du zum Wohle aller aus dem Verkehr gezogen werden.«

Ich schluckte schwer. »Wenn ich dich nur einmal anfassen dürfte, könnte ich dir zeigen, wie wunderschön Hoffnung sein kann.«

Er zog die Brauen verärgert zusammen.

»Wie schon gesagt: Ich brauche deine Hilfe nicht! Ich habe nie Hilfe gebraucht und ich werde nie welche brauchen!«

»Jeder braucht irgendwann einmal Hilfe. Und das ist keine Schwäche«, entgegnete ich leise.

»Wenn ich jemals Hilfe beanspruchen müsste, dann sicher nicht von dir!« Despair schubste mich zurück an die Wand.

Wie konnte man nur so engstirnig sein?

»Warum tötest du mich eigentlich nicht direkt? Wenn ich sowieso so nutzlos bin, wie du tust, kannst du mich ja auch direkt eliminieren, oder nicht?«, fragte ich.

In seinen Augen spiegelte sich Verwirrung. »Was hast du gesagt?« Es schien, als würde er seinen Ohren nicht trauen.

Um ehrlich zu sein, ich meinen eigenen auch nicht. Aber was raus war, war raus ...

»Warum du mich nicht direkt tötest«, wiederholte ich mutig.

Ungläubig sah er mich an.

»Was ist? Hat es dir die Sprache verschlagen?«

Doch so schnell ließ er sich nicht aus der Reserve locken. »Die Anweisung lautet euch umzutrainieren, nicht, euch zu eliminieren«, antwortete er beinahe militärisch.

Ich nahm meinen ganzen Mut zusammen: »Es gibt also jemanden, der dir Anweisungen erteilen darf?«, fragte ich provozierend.

Ein kaum wahrnehmbares Lächeln huschte über sein Gesicht. Leider kannten wir uns zu kurz, als dass ich hätte sagen können, ob das ein gutes oder ein schlechtes Zeichen war. Konnte ja genauso gut sein, dass ihm gerade eingefallen war, dass Eliminieren doch keine so dumme Idee wäre ...

»Unser Oberst. Ja.«

»War das da auch euer Oberst?«, fragte ich nun sanfter und deutete auf seinen Rücken.

Despair schwieg. Keine Antwort war auch eine.

»Und jemandem, der dir das angetan hat, gehorchst du? Blind? Ohne zu hinterfragen?«

»Ich brauche nichts zu hinterfragen. Wie du gesehen hast, habe ich dein Gift am eigenen Leib gespürt.«

Ich schüttelte den Kopf. »Nein. *Ich* habe dir gar nichts getan. Ich war noch nicht einmal anwesend, als das passiert ist. *Das* war allein dein Oberst. Und ich an deiner Stelle würde mal darüber nachdenken, wer dir wirklich etwas angetan hat und ob du diesem Menschen Loyalität schuldest – oder eben nicht.«

Ich drehte mich mit dem Gesicht zur Wand, stütze die Hände daran ab, stellte die Beine etwas auseinander und wartete auf meine restlichen Schläge, doch Despair stand einfach nur hinter mir.

Ich wartete. Und wartete. Und wartete.

Gerade, als ich mich wieder umdrehen wollte, holte Despair plötzlich mit dem Gürtel aus – und pfefferte ihn mit voller Wucht in die nächstbeste Zimmerecke. Irgendetwas ging klirrend zu Bruch und ich zuckte erschrocken zusammen – ohnehin in Habachtstellung, da ich eigentlich einen Schlag erwartet hatte.

»Geh wieder in deinen Käfig!«, brüllte er mich an. »Ich habe noch etwas zu erledigen.«

Schnell kam ich seinem Befehl nach. In der kurzen Zeit, die ich hier war, hatte ich ihn noch nie so wütend erlebt.

Despair verschloss die Käfigtür, nahm mir die Handschellen ab und verließ schnellen Schrittes das Zimmer.

14. Kapitel

Despair

Wie verblendet war die Tussi eigentlich? Wie konnte sie ernsthaft behaupten, nichts gemacht zu haben, obwohl sie meine Narben doch mit eigenen Augen gesehen hatte? Wollte sie mich verarschen? Machte sie sich lustig über mich? Oder war sie wirklich so dumm, dass sie das nicht schnallte?

Das war doch alles unfassbar! Oder etwa nicht?!

Verärgert verließ ich das Haus. Ein Besuch im Quartier würde mich auf andere Gedanken bringen. Vielleicht war einer meiner Brüder ja schon erfolgreicher, was die Umschulung betraf, und ich konnte mir dort heimlich ein paar Tipps holen.

Denn ganz so einfach, wie ich es mir vorgestellt hatte, war es offensichtlich nicht. Zumindest danach zu urteilen, was die dumme Tussi eben für eine Scheiße von sich gegeben hatte …

»*Ich* habe nichts gemacht. *Ich* war noch nicht mal anwesend. *Ich* bin ja ach so toll und *ich* wasche meine Hände selbstverständlich in Unschuld«, lamentierte ich vor mich hin.

»Hallo, John«, sprach mich jemand von hinten an.

Verdammt! Die fehlte mir noch!

Ich setzte ein künstliches Lächeln auf und drehte mich langsam zu meiner Nachbarin um.

»Hallo, Mrs Brendon«, grüßte ich zurück.

»Na, Sie kleiner Schlawiner? Dafür, dass Ihre Freundin sich schon am nächsten Morgen ganz früh aus dem Staub machen wollte, hält sie es jetzt aber lange bei Ihnen aus …« Sie zwinkerte mir zu.

»Wie darf ich das verstehen?«, fragte ich leicht gereizt. Jetzt war definitiv kein guter Zeitpunkt, mich noch weiter auf die Palme zu bringen.

Mrs. Brendon schaute mich verwirrt an.

»Nun ja ... Ich ... ich habe sie nicht wegfahren sehen und da dachte ich –«

»Verzeihen Sie meine Direktheit, Mrs. Brendon, aber ich habe gerade weder die Zeit, noch die Lust, mich mit Ihnen über Ihre Stalkergeschichten zu unterhalten.«

Mrs. Brendon klappte der Mund auf. Dann schloss sie ihn wieder.

»Ich wollte ja gar nicht –«

»Dann lassen Sie's!«, unterbrach ich sie.

Unwohlsein machte sich in ihr breit. Jedoch war das kein Misstrauen, eher das Gefühl, bei etwas erwischt worden zu sein, was man nicht hätte tun sollen. Und genauso war's ja auch!

Was mischte sie sich ständig in meine Angelegenheiten ein? Sollte sie sich ruhig schäbig fühlen!

»Ich hatte nur gehofft, Ihre bezaubernde Freundin kennenlernen zu dürfen ...«, antwortete Mrs. Brendon kleinlaut.

Ich schnaubte.

»Wissen Sie, John, wenn man alt wird und nicht mehr gebraucht wird, der Lebenspartner vor vielen Jahren gestorben ist, wünscht man sich ab und zu Gesellschaft«, erklärte sie leise und wandte sich zum Gehen.

»Mrs. Brendon, warten Sie«, lenkte ich ein.

Das konnte doch nicht wahr sein! Die Alte schaffte es immer wieder, alles so hinzudrehen, dass sie unschuldig und bemitleidenswert wirkte und ich – ja ich – mich tatsächlich schlecht fühlte. Auch wenn ich hundertprozentig wusste, dass sie keine Sensianerin war: Man hätte fast darauf wetten können.

»Was?«, fragte sie und ihre Augen schimmerten feucht.

»Nehmen Sie es mir nicht übel, Mrs. Brendon, aber heute ist kein guter Zeitpunkt. Wir haben uns gestritten und ...«, versuchte ich mein unhöfliches Verhalten zu begründen, doch das war gar nicht mehr nötig.

»Ist schon in Ordnung, Jungchen«, erwiderte sie und tätschelte meine Schulter. »Solange das Feuer der Liebe brennt, wäre es ja schade, wenn es nicht auch mal zum Funkenregen käme, oder?«

»Richtig«, seufzte ich und brachte die alte Lady noch zu ihrer Haustür.

»Wissen Sie, John, seit ich Sie mit Ihrer Freundin gesehen habe, ist es, als würde ich einen zweiten Frühling erleben dürfen. Ich denke ständig an meinen Mann. Aber nicht mehr an die dunklen Schatten, die seine Krankheit und sein Tod hinterlassen haben, sondern nur noch an die schönen Zeiten, die wir gemeinsam erleben durften. Vielleicht darf ich Sie beide mal zu mir auf einem Kaffee einladen? Und dann erzählen Sie mir, wie Sie sich kennengelernt haben. Ich würde mich sehr darüber freuen.« Mrs. Brendon lächelte verträumt.

Das war ja wohl nicht zu glauben! Selbst vor hilflosen, alten Damen machte Hope nicht halt.

Ich rang mir ebenfalls ein Lächeln ab, auch wenn mir ganz und gar nicht danach zu Mute war.

»Ja, vielleicht«, antwortete ich und ging zu meinem Auto.

Bei einem Blick über die Schulter sah ich, wie Mrs. Brendon verträumt zu meinem Haus hinübersah.

So gern ich die alte Dame auch mochte: Das war nicht gut, das war ganz und gar nicht gut. Ich musste mir etwas einfallen lassen, wie ich sie von ihrem Trip runterbekam, unbedingt Hope kennenlernen zu wollen.

Ohne großartig darüber nachdenken zu müssen, war mir die Antwort bereits klar: Ich musste Hope einfach so schnell wie möglich umschulen.

***

Die ganze Fahrt über hatte ich mich abwechselnd über Hope und über Mrs. Brendon geärgert. Über Hope wegen ihrer dämlichen Uneinsichtigkeit und über Mrs. Brendon wegen ihrer Neugier – und dass sie mich jetzt, wenn auch unbewusst, unter Druck setzte.

Unser Oberst hatte zwar gesagt, dass das Umschulen maximal zwei Wochen dauern würde, da die Probas mit so viel Leid nicht ansatzweise umgehen konnten, aber Hope könnte sich da als besonders eigensinnig erweisen. Wie frech sie vorhin gewesen war. Und wie starrköpfig.

Ich konnte mir ein Schmunzeln nicht verkneifen. Zu sehr erinnerte sie mich an mich selbst. Aber das war damals, als ich noch klein und dumm war und in allem das Gute gesehen hatte. Diese Zeiten waren jedoch längst vorbei und auch Hope musste der Realität endlich ins Auge blicken.

Als ich vor dem Quartier aus dem Wagen stieg, kam mir unser Oberst aus dem Hauptgebäude entgegen. Scheiße!

»Soldat«, grüßte er und hielt dabei seine rechte Hand zum Gruß an die Schläfe.

»Hallo«, erwiderte ich – ohne Gruß.

Die Miene unseres Obersts verfinsterte sich.

»Arrogant wie eh und je. Hatte ich dir nicht befohlen, erst wieder hier aufzutauchen, wenn du Hope gesichert hast?«

»Doch.«

»Und?«

»Doch, Sir«, erwiderte ich.

Unser Oberst knirschte mit den Zähnen. »Du weißt genau, was ich gemeint habe«, erwiderte er schneidend. »Auch wenn mich deine respektvolle Anrede ehrt.«

Nun knirschte ich mit den Zähnen. Respekt? – Pah! Vor wem denn?

»Wie dem auch sei: Ich erwarte Ergebnisse, Despair. Also besser du lieferst in naher Zukunft. Andernfalls werde ich Hate mit dieser Aufgabe betrauen.«

»*Hate?*«, fragte ich spöttisch.

»Ja. Hate. Immerhin scheint er bemerkenswerte Fortschritte zu machen.«

Fragend sah ich den Oberst an. Er hatte doch gesagt, dass er die Schulungsräume nicht betreten, sondern ausschließlich Ergebnisse sehen wollte? Woher wollte er das dann wissen? – Gut, bei Greed hatte er womöglich auch eine Ausnahme gemacht.

Aber ich brauchte gar nicht weiter nachzufragen. Natürlich ließ er keine Möglichkeit aus mich zu denunzieren.

»Hate wird immer stärker, falls dir das nicht aufgefallen ist. Das zeigt, dass seine Proba schwächer wird.«

Ich nickte. Mir war nicht entgangen, dass er sich verändert hatte. Und das nicht zum Guten.

Hate war zwar schon immer ein Arschloch gewesen, doch bei meinem letzten Besuch wirkte er noch »extremer« als sonst.

»Und? Willst du nicht auch stärker werden? Du hast das gefährlichste Impro von allen, Despair. Du wärst nicht mehr zu stoppen. Ist das nicht dein Ziel? Willst du nicht, dass dir niemand mehr die Stirn bieten kann? Dass du mächtiger wirst, als alle anderen? Du könntest dich für all das rächen, was Hope dir angetan hat.«

Ich nickte. Und wie ich mich rächen wollte! Schließlich kamen meine Narben und meine Albträume nicht von ungefähr.

Der Oberst klopfte mir auf die Schulter.

»Sehr gut, Soldat. Dann fahr jetzt mit der Suche fort.«

Ich nickte wieder, blieb aber stehen. In meinem Kopf waren so viele Gedanken, dass ich diese erst einmal sortieren musste.

»Hast du noch etwas auf dem Herzen?«, fragte der Oberst nun regelrecht fürsorglich.

»Darf ich eine Frage stellen?«

»Fragen bedeuten Zweifel. Das weißt du doch, Despair, oder?«

Wieder nickte ich.

»Aber gut. Eine Frage sei dir gestattet.«

»Warum töten wir die Probas nicht einfach? Ich meine, ginge es nicht schneller und leichter, sie einfach auszulöschen, als sie umzutrainieren?«

Das war Hopes Frage gewesen. Und selbst, wenn ich ihr kein Stück weit über den Weg traute, musste ich zugeben, dass sie durchaus berechtigt schien.

Der Oberst lächelte. »Mir gefällt deine Denkweise, Despair. Das hat sie schon früher. Du warst schon immer sehr direkt und kein Freund von langem Hin und Her. Aber in diesem Fall ist eine Umschulung besser. Effizienter. Lohnender. Wenn ihr eure Probas töten würdet, werdet ihr stärker. Keine Frage. Aber wenn ihr sie umschult, seid ihr zu zweit und könnt die Macht eures Produkts mitnutzen.«

Ich stockte.

»Das heißt, wir sollen danach mit ihnen zusammenarbeiten?«, fragte ich leicht entsetzt.

Wie stellte er sich das vor? Wusste er denn nicht, wie sehr sie uns jetzt schon hassten? Und vor allem: wie sehr *wir* sie hassten?

»Das ist falsch ausgedrückt, Despair. Sie werden euch dienen. Alles machen, was ihr ihnen befiehlt. Wie kleine Hunde werden sie sich freuen, wenn ihr nach Hause kommt. Sie werden dankbar sein, Aufgaben für euch erledigen zu dürfen. Sie werden alles dafür tun euch zufriedenzustellen, nur um keine weitere Einheit zu bekommen. Es wird dasselbe Verhältnis werden, wie das, welches ihr zu mir habt.«

Ich zog die Augenbrauen nach oben. »Wir sind also –«

»Eine Frage war dir gewährt, Despair. Du hattest schon zwei«, unterbrach mich der Oberst. »Und jetzt geh an die Arbeit.« Mit diesen Worten wandte er sich zum Gehen und ließ mich einfach stehen.

Wir waren also wie kleine Hunde für ihn? Kleine Hunde, die willenlos alles taten, was er befahl?

Ich schnaubte verärgert. Aber letztendlich hatte er Recht. Es hatte nie jemand von uns gewagt, sich ihm entgegenzustellen. Unsere eigenen Brüder hatten wir verraten, nur um in seiner Gunst zu steigen. Und niemand wollte seinen Zorn auf sich lenken. Dafür war er zu skrupellos. Zu gewissenlos. Mit anderen Worten: das perfekte Vorbild ...

***

Ich betrat den Keller. Es war stiller geworden. Man hörte nicht mehr aus jedem Zimmer Streitereien oder gar Schreie hervordringen. Lediglich hier und da war noch ein leises Wimmern zu vernehmen.

Ich behielt die Reihenfolge der letzten Besuche bei und sah zuerst bei Greed und Hate vorbei. Ihre beiden Probas waren laut unserem Oberst einer geglückten Umschulung am nächsten. So erschien es nur logisch, dass ich mir dort »Anregungen« holte. Zumindest redete ich mir das ein.

Ich ging den Flur entlang bis zu *meinem* Zimmer.

»Greed?«, sagte ich, während ich die Tür öffnete. Wie immer blieb ich zunächst vorne stehen. Grinsend saß er da, seine Proba angeleint zu seinen Füßen.

Ich stutzte.

Putzte Modesty ihm gerade die Schuhe?

»Was macht ihr denn da?«, fragte ich wenig einfallsreich. »Och … Wenn sie sich erst mal an einen gewöhnt haben, sind sie sehr nützlich, wie du siehst«, erwiderte Greed amüsiert.

»Ist sie … Hast du schon …« Ich wusste gar nicht, wie ich es ausdrücken sollte.

»Nein. Sie ist noch nicht fertig. Aber so gut wie, würde ich sagen.« Er zupfte an der Leine und die Proba kniete sich noch tiefer.

»Wow, Greed. Das ging aber schnell!« Wenn man etwas von ihm wollte, war Bauchpinseln eine geeignete Methode.

Greed drückte stolz den Rücken durch und stemmte seine Hände auf die Knie.

»Tja … Hate tut zwar alles dafür uns noch zu überholen, aber das wird er nicht schaffen. – Gell, Liebchen?« Wieder ein Ruck an der Leine.

Modesty maunzte. Offensichtlich hatte das wehgetan.

»Und wie bist du so schnell so weit gekommen?«, fragte ich stirnrunzelnd. »Mit Einheiten?«

»Ein paar«, stimmte Greed zu. »Aber ich glaube, ich konnte sie ganz lapidar mit Worten überzeugen. Unser Schneckchen war nicht halb so »tough«, wie unser Oberst die Probas immer eingeschätzt hatte.

»Einfach nur mit Worten?«

»Lustig, oder?«

Ich wartete. Hoffte darauf, dass Greed seine Antwort noch weiter ausführte, doch er wechselte das Thema. Offensichtlich wollte er seine Erfahrungen nicht mit mir teilen.

»Weißt du, woran ich merke, dass es bald soweit ist?«, fragte Greed mich.

Ich schüttelte den Kopf.

»Ihre Schwäche macht mich stark. Ich fühle mich, als könnte ich Bäume ausreißen! Echt der Wahnsinn!« Greed schüttelte lächelnd den Kopf. »Ich kann es kaum erwarten, bis sie ganz eingeknickt ist. Dann wirst auch du keine Chance mehr gegen mich haben.«

Ich zog argwöhnisch die Brauen nach oben. Pfft! Von was träumte er nachts?

»Tja ... Noch glaubst du nicht daran. Warten wir es einfach ab, Despair.« Er schaute runter auf seine Stiefel. Was war denn mit dem los?!

»Da ist noch ein Fleck«, stellte Greed fest.

Modesty begann schneller zu putzen.

Akribisch beäugte er ihr Tun.

»Immer noch.« Seine Stimme klang ungehalten.

Die Proba wurde hektisch, wischte immer schneller und schneller über die gleiche Stelle.

»Ach, du blöde Kuh!« Er riss an der Leine.

Modesty wimmerte.

»Wohl doch nicht so nützlich, wie ich dachte! Sind deine Schwestern eigentlich genauso unnütz?«

Modesty sagte nichts, sondern wischte unentwegt über den Fleck an seinem Stiefel. Ich konnte mir das fast nicht mitansehen.

»Vielleicht solltest du etwas Spucke benutzen«, riet ich, doch bevor die Proba reagieren konnte, begannen Greeds Augen regelrecht zu leuchten.

»Despair, manchmal hast du fantastische Ideen!«

Ich schaute ihn an. Mir war nicht klar, auf was er hinauswollte.

»Leck ab!«, schnauzte er Modesty an.

Entsetzt schaute sie zwischen uns hin und her. Ich spürte ihre Hoffnungslosigkeit.

War das jetzt Greeds Verdienst? Oder war Hope bereits schwächer geworden?

»Wird's bald?«, blaffte Greed.

»Ich –«

»Ich will das nicht hören! Entweder du tust, was ich sage, oder wir machen da weiter, wo wir vorhin aufgehört haben!«

Modesty bückte sich daraufhin noch tiefer und leckte – soweit ich das von der Tür aus sehen konnte – über Greeds Stiefel.

Er lachte. Es war ein dreckiges, widerliches Lachen.

Fassungslos starrte ich die beiden an. Was hatte Greed nur mit Modesty veranstaltet, dass sie plötzlich so gehorsam war?

»Na? Neidisch?«

»Ich glaube, du gehst zu weit, Greed«, antwortete ich tonlos.

»Ach, meinst du?«, fragte er herausfordernd.

»Ja, das meine ich«, erwiderte ich kalt.

»Dann hindere mich doch daran.« Ein süffisantes Grinsen huschte über sein Gesicht und er schielte zu der schwarzen Plane. Dann zwinkerte er mir zu.

Zu gern hätte ich ihm sein großes Maul gestopft, doch ich verließ stattdessen das Zimmer. Wann zur Hölle war Greed eigentlich so ein Megaarschloch geworden?

Und ich so ein Feigling?

Ärgerlich ging ich weiter zu Hates Zimmer. Ich drückte die Türklinke hinunter, doch sie war verschlossen. Ich probierte es noch einmal. – Ja, definitiv zu.

Ich klopfte.

»Hate?«, rief ich.

Keine Antwort.

»Haaate?«

Immer noch nichts.

Ich legte mein Ohr an die Tür und versuchte zu hören, was dort drinnen vor sich ging, doch es war mucksmäuschenstill. Ich lauschte noch angestrengter, bis mir jemand von hinten auf die Schulter schlug.

Erschrocken zuckte ich zusammen und drehte mich um.

Es war Lie.

»Was machst du denn schon wieder hier?«, fragte er scharfzüngig.

»Na was wohl? Ich möchte zu Hate, aber er ist mal wieder nicht da«, log ich gekonnt.

Lie schaute mich eindringlich an. Abermals versuchte er herauszufinden, ob ich die Wahrheit sagte.

Cool bleiben, Despair, mahnte ich mich selbst.

»Du willst wissen, was hinter der Tür vor sich geht«, schlussfolgerte Lie.

Ich überlegte kurz, dann nickte ich. Die Antwort schien mir unverfänglich und wenn ich eins über erfolgreiches Lügen gelernt hatte, dann das, immer so nah wie möglich an der Wahrheit zu bleiben.

»Tja, Despair. Was hinter dieser Tür vor sich geht, weiß niemand.« Lie grinste. »Aber was auch immer es ist, es scheint zu funktionieren.«

»Wie darf ich das verstehen?«, fragte ich betont gleichmütig.

»Hate wird stärker. Und das kann er nur, wenn Love schwächer wird.«

Ich nickte. Was das bedeutete, wusste ich nach dem Besuch bei Greed nur zu gut.

»Du bist ihm schon über den Weg gelaufen?« Lie grinste verschlagen.

Hah! Fangfrage. Ich hatte ihm doch eben gesagt, dass ich Hate suchte.

»Nein, aber ich war bei Greed.«

Nun nickte Lie wissend. Offensichtlich hatte er den »neuen Greed« auch schon kennengelernt.

»Krass, wie er sich verändert hat, oder?«, erwiderte er.

»Nicht nur er«, antwortete ich und dachte dabei an Modesty, wie sie auf allen Vieren vor ihm herumkroch und zu guter Letzt auch noch seine Stiefel leckte.

Lie grinste wieder. »Du meinst Modesty.« Das war keine Frage, eher eine Feststellung.

Trotzdem bejahte ich es mit einem Nicken.

»Die Kleine ist schon echt durch … Ich gebe ihr noch maximal zwei Tage, dann tut sie alles, was Greed möchte.«

»Tut sie das nicht jetzt schon?«, stellte ich als Gegenfrage.

»Warum meinst du?« Offensichtlich hatte Lie doch noch nicht *alles* gesehen.

»Nun ja, als ich eben bei Greed war, kroch sie vor ihm herum und leckte ihm die Stiefel.«

Lie machte große Augen. Dann brach er in schallendes Gelächter aus. »Ehrlich, Mann? Wie geil ist das denn?«, gluckste er vergnügt.

»Na ja, ich fand es eher befremdlich.«

Lie rollte mit den Augen. »Was du immer hast, Despair. Sei doch froh, dass wir diese Biester endlich haben und ihnen das Handwerk legen können.«

»Trotzdem ... Das was Greed macht, gehört nicht zu einer normalen Umschulung«, wandte ich ein.

»Gerade dir müsste das doch Recht sein. Du hast doch nie viel von Regeln gehalten.«

Ich zuckte mit den Schultern. Das konnte man sehen, wie man wollte.

»Ich kann mir auch nicht vorstellen, dass unser Oberst das gutheißen würde, was Hate mit seiner Proba macht«, fügte ich an. Gleichzeitig fragte ich mich, warum ich ihm das überhaupt erzählte. Lie war ein Mitläufer. Er würde niemals etwas gegen die Mehrheit sagen. Ganz anders als ich.

»Ach, Depair«, lachte Lie. »Der Oberst hat mittlerweile für *alles* grünes Licht gegeben.«

Verwirrt schaute ich ihn an. »Was?«

»Solange es dem Zweck dienlich ist, dürfen wir mit den Probas machen, was wir wollen. Ich glaube, er hat die Warterei satt und will die Mission endlich abgeschlossen wissen.«

»Die Warterei?«, fragte ich. »Die Probas sind doch erst drei Tage hier?«

»Schon, aber offensichtlich drei Tage zu lange.«

Ich wandte mich zum Gehen. Für heute hatte ich genug von unserem Quartier.

»Willst du Honesty nicht sehen?«, rief Lie mir hinterher

»Wozu?«

»Sie ist so gut wie umgeschult.«

Ich winkte ab. »Ja, ja ...« Und ließ ihn stehen.

***

Während der Heimfahrt dachte ich an Greed und Modesty. Eigentlich sollte es mich ja freuen, dass mein Bruder solche »Erfolge« hatte, doch seine persönliche Entwicklung fand ich mehr als bedenklich. Natürlich: Wir alle waren keine Unschuldslämmer und es gäbe sicher genug Menschen auf diesem Planeten, die uns ohne mit der Wimper zu zucken als Arschlöcher betiteln würden. Aber so, wie sich Greed verhalten hatte, waren wir nicht. Gut, Hate vielleicht schon, aber nicht Greed. Als Meisterdieb war Greed zwar ein fürchterlicher Angeber, weil er immer sein Eigen nannte, was andere gerne hätten. Und er hatte auch keine Probleme damit, das jedem unter die Nase zu reiben – egal, ob man es hören wollte oder nicht. Aber die Facette, die er heute gezeigt hatte, war neu.

Mit welcher Wonne er dabei zugesehen hatte, wie sich die Proba für ihn zum Bückling machte. Und welchen Spaß er hatte, als sie seine dreckigen Stiefel lecken musste. Widerlich!

Ich hoffte, dass das eine Ausnahme blieb. Vielleicht musste sich Greed nur an den neuen Stärkeschub gewöhnen und wurde danach wieder ganz »normal«?

Ich bog in meine Hofeinfahrt ein und ging im Eiltempo zu meinem Haus.

Keine Mrs. Brendon, keine Mrs. Brendon.

15. Kapitel

Hope

Ich hörte, wie die Haustür geöffnet und danach mit Schwung ins Schloss geworfen wurde. Der Knall hallte so nach, dass man hätte meinen können, sämtliche Glasscheiben müssten zerspringen. Despair schien ja echt eine Mordslaune zu haben ...

Dann trat er in »mein« Zimmer, warf seine Jacke achtlos auf den Boden und ging direkt hinüber zu dem Schrank, wo er bis jetzt immer den Gürtel herausgeholt hatte.

Ich schluckte. Sollte ich jetzt eine weitere Einheit bekommen? Jetzt, wo er so aggressiv war?

Ich versuchte mich etwas kleiner in dem Käfig zu machen und keine Aufmerksamkeit auf mich zu lenken. Natürlich war das Quatsch. Er wusste ja genau, dass ich dort saß. Trotzdem hatte ich Hoffnung. – Yeah! Ich hatte noch Hoffnung, dachte ich lächelnd.

Despair nahm einen Degen aus dem Schrank und rollte eine Holzpuppe hervor, die in der Zimmerecke stand. Danach begann er wie ein Wilder auf sie einzudreschen. Er war flink, schlug hart zu und war sicher kein einfacher Gegner. Doch er war zu planlos. Ohne Technik. Und dass er ganz offensichtlich stinksauer war, machte das Ergebnis nicht besser.

Barry hatte uns immer gepredigt, dass wir uns nie von der Wut leiten lassen durften. Sie wäre ein schlechter Ratgeber und würde uns zu Dummheiten verleiten.

Wenn ich sauer war und genauso loslegte, wie Despair es gerade tat, fühlte ich mich immer besonders stark. Doch während ich ihm so zuschaute, merkte ich, dass das nichts weiter als ein Trugschluss war und man dadurch viele Fehler machte.

Barry hatte also wie immer Recht gehabt ...

Sofort bekam ich einen Kloß im Hals. Was hätte ich darum gegeben, wenn er jetzt hier wäre und mir beistehen könnte ...

Nachdem Despair ungefähr eine halbe Stunde auf die Puppe eingestochen und geschlagen hatte, ließ er den Degen sinken und atmete tief durch. Dann sah er mich an.

Mir wurde unwohl. Sollte ich etwas sagen?

Unser letztes Gespräch war nicht gerade gut verlaufen.

Despair nahm mir jedoch die Entscheidung ab.

»Was glotzt du so dämlich?«, pflaumte er mich an.

Ich schluckte den blöden Kommentar, der mir direkt auf der Zunge lag, hinunter und versuchte es stattdessen mit Freundlichkeit. Ich hatte bereits heute Morgen schon das Gefühl, dass er zwar jeden Kampf aufnehmen würde, doch mit ein paar netten Worten nicht besonders gut umgehen konnte. Und wenn ich mich an seinen Rücken erinnerte, wusste ich auch warum. Vermutlich, weil er so etwas wie Wärme und Nächstenliebe nie kennengelernt hatte.

»Schlechten Tag gehabt?«, fragte ich.

»Was geht dich das an?«

Hui ... Da war aber jemand geladen ...

»Na ja, da ich sah, dass du eigentlich ein guter Fechter bist, aber aus lauter Wut einen Fehler nach dem anderen machst, dachte ich, die Frage sei berechtigt.«

Despair schaute mich an, als ob ich sie nicht mehr alle hätte.

»Und woher willst ausgerechnet du wissen, wie man korrekt ficht?«

Ich kniff die Brauen zusammen. Was sollte das denn heißen? Nur weil ich kein Improba-Möchtegern-Gangster war, musste ich nicht zwangsläufig zu dumm für alles sein. Trotzdem bemühte ich mich ruhig zu bleiben.

»Weil ich das gelernt habe«, erklärte ich schlicht.

»Wo denn? In einem Weiber-Selbstverteidigungskurs?«, fragte er zynisch.

Okay, vielleicht fiel es mir doch schwerer als gedacht, Ruhe zu bewahren, bei so viel Chauvinismus.

»Nein, in einem Kurs für *Könner.* Durchaus möglich, dass *dir* das nichts sagt.«

Despair funkelte mich an.

Ich funkelte zurück.

Keiner von uns sagte einen Ton, bis Despair die Stille durchbrach. »Und? Was meinst du, habe ich in deinen Augen *falsch* gemacht?«

Überrascht über die Frage, antwortete ich wahrheitsgemäß: »Du bist zu wütend. Das vernebelt dein Hirn. Du schlägst blindlinks drauf, dabei solltest du den Degen mehr als Stichwaffe nutzen. Sieh ihn als verlängerten Arm und achte auf deine Schrittfolge. Wenn du angreifst, gehst du mit beiden Füßen vor. Das zeugt von Mut. Es wäre jedoch geschickter, dich seitwärts zu stellen und dich immer nur mit einem Fuß vorzutasten. Dadurch kannst du Angriffe besser parieren.«

Despair sah mich ungläubig an. Dann schaute er auf den Degen.

»Ähm ... danke.«

»Gern geschehen.«

Despair versuchte sogleich den Tipp mit der Fußfolge, doch es gelang ihm nicht. Sowie er nicht mehr auf seine Füße schaute, schoss er wieder mit beiden gleichzeitig nach vorne.

»Despair?«

Er sah zu mir.

»Darf ich dich etwas fragen?«

Er zog eine Braue nach oben. Begeistert schien er davon nicht zu sein.

»Okay«, willigte er dennoch ein.

»Warst du vorhin dort, wo meine Schwestern sind?«

»Ich wüsste nicht, was dich das angeht«, pampte er mich an.

»Tut mir leid. Ich würde nur gerne wissen, ob du etwas Neues von ihnen gehört hast.« Meine Stimme klang hoffnungsvoll. Und zugleich flehend.

Despair zögerte. Offenbar überlegte er. Wie es mir schien, jedoch nicht, ob er überhaupt antworten sollte, sondern eher, ob er mir die Wahrheit sagen sollte.

Mir wurde unwohl.

»Geht es ihnen allen gut?«, fragte ich vorsichtig, nachdem keine Reaktion mehr kam.

Despair schaute auf den Boden. Dann wieder zu mir. Sein Blick war mitleidig.

Ich schluckte schwer. Was hatte das zu bedeuten? Und warum sagte er nichts? – Gut, dass er mir eine ehrliche Antwort gab, damit hatte ich nicht wirklich gerechnet. Aber wenigstens mit einem dummen Spruch.

Dass er allerdings gar nichts sagte, verunsicherte mich.

»Würdest du mir bitte antworten?«, fragte ich deshalb mit aller Höflichkeit, die ich aufbringen konnte.

Despair nickte langsam.

»Ich weiß es nicht«, erwiderte er vage.

»Du weißt es nicht?!«

Okay, zugegeben. Diese Rückfrage hätte nicht so angreifend klingen müssen. Aber dieser blöde Kommentar regte mich gerade total auf!

Er war doch garantiert bei seinen Brüdern gewesen und musste meine Schwestern dort gesehen haben – wo auch immer das *Dort* war ... Warum sagte er dann nicht einfach, was Sache war?

Ich warf ihm einen tödlichen Blick zu.

Doch anstelle mir irgendeine Gemeinheit an den Kopf zu werfen, auf die ich mich schon eingestellt hatte, schaute er mich aufrichtig an.

Irritiert entspannten sich meine Gesichtszüge wieder.

»Ich weiß es wirklich nicht«, wiederholte er noch einmal.

»Warum? Erzähl mir nicht, dass ihr euch nicht regelmäßig trefft, um damit zu prahlen, was ihr eurer Proba schon alles angetan habt«, sagte ich verbittert.

Doch er reagierte gar nicht darauf. Natürlich nicht. Er hatte bis jetzt fast alle meine Fragen, die irgendetwas mit meinen Schwestern und ihrem Aufenthaltsort zu tun hatten, gekonnt umgangen.

»Loyalty, Mercy und Honesty geht es gut«, antwortete er plötzlich.

Mein Herz machte einen kleinen Hüpfer. – Oh Gott sei Dank!

Als ich mir seine Worte jedoch noch einmal auf der Zunge zergehen ließ, merkte ich, dass da etwas nicht stimmte.

»Und was ist mit Love? Und Modesty?«

»Modesty ist so gut wie umgeschult. Ein Tag, maximal noch zwei Tage.«

Ich spürte, wie mein Puls sich beschleunigte, wie Adrenalin sich in meinem Körper breitmachte. Mir wurde heiß und gleichzeitig schlecht.

Doch wenn ich ehrlich war, kam die Nachricht weniger überraschend. Ich hatte vor dem Überfall der Improbas schon den Eindruck, dass mit Modesty etwas nicht stimmte. Ich hoffte nur, dass sie nicht allzu viel Leid ertragen musste, und dass ich sie, wenn wir wieder hier draußen waren, gesund pflegen könnte.

»Und was ist mit Love?«, fragte ich ängstlich. Ich war mir nicht sicher, ob es etwas zu bedeuten hatte, dass er gar nichts über sie sagte, doch ich vermutete es.

Despair zuckte mit den Schultern.

»Was heißt das?« Meine Stimme wurde beinahe flehentlich.

»Das heißt, dass ich es nicht weiß.«

»Warum nicht?«, fragte ich verständnislos.

»Hate hat sie weggesperrt.«

»Wie weggesperrt?«

Despair rollte mit den Augen. »Was verstehst du denn daran nicht? Sie ist in einem Raum untergebracht, wo nun keiner mehr Zugang zu hat.«

»*Nun*?« Meine Verwunderung war nicht zu überhören.

Despair nickte. »Es war nicht immer so.«

»Und warum jetzt?«

Wieder ein Schulterzucken.

Oh Mann! Wieso wusste er das denn nicht?

»Kannst du mir wenigstens sagen, wie es ihr ging, bevor sie weggesperrt wurde?«, bat ich.

»Schlecht.«

»Aber –«

Er unterbrach mich. »Kein Aber. Ich habe dir schon mal gesagt, dass du froh und dankbar sein kannst, nicht bei Hate gelandet zu sein.«

Dankbar ...

Ich saß in einem Käfig.

Eigentlich hatte ich mir vorgenommen, Despair um etwas zu Essen zu bitten, da ich wieder Hunger bekommen hatte. Aber dieser war mir jetzt gründlich vergangen.

Ich dachte an Love. An das, was sie womöglich durchmachen musste. Ich wollte es gar nicht, doch ich begann mir die schlimmsten Dinge auszumalen, was dieser Hate mit ihr anstellen könnte. Und je mehr ich darüber nachdachte und je mehr sich meine Fantasie daran hochrankte, desto enger schnürte sich meine Kehle zu.

Was konnte ich nur tun? Wie konnte ich ihr helfen?

Ich musste hier raus!!!

Unwillkürlich begann ich unruhig zu werden, blickte hektisch in der Gegend herum und suchte nach einem Ausweg.

»Ist irgendwas?«, fragte Despair aufmerksam.

»*Irgendwas?* – Ich muss hier RAUS!«

»Du kannst nicht –«

»ICH MUSS HIER RAUS!«, schrie ich.

Ich stemmte mich mit ganzer Kraft gegen die Gitterstäbe, aber diese rührten sich keinen Millimeter.

Ich begann dagegenzutreten, zu schlagen, versuchte die Tür aufzustemmen und warf mich immer wieder dagegen – leider erfolglos.

Dann brach ich in Tränen aus. Ich weinte und weinte, so dass ich kaum noch Luft bekam.

»Warum tut ihr bloß sowas? Was haben wir euch getan? Was hat Love euch getan? Oder Modesty? Was bezweckt ihr damit? Wo ist der Sinn dieser ganzen Sache?«, schluchzte ich.

Despair jedoch stand vor meinem Käfig und musterte mich in aller Seelenruhe. Bastard!

Die Selbstvorwürfe brachten mich bald um den Verstand.

Was hatte ich nur getan? Wie hatte ich so unachtsam sein können? Wie hatte ich so naiv sein und die Gefahr nicht erkennen können?

Modesty brauchte mich!

Love brauchte mich!

Alle meine Schwestern brauchten mich! Ich hätte für sie da sein sollen! Mich um sie kümmern müssen! Sie rausholen sollen! Und was war? Ich war gefangen in einem Käfig und wurde von einem Psycho beobachtet, als wäre ich eine Laborratte, der man ein neues Medikament verabreicht hatte.

Ich konnte ihnen nicht helfen.

Egal, was sie ihnen antaten: Ich konnte ihnen nicht helfen.

Diese Erkenntnis traf mich wie ein Schlag.

Erschrocken hörte ich auf zu weinen.

Was tat ich hier? Wo kamen diese Gedanken her? So was hatte ich doch sonst nicht!

Ein mulmiges Gefühl stieg in mir auf. War das der Anfang? Oder befand ich mich bereits mitten in der Umschulung? Woran merkte ich das?

Ich atmete tief durch und zwang mich zur Ruhe.

Was auch immer hier gerade passierte: So durfte es auf keinen Fall weitergehen! Ich musste stark sein! Für meine Schwestern! Für alle, die Hoffnung brauchten!

Hoffnung musste es immer geben! Ich durfte auf keinen Fall zulassen, dass etwas anderes geschah. Das war ich Barry schuldig. – Ach, Barry ...

Entschlossen wischte ich mir die letzten Tränen aus dem Gesicht und atmete noch einmal tief durch.

Despair kniete sich vor meinen Käfig.

»Ich weiß, wie schwer das alles für dich sein muss«, sagte er freundlich, beinahe mitfühlend. »Mir ging es damals nicht besser. Aber du musst einsehen, dass genau das das Problem ist: deine Hoffnung. Je eher du das verstanden hast, desto schneller geht es dir besser.«

Dann griff er in seine Hosentasche und holte eine kleine Holzpuppe hervor.

»Hier. Die habe ich geschnitzt, als ich fünf Jahre alt war. Sie war mein einziger Freund. Ich brauche sie nicht mehr. Ich habe gelernt, ohne Freunde zu leben.«

Ich nahm die Puppe entgegen und sah mein Gegenüber aus traurigen Augen an. Eine Träne lief mir die Wange hinab. Ich konnte nichts dagegen tun.

Ich stellte mir Despair als kleinen Jungen vor. Mit dunklen, verstrubbelten Haaren. Seine dunkelbraunen Augen blickten zu dieser Zeit bestimmt noch warmherzig und freundlich.

Ein sorgloses Kinderlachen. Eine vertrauensvolle Seele.

Ein kleiner Junge, der niemanden hatte. Der immer mehr vereinsamte. Der Schlimmes erleiden musste. Sein einziger Freund eine kleine Holzpuppe, die er sich selbst geschnitzt hatte, damit er mit jemandem reden konnte, damit er jemandem hatte, dem er seine Wünsche und Träume anvertrauen konnte. Der jedoch nie antwortete …

Diese Vorstellung zerriss mir fast das Herz. Kein Wunder, dass er so geworden war.

Eine weitere Träne lief mir die Wange hinab.

»Musst du vor dem Schlafengehen noch ins Bad?«, holte Despair mich in die Realität zurück.

Ich nickte.

Er gab mir die Handschellen, welche ich anstandslos befestigte.

»Komm«, sagte er und brachte mich ins Badezimmer. Seine Augen blickten ins Leere.

Was er wohl für ein Sensianer geworden wäre, wenn er das alles nicht hätte durchmachen müssen?

***

Mitten in der Nacht wurde ich wieder von lauten Schreien geweckt. Doch anstatt Angst zu bekommen, wurde ich traurig. Ich ließ meine Augen geschlossen, dennoch spürte ich, wie sich Tränen unter meinen Lidern sammelten und zwischen meinen Wimpern hervorquollen.

Ich dachte zurück an unser Gespräch. An das, was Despair gesagt hatte. Und vor allem, *wie* er es gesagt hatte.

Despair schaffte es zwar unheimlich gut, seine Hoffnungslosigkeit unter einem dicken Panzer von Wut und Aggressionen zu verbergen, doch ich wäre nicht Hope, wenn ich nicht genau spüren würde, was er in Wirklichkeit fühlte.

Ich nahm die kleine Holzpuppe und drückte sie schützend gegen meine Brust. Ob sie jetzt ebenfalls mein einziger Freund sein würde?

Die Schreie wurden lauter.

Panischer.

Ich presste die kleine Puppe noch fester an mich und weinte mehr. – Nicht, weil ich hier in diesem Käfig lag. Nicht, weil ich Angst hatte, nie wieder hier rauszukommen.

Nein: Ich weinte, weil Despair mir furchtbar leidtat. Ich glaubte, ich hatte noch nie so viel Mitleid für jemanden empfunden, wie in diesem Augenblick für ihn.

Nach einer gefühlten Ewigkeit verstummten die Schreie wieder und ich schlief ein.

16. Kapitel

Despair

Meine Fresse, war das wieder eine Nacht! Ob das jemals aufhören würde?

Ich stand auf und schlich hinüber zum Badezimmer. Sorgfältig verschloss ich die Tür hinter mir. Falls Hope noch schlief, durfte das ruhig noch eine Weile so bleiben. Solange hatte ich wenigstens meine Ruhe.

Ich stand vor dem Spiegel und fuhr mir durch die Haare. »Teufel, Despair: Du hast auch schon mal besser ausgesehen«, sagte ich zu mir selbst und spritzte mir eiskaltes Wasser ins Gesicht. Dann putzte ich mir die Zähne, rasierte mich und versuchte meine strubbeligen Haare mit etwas Gel zu bändigen, doch das funktionierte mehr schlecht als recht.

Nachdem ich mich fertig gemacht hatte, ging ich leise hinüber zu Hope. Durch das Fenster drang bereits schwaches Tageslicht herein, doch sie schlief noch. Tief und fest, wie es schien.

Zusammengekauert lag sie in ihrem Käfig. Ihr Körper zuckte unregelmäßig und sie hatte die kleine Holzpuppe fest an sich gedrückt.

Verwundert schaute ich sie an. Hatte sie etwa auch einen Albtraum?

Ich beobachtete sie weiter, wie sie so dalag, zuckend und ab und an ein leises Wimmern von sich gebend.

Ich hatte immer angenommen, Probas würden nicht von Albträumen heimgesucht …

»Aufstehen«, weckte ich sie nun.

Hope schnellte erschrocken nach oben und stieß sich den Kopf an den Gitterstäben.

Das hatte ich nicht unbedingt gewollt, aber ich musste zugeben, dass es unheimlich komisch ausgesehen hatte.

»Aua«, jammerte sie und rieb sich ihren Kopf. Irgendwie süß.

Sie blickte mich an. Doch anstelle ihres sonst so selbstbewussten Gesichtsausdrucks wirkten ihre Augen leer. Leer und traurig.

Irgendetwas schien sich seit letzter Nacht verändert zu haben. Ob das bereits ein Anzeichen der beginnenden Umschulung war? Schade, dass ich mich mit keinem meiner Brüder darüber austauschen konnte.

Ich überlegte kurz. Vielleicht sollte ich sie einfach selbst fragen ...

»Na? Harte Nacht gehabt?«

Eigentlich hatte ich eine freche oder toughe Antwort erwartet, doch Hope schaute mich einfach nur an. Wobei das so nicht ganz richtig war: Ich hatte eher den Eindruck, als würde sie direkt durch mich hindurchsehen.

»Willst du ins Bad?«, fragte ich.

Sie nickte leicht. Ich legte ihr die Handschellen an und führte sie zum Badezimmer.

Mit hängendem Kopf ging sie vor mir her.

»Wenn du möchtest, kannst du duschen gehen«, fügte ich an.

Wieder nur ein leichtes Nicken.

»Gib deine Hände her«, befahl ich.

Kommentarlos hielt sie sie mir hin und ich nahm ihr die Handschellen ab. In dieser Verfassung würde sie sicher keinen Fluchtversuch starten – was auch immer heute mit ihr los war ...

Hope betrat das Badezimmer.

»Du hast eine halbe Stunde. Wenn du ein neues Shirt willst, schau im Schrank nach.«

Wieder dieser Nicht-Blick. Dazu schimmerten ihre Augen verdächtig.

»Ich lass dich dann mal allein. Und mach bloß keinen Scheiß!«, drohte ich.

Sie schüttelte sanft den Kopf.

Mir war schon vorher klar, dass ich mir diese Ansage hätte sparen können.

Ich schloss die Tür von außen und ließ Hope allein. Dann holte ich mir einen Stuhl und platzierte diesen direkt vor dem Badezimmer. Ich hörte zwar, wie sie das Wasser andrehte, aber sicher war sicher. Klar: Ich hatte sämtliche Türen abgeschlossen. Wenn sie es also schaffen sollte, an mir vorbeizustürmen – was ich stark bezweifelte –, würde sie nicht weit kommen. Ich wollte jedoch nichts riskieren ...

Die Zeit verging und das Wasser lief und lief.

Was machte sie nur da drinnen?

Ich schaute auf die Uhr. Sie hatte noch exakt fünf Minuten. Das schaffte sie doch nie im Leben: sich in dieser Zeit abzutrocknen, anzuziehen und zu tun, was man als Frau sonst so machte.

Unruhig rutschte ich auf meinem Stuhl hin und her. Wie sollte ich vorgehen?

Der neuerliche Blick auf die Uhr verriet mir, dass die halbe Stunde nun vorüber war. Die Dusche plätscherte nach wie vor.

Ich nahm meine Waffe und stecke sie seitlich zwischen Hose und Gürtel, damit ich sie gleich griffbereit hatte. Dann klopfte ich an die Tür. Niemand meldete sich.

»Hope? Deine Zeit ist um«, rief ich durch die geschlossene Tür. Doch ich bekam keine Antwort.

Wollte sie mich verarschen? Typisch! Hiermit war mal wieder bewiesen, dass Nettigkeit sich in keinster Weise auszahlte.

Ärgerlich, dass ich ihr überhaupt so viel Freiheit gelassen hatte, hämmerte ich erneut gegen die Tür.

»Wenn du nicht spätestens in fünf Minuten hier draußen bist, komm ich dich holen«, warnte ich, aber Hope schien das nicht zu stören.

Ich wartete noch exakt drei Minuten, dann stürmte ich in das Badezimmer – die rechte Hand griffbereit an meiner Waffe.

Doch anstatt einer Hope, die sich mit irgendetwas bewaffnet hatte und nur darauf wartete, mir beim Betreten den Schädel einzuschlagen, traf ich auf ein kleines Häufchen Elend, das reglos auf dem Boden der Dusche saß. Die Beine eng angewinkelt, mit beiden Armen fest umschlungen und das Gesicht in den Knien vergraben. Das Wasser prasselte nur so auf sie nieder.

Erschrocken wandte ich den Blick ab. Es wäre gelogen, wenn ich sagen würde, dass mir das, was ich von ihrem Körper sehen konnte, nicht gefiel.

Aber das war Hope! Das war der Feind!

Und außerdem hatte *das* in meiner Fantasie immer ganz anders ausgesehen. Wenn ich eine Frau nackt vor mir hätte, dann bitte in meinem Bett. Und sie sollte mich lieben. Und ich sollte glücklich sein.

Ich wusste, dass das eine utopische Vorstellung war, fernab aller Realität. Aber dennoch war das mein Wunsch ...

Gerade, als ich losdonnern wollte, was ihr überhaupt einfiel, entschuldigte sie sich leise.

»Es tut mir leid«, flüsterte sie. Das Gesicht nach wie vor gegen ihre Knie gepresst. »Aber ich habe nachgedacht.«

»Offensichtlich nicht über mögliche Konsequenzen«, schnaubte ich.

Da hob sie den Kopf und sah mich an. »Ich möchte dir –«

Ich fuhr dazwischen. »Kannst du dir vielleicht erst etwas anziehen?«

Sie nickte.

Ich nestelte ein sauberes Shirt aus dem Schrank und warf es ihr hin.

»In fünf Minuten da draußen, okay?«

Sie nickte wieder.

Tatsächlich kam sie exakt fünf Minuten später aus dem Badezimmer.

Ohne ein weiteres Wort ging sie zu ihrem Käfig. Sie bückte sich und kroch gehorsam hinein.

Ich verschloss die Tür.

Sie schaute mich an. Ihr Blick war müde und schwach.

»Du hast also nachgedacht?«, begann ich das Gespräch.

Wieder ein Nicken.

»Aha. – Und? Geht das auch genauer?« Ich war genervt. Warum fragte ich überhaupt?

»Ich habe über dich nachgedacht«, antwortete sie.

Verblüfft zog ich die Brauen nach oben. Was sollte das denn schon wieder? War das eine neue Taktik? Oder hatte sie nun endlich begriffen, dass ich mit allem Recht hatte, was sie anbelangte?

»Über deine Albträume. Über deine Narben. Über alles, was du gesagt hast und was dich vermutlich so hat werden lassen, wie du heute bist«, zählte sie auf.

Mein Blick wurde hart.

»Ach, und zu welchem Entschluss ist die Hobby-Psychologin gekommen?«

Sie sah mir direkt in die Augen. Ihre Stimme klang zwar immer noch ernst, doch sie war weicher geworden.

»Dass ich dir nicht böse sein kann. Egal, was du tust. Es ist nicht deine Schuld.«

Ungläubig starrte ich sie an und überlegte, was ich darauf erwidern könnte, doch mir fiel nichts Passendes ein.

Daher verließ ich ohne ein weiteres Wort die Wohnung und fuhr zum Quartier. Zweifelsohne eine Kurzschlussreaktion. Denn wie sollten mir meine Brüder schon weiterhelfen?

***

Die ganze Autofahrt lang dachte ich über Hopes Worte nach.

Was sollte das heißen? Sie konnte mir nicht böse sein. Alles war nicht meine Schuld. – Natürlich war das nicht *meine* Schuld. Es war *ihre*! Warum um alles in der Welt verstand sie das nicht?

Ihr ging es schlecht, weil sie hoffte. Ihren Schwestern ging es schlecht, weil sie hofften. Wieviel Beweise brauchte sie denn noch?

Ich schnaubte genervt. Die dumme Nuss machte es sich nur unnötig schwer.

Beim Quartier angekommen, ließ ich meinen Blick erst einmal über das Gelände schweifen. Nicht, dass der Oberst gleich wieder hinter mir stand und mich dumm anmachte, warum ich nicht nach meiner Proba suchte.

Nachdem ich die Luft für rein erklärt hatte, machte ich mich auf den Weg in den Keller.

Ich stieg die Treppe hinunter und passierte die große Stahltür.

Der Flur war leer und alles war still. –Hm ... komisch. War niemand da?

Meine Füße führten mich wie immer zuerst zu Greed. Da die Tür geschlossen war, klopfte ich an.

»Herein«, kam es von drinnen. Es war Greeds Stimme.

Ich öffnete die Tür und trat ein.

»Na, Mann! Alles senkrecht?«, grüßte Greed. Er saß in einem Sessel, vor sich einen Tisch, auf dem diverse Uhren, Geldbeutel und Handys lagen.

»Warst du wieder auf Fang?«, fragte ich.

Doch anstelle meine Frage wie sonst zu bejahen, schüttelte er nur lässig den Kopf.

»Und woher ...« Ich kam nicht dazu, meinen Satz zu beenden.

Eine wildgewordene Modesty rannte an mir vorbei und brachte Greed noch mehr Handys. Erst jetzt fiel mir auf, dass sie gar nicht in ihrem Käfig gesessen hatte.

Schockiert starrte ich erst sie an, dann Greed.

»Was zur –«

»Darf ich vorstellen? Modesty, meine neue Verstärkung. Wobei der Name jetzt nicht mehr so ganz passt, oder, Schätzchen?«

Modesty grinste und schüttelte den Kopf. »Da hast du Recht«, pflichtete sie Greed bei.

»Sollen wir einen anderen für dich aussuchen?«, fragte Greed.

»Nein. Er erinnert mich an die Zeiten, in denen ich schwach war – und somit daran, wie ich nie wieder werden möchte.«

»Gutes Mädchen!« Greed gab ihr einen Klaps auf den Po und sie kicherte.

Ich stand wie versteinert da. War das wirklich real? Oder träumte ich gerade?

»Und wie sieht's bei dir aus, Despair? Hast du Hope?«

Ich schüttelte leicht den Kopf, war ich doch noch immer dabei, zu begreifen, was hier gerade abging.

»Pah! So ein Stümper! Ich hätte sie an deiner Stelle schon längst gefangen«, sagte Modesty.

»So ... hättest du das ...« Ich musterte sie – und war angeekelt von ihrem neuen Ich. Sie war wie Greed. Nur noch viel schlimmer! Und nicht nur das: Auch Greed erschien mir tausendmal extremer.

Die Arroganz, die Eitelkeit und die Gier der beiden konnte man förmlich spüren. Widerlich!

»Bist du neidisch, dass du nicht so toll bist wie wir?«, fragte Modesty prompt.

»Oh ja! Und wie …«, gab ich sarkastisch zurück.

»Sei nicht so überheblich, Despair«, mischte Greed sich ein.

»ICH?!«

»Modesty ist toll.« Greed holte etwas hervor und gab es mir. Es war die Tageszeitung.

»Neue Einbruchserie in Phoenix. Von den Tätern keine Spur«, las ich vor. Dann schaute ich zu den beiden.

»Wart ihr das?«

»Nur Modesty. Sie hat in der Nacht so viel klargemacht, dass die Polizei bereits von einer ganzen Bande ausgeht«, lachte Greed.

»Aber wie …« Ich konnte das gar nicht glauben. Gestern noch war sie der Stiefellecker von Greed. Und jetzt?

»Tja, Despair. Sie lernt halt von dem Besten.«

»Und ihr seid jetzt ein Paar?«, fragte ich ablehnend.

»Nein«, antworteten beide unisono.

»Auch wenn ich schon nahezu perfekt bin, muss ich doch noch ein bisschen lernen, damit ich so vollkommen werde wie Greed. Und dann sehen wir weiter.« Modesty klimperte mit den Wimpern und schaute ihn verliebt an.

»Ich kotz gleich!«, erwiderte ich, drehte mich um und verließ das Zimmer. Eine Spur zu fest schloss ich die Tür und lehnte mich erst einmal dagegen. Dann atmete ich tief durch.

Ich war fassungslos. Was war nur mit den beiden geschehen? Da musste doch etwas tierisch schiefgelaufen sein. Schließlich hatte uns der Oberst immer erzählt, dass wir unsere Gegenparts umschulen mussten, um die Welt *zu verbessern*. In Greeds Fall galt das für Leute, die ständig ausgenutzt wurden und stets für andere zurücksteckten, um deren Situation zu verbessern. Diese Leute mussten gewissermaßen gieriger und selbstsüchtiger werden, damit sie mehr an sich dachten und ihre eigenen Früchte, die sie sich in ihrem Leben hart erarbeitet hatten, genießen konnten. Ich fand diese Vorstellung nur fair.

Aber was jetzt hier passierte, konnte unmöglich gewollt sein.

Am besten ging ich gleich zu unserem Oberst und unterrichtete ihn davon. Eigentlich war ich ja keine Petze, aber das ging zu weit.

Ich marschierte den Flur entlang, fest entschlossen, mein Vorhaben in die Tat umzusetzen, als ich sah, dass Hates Zimmertür ein Spalt breit offen stand.

Ich klopfte vorsichtig.

»Hate?«

Niemand antwortete.

Ich drückte die Tür etwas weiter auf.

»Hate?«, rief ich noch einmal.

Nichts.

Da ging ich hinein und sah mich um. Der Stehkäfig war leer.

Wo steckten die beiden bloß?

Plötzlich hörte ich ein schmerzerfülltes Stöhnen. Mein Blick schnellte zu dem kniehohen Käfig. Love lag darin. Ihre Haut war blass und die bläulichen Adern traten unnatürlich hervor.

»Love?«, sprach ich sie an.

Sie rührte sich nicht.

Ich ging hinüber und hockte mich neben den Käfig.

»Love? Hörst du mich?«

Sie blinzelte schwach. Ihre Atmung war ruhig und gleichmäßig. Doch sie wirkte genauso kraftlos wie der Rest ihres Körpers.

»Was hat Hate mit dir gemacht?«

Keine Antwort.

Ich stupste sie am Arm an.

»Hey, ich rede mir dir.«

Wieder keine Antwort.

Ich saß vor ihr und versuchte zu erfassen, ob sie einfach nur schwach vom Training war oder ob es ihr tatsächlich schlecht ging.

Nur zu gut erinnerte ich mich noch an meine Umschulung. Kurz vor deren Abschluss hatte ich mich mehr tot als lebendig gefühlt. Doch danach ... wie neu geboren.

Love aber sah *wirklich* sehr schlecht aus.

»Love? Ist alles okay?«, versuchte ich es abermals.

Sie öffnete den Mund, doch ich verstand nicht, was sie sagte.

»… isch …«, machte sie.

»Du? Was?« Ich beugte mich näher zu ihr. Gleichzeitig hoffte ich, dass unser Oberst das nicht sah. Solche Situationen hatte er früher oft inszeniert und wenn man dann helfen wollte, packten die vermeintlichen Opfer einen und man bekam die Hölle heiß gemacht. Love jedoch schien mir zu hilflos dafür.

»… isch …«, machte sie wieder.

»Ich verstehe dich nicht. Möchtest du was trinken?«

Sie schüttelte ganz leicht den Kopf.

»Was dann?«

»… gisch …«

Ich runzelte die Stirn. »Es tut mir leid, Love. Aber ich weiß nicht –«

»… lergisch«, krächzte sie, gefolgt von einem angestrengten Stöhnen.

»Lergisch?«

»A …«

»*Allergisch*? Du bist allergisch?«, fragte ich.

Love nickte leicht. Dann schloss sie die Augen.

»Love?«

Sie rührte sich nicht mehr.

»LOVE?«, sprach ich sie lauter an.

Keine Reaktion.

Ich griff in den Käfig und wollte ihren Puls fühlen, da fiel mir auf, dass sie auf Blaualgen lag. – Natürlich! Sie war gegen Blaulagen allergisch! Sie musste da schnellstens raus!

Ich sprang auf und suchte nach dem Käfigschlüssel. Für gewöhnlich hing dieser gegenüber an einem Haken an der Wand. Doch da war er nicht.

Ich suchte weiter.

Uns auf diese Algen zu betten, war eine beliebte Methode. Doch bei Nichtallergikern brannte das Kontaktgift lediglich und verursachte teuflischen Juckreiz bis hin zu schmerzhaften Blasen. Das war zwar auch eine Form von Qual, aber Love sah ja beinahe so aus, als hätte sie eine regelrechte Blutvergiftung.

Konnte man von einer Allergie eine Blutvergiftung bekommen? Ich wusste es nicht! Mir war nur klar, dass hier Eile geboten war.

Wo hatte Hate nur diesen verdammten Schlüssel?

»Suchst du was?« Hates Stimme durchschnitt den Raum.

»Hate? Gut, dass du da bist! Du musst Love sofort da rausholen. Sie ist gegen Blaualgen allergisch!«, rief ich aufgebracht.

Mein Bruder jedoch stand vollkommen gelassen im Türrahmen, den Schlüssel in der Hand.

»Und?«, fragte er kalt.

Ich starrte ihn entgeistert an. »Wie und?«

»Was geht mich das an?«, führte er seine Antwort aus.

»Sie stirbt, wenn du sie nicht befreist!« Meine Stimme klang hilflos, leicht verzweifelt gar.

Hate grinste. Ihm war es offensichtlich auch aufgefallen.

»Das ist ja wieder typisch. Despair, unser weinerliches Baby, macht sich in die Hose. Lass mich raten: Alles ist scheiße? Nie wird irgendetwas gut werden? Wir sind alle verloren?«

Ich knirschte mit den Zähnen. »Du bist ein Vollidiot, Hate. Jetzt schließ den Käfig auf. Love braucht Hilfe.«

»Du bist *doch* verknallt in sie«, sagte er leise.

»Du weißt, dass das Quatsch ist, Hate.«

»Ist es nicht. Du konntest noch nie sehen, wenn jemand, den du magst, leiden muss.«

Ich blickte ihm fest in die Augen. »Das stimmt. Deswegen habe ich dir früher auch ständig geholfen«, erinnerte ich ihn und trat auf ihn zu, um mir den Schlüssel zu holen.

Hate lachte. »Ich habe das schon damals nicht verstanden. Ständig kamst du einem von uns zu Hilfe. Hast dafür doppelte Einheiten kassiert. Und nie hat es dir jemand gedankt oder für dich das Gleiche getan. Da sieht man mal, wie dumm du bist.«

»Auch, wenn du dich vielleicht nicht mehr daran erinnern möchtest: Selbst du warst früher sehr dankbar über meine Hilfe. Und es gab sogar Zeiten, da hast du dich für mich gleichermaßen eingesetzt.«

»Ich? Niemals!«

»Nein? Ich weiß noch gut, wie der Oberst dich nachts mit auf sein Zimmer genommen hat und –«

Ich konnte gar nicht so schnell gucken, wie seine Faust geflogen kam und mich mitten im Gesicht traf.

Verdattert taumelte ich ein Stück zurück. Der Schlag war typisch Hate. Hart und unbarmherzig.

Blut schoss mir aus der Nase.

»Sag. So. Etwas. Nie. Wieder.« Die Worte kamen wie Pistolenschüsse aus seinem Mund.

Ich wischte mir mit meinem T-Shirt-Saum das Blut aus dem Gesicht.

»Hilf ihr, Hate.«

»Du verstehst das einfach nicht, Despair. Es ist mir egal, ob sie stirbt oder nicht.«

»Und was ist mit der Umschulung?«, fragte ich.

»Ach, Despair. Du immer mit deiner Korrektheit.« Hate schnaubte genervt. »Ich bin sowieso der Stärkste von euch. Wenn sie stirbt und mir ihr Pro nicht mehr entgegenwirkt, werde ich nur *noch* stärker. Es ist somit egal, ob ich ihre Kraft dazubekomme oder nicht. Ich brauche sie nicht. Und wenn ich mir diese lästige Umschulung dadurch ersparen kann, dann soll sie meinetwegen verrecken.«

Unauffällig blickte ich mich um, suchte nach einer Waffe. Nach irgendetwas, womit ich ihm Paroli bieten und so den Schlüssel entreißen konnte, doch ich fand nichts.

Love wimmerte unterdessen wieder leise.

Wusste der Teufel, was heute hier unten los war, aber ich musste ihr helfen.

Ich wandte mich wie zum Gehen und als ich aus dem Augenwinkel heraus sah, dass Hates Körperhaltung sich entspannte, drehte ich mich blitzschnell um und schlug ihm mit ganzer Kraft gegen seine linke Schläfe.

Hate sackte augenblicklich zusammen.

Jetzt musste ich mich beeilen. Ich wusste, dass diese Art von Ohnmacht bei Hate nicht lange anhielt. Also nahm ich ihm schnell den Schlüssel ab und ging wieder zu Love.

Ein Klicken und das Schloss war geöffnet.

Ich zog Love an den Füßen heraus und versuchte ihr etwas Wasser zu geben, doch sie war völlig weggetreten. Daher kniete ich mich neben sie und brachte sie erst einmal in die stabile Seitenlage. Ich hatte keine Ahnung, ob das richtig war. Aber es war besser als gar nichts.

Dabei fiel mir auf, dass ihr kompletter Rücken mit kleinen Schnitten übersäht war. So konnte das Gift direkt in die Blutbahn gelangen. Ich hatte keine Ahnung, ob und wie schlimm das war. – Wie gesagt: Bei Nichtallergikern beschränkten sich die Auswirkungen auf schmerzhafte Hautreizungen. Allerdings hatten wir stets auch nur oberflächlich Kontakt mit dem Gift gehabt.

Einem Impuls folgend begann ich ihr den Rücken mit Hilfe einer Flasche Wasser abzuwaschen.

Ein leises Stöhnen verriet mir, dass sie wieder zu sich kam.

»Love? Was soll ich tun?«, fragte ich sie.

»Gar nichts!« Hate hatte sich wieder aufgerappelt und kam mit großen Schritten auf uns zu. Er schwankte noch leicht, doch sein Blick war starr auf mich gerichtet. Aus seinen Augen funkelte blanker Hass.

»Hate, ich –« Doch ich kam nicht mehr dazu, mich zu rechtfertigen. Da ich Love noch in ihrer Seitenlage gestützt hielt, konnte ich nicht schnell genug ausweichen und bekam seine ganze Wut in Form weiterer Fausthiebe zu spüren. Er traf mich in die Seite. Dann in den Rücken und dann noch mal ins Gesicht.

»Hate?«, rief jemand seinen Namen. Er horchte auf und hielt glücklicherweise inne.

»Der Oberst schickt nach dir. Er wünscht deine sofortige Anwesenheit.«

Es war Lie.

Erleichtert atmete ich aus.

Hate schaute mich zum Abschied noch mal grimmig an. Dann verließ er rasch das Zimmer.

»Was machst du denn schon wieder hier?«, fragte Lie in spitzem Tonfall.

Ich rappelte mich auf.

»Danke, Alter«, keuchte ich.

Lie schaute jedoch nur spöttisch. »Ich habe lediglich Befehle ausgeführt.«

Ich nickte.

»Und? Solltest du nicht Hope suchen, anstatt hier rumzuhängen?«

Ich wich der Frage aus und brachte das Gespräch auf Hate. Und das war nicht nur eine blöde Ablenkung, es interessierte mich wirklich.

»Was ist denn in Hate gefahren?«, begann ich. »Wir wissen zwar alle, wie er ausrasten kann. Aber das hier eben war eine ganz neue Dimension.«

»Krass, oder? Je schwächer Love wird, desto stärker wird er. Ganz wie der Oberst es vorhergesagt hat.« Lie grinste erhaben.

»Ich finde das nicht witzig«, antwortete ich trocken.

»Du kannst es ja besser machen. Was ist eigentlich mit dir und Hope? Hast du sie endlich?«

Ich schüttelte den Kopf. »Ich hatte gehofft, mir hier noch ein paar Tipps holen zu können.«

»Du hast sie immer noch nicht?!« Lie musterte mich. Schon wieder dieser Scannerblick. Doch falls er mich durchschaut hatte, ließ er es sich nicht anmerken.

»So, so«, sagte er nur. »Dann solltest du dich zügig auf den Weg machen. Der Oberst wird langsam ungeduldig.«

Ich nickte wieder. Das konnte ich mir nur zu gut vorstellen.

»Ich muss erst noch einmal zu ihm.«

»Warum?«

Ich deutete auf Love. Sie lag immer noch auf dem Boden und atmete schwer.

»Was ist mit ihr?«, fragte Lie.

»Sie ist allergisch gegen Blaualgen, doch Hate ist das egal.«

Lie nickte langsam, erwiderte jedoch nichts.

»Hate bringt sie fast um. Das muss der Oberst erfahren!«, fuhr ich fort.

Da atmete Lie tief ein, ganz so, als müsste er sich sammeln. »Ich weiß, dass das gegen deine Prinzipien spricht, Despair. Aber vielleicht solltest du es einfach geschehen lassen«, erwiderte er nachdenklich.

Ich zog die Brauen nach oben. »Ist das dein Ernst?«

Bei Hope hätte ich bisher nicht anders argumentiert. Sie hatte schließlich mein ganzes Leben ruiniert, so zumindest war es mir immer eingebläut worden. Aber bei Love fiel mir dieses Denken grundsätzlich schwerer. Sie hatte mir persönlich nichts getan.

In diesem Moment betrat Treason das Zimmer. Er hatte unsere Unterhaltung wohl mitangehört.

»So Unrecht hat Lie nicht«, pflichtete er ihm bei und ging hinüber zu Love. Er drehte sie auf den Bauch und begutachtete ihren Rücken. Schmerzhafte Blasen hatten sich dort mittlerweile gebildet.

»Autsch!«, entfuhr es mir, was mir verächtliche Blicke der beiden anderen einbrachte.

»Wenn du ihre Tortur verlängern möchtest, schmier ihren Rücken mit Cortisonsalbe ein. Das lässt ihn heilen und Hate kann wieder von Neuem beginnen. Ich hingegen würde zu Lies Vorschlag tendieren.«

»Ihr meint wirklich, wir sollten sie einfach so krepieren lassen?« Ich schaute zwischen den beiden hin und her.

»Warum nicht? Wen interessiert schon das Leben dieser wertlosen Proba?« Lie zuckte bei seiner Antwort nicht mal mit der Wimper.

Treason hingegen schien seinem Gesichtsausdruck nach noch zu schwanken.

»Treason? Bist du auch der Meinung?«, fragte ich ihn deshalb noch einmal gezielt.

Er zuckte unschlüssig mit den Schultern. »Wir hatten uns das Missionsende alle etwas anders vorgestellt, Despair. Aber überleg doch mal: Wenn Hate jetzt schon so ist, obwohl Love bislang noch mit letzter Kraft gegen seinen Eingriff ankämpft … Wie wird er dann erst werden, wenn sich sein Impro durch eine geglückte Umschulung verdoppelt? Mal ganz abgesehen davon: Willst du wirklich, dass hier zwei Hates herumlaufen?«

Ich blickte ihn nachdenklich an. Von dieser Seite hatte ich das noch nie betrachtet, war mir der Sinn von Hates Impro sowieso nie ganz klar gewesen – was vielleicht auch daran liegen mochte, dass ich ihn von Grund auf verabscheute.

Bei den übrigen Impros verhielt es sich ein wenig anders. Greeds und meinen Daseinszweck hatte ich mir ja schon oft genug vor Augen geführt. Aber auch Cruel, den Unbarmherzigen, brauchten die Menschen. Wo würden Rechte und Gesetze hinführen, wenn man für alles immer nur Verständnis aufbrachte, jedem verzieh und keiner mehr für seine Missetaten bestraft wurde?

Oder Lie: Niemand wollte als Lügner abgestempelt werden und dennoch log jeder Mensch mindestens zweimal am Tag – hatte ich irgendwo gelesen. Sei es eine schwere Lüge, die anderen schadete, oder »nur« eine Notlüge. Lüge blieb Lüge ...

Nichtsdestotrotz erschien es manchmal sinnvoller, nicht die Wahrheit zu sagen, zum Beispiel, wenn man andere nicht verletzen wollte. Ohne Lie gäbe es das nicht – oder man hätte zumindest nicht in diesem Maß davon Gebrauch gemacht.

Natürlich hatten die Menschen auch vor unserer Anwesenheit auf der Erde diese widerstreitenden Gefühle. Aber wenn wir mal bei Lie als Beispiel blieben: Nicht jeder Mensch war gleich und so gab es welche, die besser logen und welche, die das überhaupt nicht konnten. Und damit jeder quasi die gleichen »Voraussetzungen« hatte, halfen wir eben ein bisschen nach.

Würde nämlich nur Honesty mit ihrer unverblümten Ehrlichkeit auf der Welt verweilen, wären menschliche Beziehungen in einer weitaus größeren Anzahl zum Scheitern verurteilt – so zumindest hatte es uns der Oberst immer erklärt.

Ich lächelte in mich hinein, wenn ich mir unter dieser Prämisse die absurden Gespräche vorstellte, die Menschenfrauen manchmal mit ihren Ehemännern oder Lebensgefährten führen würden:

»Findest du mich zu dick?«

»Ja.«

Oder:

»Wo kommst du denn jetzt erst her?«

»Oh, ich war noch schnell bei einer Nutte.«

Krank. Aber das waren ja nur saloppe Beispiele.

Manchmal waren Lügen jedoch auch sehr wichtig. Man stellte sich vor, eine Mutter wäre schwer krank und würde von ihrer Tochter gefragt, was denn mit ihr nicht stimmte. Sollte sie dann ernsthaft antworten »Ich habe einen aggressiven Krebs und werde spätestens in zwei Monaten sterben.«?

Oder wenn das Kind wissen wollte, ob sie Schmerzen hätte. Sollte die Mutter dann ehrlich sagen »Ja, wie Sau. Es ist zum Brechen.«?

Es schüttelte mich bei diesen furchtbaren Gedanken.

Von daher war Lies Impro absolut wertvoll und berechtigt!

Genau wie Treasons Lebenszweck: der Verrat.

Wie hieß das Zitat von Julius Cäsar noch mal? *Ich liebe den Verrat, aber ich hasse Verräter.* – Ja, ich mochte die menschliche Geschichte einfach. Denn genauso war es. Die Menschen setzten Verrat immer mit etwas Schlechtem gleich, ähnlich wie das Lügen. Dabei war Verrat durchaus wichtig. Wenn nie jemand Angst haben musste, für illegale Dinge, die er tat, angeschwärzt zu werden: Was glaubte man, würde dann passieren? Was würden die menschlichen Regierungen mit ihrem Volk machen? Oder die Völker untereinander? Bestes Beispiel hierzu war ja wohl Edward Snowden. Oder der pechschwarze Morast unzähliger Spendenaffären, wo Gelder veruntreut wurden, die eigentlich dem Volk gehörten. Dazu Steuerbetrüger und, und, und … Die Liste ließe sich noch beliebig fortführen.

Aber Hates Impro hingegen …

Natürlich gab es eine offizielle Erläuterung unseres Obersts: Hate war dazu da, die Menschheit stärker zu machen. Er hatte dafür zu sorgen, dass sich nicht jeder auf der Nase herumtanzen ließ.

Hass war ein Antrieb. Hass machte leistungsfähiger.

Wenn zum Beispiel Kinder entführt wurden, trieb der Hass die Suche nach dem Entführer an. Oder wenn Frauen von ihren Männern geschlagen wurden, brauchten sie den Hass, um sich endlich von ihrem Leid befreien zu können.

Doch generell empfand ich Hass eher als kontraproduktiv. Meiner Ansicht nach schadete er mehr, als er half. Aber mit der Meinung stand ich wohl allein auf weiter Flur …

»Trotzdem«, riss ich mich selbst aus meinen Gedanken.

»Was trotzdem?«, fragte Treason.

Lie beäugte mich skeptisch.

»Trotzdem muss sie jetzt nicht *so* sterben – egal, ob es »besser« wäre oder nicht. Denn selbst eine Proba hat keinen qualvollen Tod verdient. *Niemand* hat das. Weder Sensianer, noch Mensch, noch Tier.«

»Mir ist zwar schleierhaft, warum dich das überhaupt interessiert, Despair, aber gut: Ich hol die Salbe«, entgegnete Treason.

Verwundert sah ich ihm nach. Mit dieser Antwort hatte ich nicht gerechnet, zumal wir uns noch nie besonders gut verstanden hatten. Ich vermutete daher, dass seine plötzliche Kooperationsbereitschaft in seinen eigenen Erfahrungen begründet lag.

Als Treason noch klein war, hatte ich ihn selbst bereits einmal vom Algenbett geholt und – so gut ich es damals schon konnte versorgt. Auch er hatte die Blaualgen nicht besonders gut verkraftet. Das hatte mir zwar einige zusätzliche Einheiten von unserem Oberst eingebracht, aber offensichtlich zahlte sich das jetzt aus. Er schien es nicht vergessen zu haben.

»Political correctness«, höhnte Lie. »Unser Despair, der gemäß seinem Impro der Schlimmste von uns allen sein müsste und doch immer nach Gerechtigkeit strebt. Lächerlich! Ich helfe dir natürlich *nicht*.« Damit wandte er sich zum Gehen.

»Ich hatte auch nichts anderes erwartet, Lie«, verabschiedete ich ihn.

Ich drehte mich zu Love und wusch ihr das restliche Blaualgensekret vom Körper.

Sie zitterte.

Treason kam zurück und warf mir die Salbe vor die Füße. »Das ist alles, was ich tun werde.«

Ich nickte. Dann schmierte ich Loves Rücken ein, entfernte sorgfältig die Blaualgen aus ihrem Käfig und bettete sie wieder hinein. Sie war sowieso zu schwach, um zu flüchten.

Außerdem musste ich noch mit unserem Oberst sprechen und ihn über diese aus dem Ruder laufenden Vorfälle unterrichten.

Was hier abging, war sicher nicht in seinem Sinn. Hatte er doch selbst gesagt, dass der Tod einer Proba zu vermeiden wäre.

17. Kapitel

Hope

Die Haustür wurde aufgeschlossen und schwere Stiefel marschierten über den Flur. Despair war zurück.

Ich hörte, wie er ins Badezimmer ging und wie kurz darauf das Wasser rauschte.

Schnell setzte ich mich auf und sah erwartungsvoll zur Tür.

Wo er wohl gewesen war? Und ob er etwas Neues von meinen Schwestern wusste? Oder hatte er lieber die Einsamkeit gesucht? Schließlich konnte es ihm vorhin gar nicht schnell genug gehen, das Haus zu verlassen. Doch ich kannte das. Ab und zu brauchte man eben einfach mal etwas Zeit für sich.

Die Tür schwang auf und Despair trat ein.

Eigentlich lag mir ein nettes »Hallo« auf der Zunge. Wenn ich wollte, dass wir irgendwie miteinander kooperierten, war Freundlichkeit keine schlechte Basis. Doch ich brachte es nicht über die Lippen.

Entsetzt starrte ich ihn an. Starrte in sein Gesicht – auf das dicke Veilchen, was sich um sein linkes Auge herum abzeichnete, auf den offenbar vor Schmerz gekrümmten Oberkörper.

»Oh mein Gott, Despair!«, rief ich. »Was ist denn mit dir passiert?« Meine Worte klangen fassungslos. Zu Recht. Denn das war ich auch.

Despair hingegen verzog keine Miene. Er versuchte den Anschein zu erwecken, als wäre nichts – rein gar nichts – geschehen.

»Was soll denn passiert sein?«, fragte er völlig cool.

»Wie?!« Ich wurde ärgerlich.

Dieser stoische, gefühlskalte Bock! Das durfte ja wohl nicht wahr sein!

»Was passiert sein soll? Hast du heute schon mal in den Spiegel geguckt?«, fauchte ich ihn an.

Er zuckte nur mit den Schultern. Jepp.«

»Und? – Despair, du siehst aus, als hätte dich ein Panzer überrollt!«

»War auch so.« Seelenruhig legte er seine Jacke über einen Stuhl.

Mein Mund klappte auf. War Despair verrückt geworden? Wie konnte man sich denn in einer solchen Situation so verhalten?

»Warum? Was hast du denn getan?«, hakte ich nach.

»Man muss bei uns nicht zwangsläufig etwas getan haben, um verprügelt zu werden«, entgegnete er gleichgültig.

Ich schnaubte. »Wow! Du scheinst ja echt gute Freude zu haben«, erwiderte ich sarkastisch.

Sein Blick wurde kalt. »Ich sagte dir bereits: Ich habe keine Freunde. Und ich brauche auch keine.«

Da war er wieder: der Moment, in dem ich jeglichen Zorn vergaß und er mir einfach nur leidtat.

»Bei uns wäre dir das nicht passiert«, sagte ich leise.

Despair lachte spöttisch. »Ach nein? Was hättest du denn mit mir gemacht, wenn du gekonnt hättest?«

»Ich –«

»Gib dir keine Mühe«, unterbrach er mich. »Ich habe deinen Blick gesehen. Als du in dem Käfig aufgewacht bist. Du hättest mich am liebsten –«

»Anfangs vielleicht. Das stimmt«, fuhr ich nun ihm dazwischen.

»Und jetzt?«, fragte Despair.

»Jetzt nicht mehr.«

Er sah verwirrt aus. »Aber deine Situation hat sich nicht verändert. Du bist nach wie vor eingesperrt.«

»Meine Situation vielleicht nicht. Aber ich.«

»Du?«

Ich nickte. »Ich habe etwas eingesehen.«

»Aufgegeben?«, fragte er.

Als Antwort rollte ich mit den Augen. Dann betrachtete ich die kleine Holzpuppe, die er mir gegeben hatte und strich sanft darüber. »Nichts geschieht im Leben ohne Grund. Sowie ich also meine Gründe habe, hast du deine.«

Despair sah aus, als wollte er etwas erwidern. Doch ihm schien nichts einzufallen. Geradezu nachdenklich schaute er auf mich herab.

Unsere Blicke kreuzten sich. Ich wollte wieder wegschauen, doch er hielt meinen Blick gefangen. Keiner von uns sagte etwas. Wir sahen uns einfach nur an. Dabei blickte mir Despair mit solch einer Intensität in die Augen, als wollte er alles erfahren, was sich dahinter in meinem Kopf verbarg. Es war eine Mischung aus Neugier und Unsicherheit, überschattet von schwerem Misstrauen. Doch ich bildete mir auch ein, ein Fünkchen Hoffnung zwischen all diesen widersprüchlichen Gefühlen zu erspüren.

Daher schaute ich zunächst ebenso gebannt zurück, blickte in die schwarze Tiefe seiner Augen, von der ich sicher war, dass sie entweder alles geben oder alles verschlucken konnte.

Doch mir wurde zusehends unwohl. Wäre Despair ein netter junger Mann gewesen, hätte ich dem Blick problemlos standhalten können, ja hätte mich womöglich sogar geschmeichelt gefühlt. Aber das hier war Despair. Er hasste mich! Er verabscheute mich! Und wenn ich ehrlich war, galt das bis gestern auch noch umgekehrt.

Ich senkte leicht die Lider.

Despair räusperte sich, sah ebenfalls weg und strich sich verlegen, wie es schien, durchs Haar. Offensichtlich war nicht nur ich mit dieser Situation überfordert.

»Hast du das eigentlich selbst gemacht?«, versuchte ich die merkwürdige Stimmung zu entschärfen.

»Was?« Verständnislos schaute er mich an.

Ich deutete mit einem Kopfnicken auf sämtliche Schnitzereien, welche die Möbel zierten.

Sein Blick erhellte sich. »Ja.«

»Das ist –«

»Was?! Scheiße?«, machte er mich direkt an.

»... wirklich beeindruckend«, beendete ich meinen Satz.

Seine gerade noch gerunzelte Stirn entspannte sich wieder. »Danke«, erwiderte er etwas verschämt.

»Darf ich dich noch etwas fragen?«

Despair seufzte. »Schon wieder?«

»Na ja, ich hab schließlich den ganzen Tag Zeit, mir Fragen auszudenken.« Ich lächelte und auch Despair konnte sich ein Grinsen nicht verkneifen – auch wenn er es wirklich versuchte.

»Willst du mir endlich verraten, warum meine Schwestern woanders untergebracht sind als ich?«

»Nein.«

Ich seufzte. »Ich hatte nichts anderes erwartet.«

Despair wandte sich zum Gehen.

»Warte.«

Er hielt inne.

»Weißt du wirklich nichts Neues von ihnen? Bitte, ich mache mir wirklich Sorgen.«

Despair schüttelte den Kopf, zog seine Jacke von der Stuhllehne und wollte den Raum verlassen. Da flog ein Stück einer Tageszeitung aus seiner Jackentasche auf den Boden.

Aufmerksam schaute ich es an, konnte es aber vom Käfig aus nichts lesen.

Geistesabwesend hob Despair das Zeitungspapier auf und starrte es eine Zeit lang an, ohne auch nur ein Wort zu sagen.

»Was ist das?«, fragte ich.

Er sah auf.

»Das da, in deiner Hand. Was ist das?«, fragte ich erneut.

»Nichts.«

»Ach, und weil es *nichts* ist, hast du es extra aus einer Zeitung herausgerissen, oder wie?« Ich hasste es, wenn er so tat, als wäre ich total bescheuert. Wenn ich es nicht besser wüsste, könnte man fast den Eindruck kriegen, dass er mich vor irgendetwas bewahren wollte. Aber das war natürlich Quatsch. Das war Despair!

Er schien mit sich zu ringen, doch kam dann tatsächlich näher, um mir das Stück Zeitung zu geben.

»Hier. Es tut ja auch eigentlich nichts zur Sache, ob du es weißt oder nicht.«

»Neue Einbruchserie in Phoenix. Von den Tätern keine Spur«, las ich laut vor. Dann überflog ich den Artikel.

Wie die Überschrift schon verriet, handelte er von einer ganzen Reihe an Einbrüchen, die allein gestern Nacht verübt worden waren. Die Polizei hatte noch keine nennenswerten Anhaltspunkte. Man ging aber davon aus, dass es aufgrund der Vielzahl an Vorfällen eine ganze Gang gewesen sein musste – ein organisiertes Verbrechen, wie die Polizei es kommentiert hatte.

Ich schaute wieder zu Despair. »Lass mich raten: Das war Greed? Er wird bereits mächtiger?« Ein ängstlicher Unterton schwang in meiner Stimme mit. Ich hoffte, Modesty ging es gut.

Despair stieß einen tiefen Seufzer aus. Dann setzte er sich vor meinen Käfig, griff durch die Gitterstäbe und nahm mir den Artikel wieder weg.

»Das war nicht Greed«, antwortete er knapp.

»Natürlich war das nicht Greed selbst. Wie sollte ein Sensianer allein in einer Nacht so viele Einbrüche verüben?« Ich schüttelte leicht entnervt den Kopf. Manchmal war Despair etwas begriffsstutzig. »Ich meinte, dass er vielleicht schon stärker geworden ist und sein Impro die Verbrecher bereits mehr beeinflusst?«

»Unsere Impros beeinflussen *alle* Menschen, nicht nur die Verbrecher«, korrigierte er mich.

»Schön. Dann hat Greed wohl *alle* Menschen beeinflusst, wovon dann ein paar über die Stränge geschlagen haben.«

»Auch das ist falsch«, erwiderte Despair.

»So? Meinst du? Willst du mir jetzt erzählen, dass ihr alle Unschuldslämmer seid und speziell Greed rein gar nichts mit dieser Einbruchserie zu tun hat?«

»Ganz so kann man das auch nicht sagen.«

»Ha!«, machte ich rechthaberisch.

»Aber ihr seid keinen Deut besser«, entgegnete er scharf.

Ich zog die Brauen hoch. »Wie darf ich das denn nun wieder verstehen? Muss ich dir jetzt wirklich den Unterschied zwischen Pros und Impros erklären?«

Despair kniff die Augen zusammen. Dann schnellte seine Hand durch die Gitterstäbe, packte mich vorne am T-Shirt und zog mich blitzartig bis kurz vor die Stäbe. Sein Gesicht war nur noch wenige Zentimeter von meinem entfernt. Mit seiner anderen Hand hielt er mit den Artikel noch einmal vor die Nase.

»Das hier, Hope, waren keine x-beliebigen Verbrecher. Das hier war auch nicht Greed. Das hier war ganz allein eine deiner ach so geliebten Schwestern.«

Ich schluckte. »Das soll Modesty gewesen sein?«, fragte ich ungläubig.

Er nickte.

»Aber wie …« Ich stockte.

»Modesty hat ihre Umschulung vollzogen«, erklärte er.

Ich schluckte erneut. Diesmal spürte ich aber einen riesengroßen Kloß in meinem Hals.

»Das heißt, sie ist jetzt wie Greed?« Ich wusste gar nicht, ob ich die Antwort überhaupt hören wollte.

»Nein. Sie ist nicht wie Greed.«

Ich atmete erleichtert aus.

»Sie ist wesentlich schlimmer! Wie ein geradezu grotesk wirkender Klon von ihm. Und auch Greeds Impro ist durch ihre Verstärkung schlimmer geworden«, echauffierte sich Despair.

Eigentlich hatte ich immer den Eindruck gehabt, dass er absolut überzeugt von dieser ganzen Umschulungssache war. Aber gerade hörte sich das nicht so an.

Despair ließ mich wieder los und ich lehnte mich nach hinten an die Gitterstäbe. Modesty war also umgeschult. Was bedeutete das? Dass die Welt jetzt im kriminellen Chaos versank? Dass man bald nicht mehr auf die Straße gehen konnte, ohne überfallen zu werden?

Barry hatte immer davon gesprochen, dass wir uns auf keinen Fall umschulen lassen durften. Er hatte auch gesagt, dass der dazugehörige Improba dadurch mächtiger würde. Aber was das genau im Einzelnen bedeutete, darüber hatte ich mir nie Gedanken gemacht. Ich hielt es ja sowieso für absolut illusorisch, dass das jemals passieren könnte. Wie ich mich da doch getäuscht hatte ... Ich seufzte schwer.

»Geht es ihr denn wenigstens ... gut?«, fragte ich Despair und dachte an Barrys Worte, dass eine Umschulung verdammt schmerzhaft, wenn nicht sogar tödlich war.

»Zu gut, würde ich sagen«, antwortete er trocken.

Das beruhigte mich etwas. Natürlich war die Sache an und für sich schrecklich. Aber wenn es ihr gut ging? Vielleicht konnte man sie dann einfach wieder zurückschulen? – Oder wie auch immer man das dann nannte. Über eine solche Möglichkeit hatten wir mit Barry natürlich nie gesprochen.

Meine Gedanken wirbelten wild durcheinander. Ich saß im Käfig und starrte vor mich hin.

Despair hockte immer noch vor mir und beobachtete mich.

»Geht es meinen anderen Schwestern denn auch gut?«, brachte ich schließlich heraus – in der Hoffnung, nicht noch so eine Hiobsbotschaft zu erhalten.

»Ich denke Honesty, Mercy und Loyalty geht es gut, ja.«

»Das ist schön. Danke.«

Despair nickte.

Dann wieder Schweigen.

Ich dachte weiter über Modesty nach, dachte an das, was die anderen eventuell durchmachen mussten.

Wie Greed Modesty wohl dazu gebracht hatte, die Seite zu wechseln? Ob sie große Schmerzen bei der Umschulung gehabt hatte? Und in welcher Phase sich wohl die drei anderen ... – Moment! *Drei*?

Ich schaute Despair an. Sein mittlerweile immer dunkler gewordenes Veilchen sprang mir förmlich ins Gesicht, seine nach wie vor schiefe Haltung ebenfalls. Mein Gehirn zählte automatisch eins und eins zusammen.

»Was ist mit Love?«, verlangte ich zu wissen.

Despair sah mich mit Unschuldsmiene an – was geradezu lachhaft schien.

»Tue nicht so scheinheilig! Du weißt genau, wovon ich rede!«, pflaumte ich ihn an.

»Ich –«

»War das etwa Love? Ist sie auch schon umgeschult?« Ein kalter Schauer lief mir über den Rücken.

Oh, bitte, bitte sag, dass sie nicht umgeschult wurde!

»Sollte dich mein Veilchen nicht eher freuen?«, stellte er als Gegenfrage.

»Nein!«

Ein überraschter Blick.

»Ich will nicht, dass sie sich verändert! Ich will, dass sie genauso bleibt wie sie ist! Dass *alles* bleibt, wie es ist! Love ist fantastisch! Wie könnt ihr jemanden wie sie nur ändern wollen?«

Ich versuchte stark zu sein. Doch es dauerte nicht lange, da rannen mir die ersten Tränen die Wangen hinunter.

»Beruhige dich, Hope. Love ist noch nicht umgeschult.«

»Und woher hast du dann die Blessuren?«

»Von Hate.«

Ich wischte mir die Tränen von der Backe.

Love war also noch nicht ungeschult? Was für ein Glück! Was für ein unbeschreibliches Glück!

»Aber ihr geht es nicht gut«, fügte er leise hinzu.

Ich schluckte. »Und das heißt?«

»Es gab einen kleinen Zwischenfall ...«

»Despair?! Was genau versuchst du mir zu sagen?« Ich wurde ungeduldig. Bei so etwas verstand ich keinen Spaß.

»Bei der letzten Einheit wurde sie auf Blaualgen gebettet.« Er machte eine kurze Pause. »Sie ist wohl ziemlich allergisch dagegen.«

»Warum zum Teufel macht ihr Idioten so etwas? Was stimmt mit euch nicht?«, fuhr ich direkt aus der Haut. Fragen, die ich nicht zum ersten Mal gestellt hatte.

Despair erwiderte nichts.

»Du musst etwas tun!«, schrie ich verzweifelt.

»Sie liegt nicht mehr auf den Blaualgen. Sie ist in Sicherheit«, erwiderte Despair ruhig.

Ich schnaubte aufgebracht. »Bis zum nächsten Mal, oder wie? – Du musst etwas tun! Du musst sie befreien!«

»Ich kann nicht!«, brüllte Despair nun zurück.

Erschrocken über seinen Ausbruch verstummte ich kurzzeitig.

»Du willst nur nicht«, hielt ich dann tapfer dagegen. Meine Tonlage war milder geworden.

»Ich KANN nicht!«

»Warum denn nicht?!«, entgegnete ich verständnislos.

Despair schwieg.

»Lass mich dir noch eine Frage stellen.«

Aufmerksam sah er mich an.

»Du sagtest, Modesty sei wie ein Klon von Greed geworden, richtig?«

Er nickte.

»Willst du dann wirklich, dass Love und sämtliche Menschen so werden wie Hate? Ich meine, sieh dich doch an! Willst du das?«

Despair wich meinem Blick aus und schaute aus dem Fenster. »Es ist spät geworden. Wir sollten schlafen.«

Ohne ein weiteres Wort stand er auf und verließ das Zimmer.

Ich legte mich hin und dachte über das Gespräch nach. Despair schien mir aufrichtig geantwortet zu haben. – Auf alles.

Vielleicht war er doch ehrlicher, als ich immer gedacht hatte? Vielleicht hatte er mir auch, was Barry betraf, die Wahrheit gesagt? Aus irgendeinem Grund konnte ich mir nicht mehr vorstellen, dass er ihn umgebracht hatte ...

18. Kapitel

Despair

Unruhig wälzte ich mich in meinem Bett hin und her. Ich hatte immer Schwierigkeiten mit dem Einschlafen, aber heute schien es besonders schlimm zu sein.

Meine Gedanken kreisten nonstop um Hope. Ihre Gefühle hatten regelrecht verrücktgespielt. Ich hatte sie die ganze Zeit über noch nie so aufgewühlt erlebt. Ob ihre Umschulung ebenfalls voranschritt? Möglich war es. Ich fühlte bei ihr zwar nicht gerade Hoffnungslosigkeit, aber dafür sämtliche anderen negativen Emotionen, die man nur haben konnte.

Außerdem machte mir die Sache mit Love zu schaffen. Immer wieder geisterten mir die Worte von Lie und Treason durch den Kopf. Wäre es doch besser gewesen, sie sterben zu lassen? Ein Tyrann auf dieser Welt reichte doch, oder? Denn was würde passieren, wenn Love erfolgreich umgeschult war? Nachdem, was ich bei Greed und Modesty beobachtet hatte, wollte ich diesen Gedanken gar nicht zu Ende denken.

Was hatte Hope gesagt? *Willst du wirklich, dass Love und sämtliche Menschen so werden wie Hate? Ich meine, sieh dich doch an! Willst du das?*, rief ich mir ihre Worte ins Gedächtnis.

Nein. Ich wollte weder, dass es einen zweiten Hate in Form einer umgeschulten Love gab, noch etliche weitere hoch aggressive Menschen.

Tatsächlich hatte ich nach Loves Behandlung noch mit unserem Oberst gesprochen. Er versicherte mir zwar, dass er unter keinen Umständen zuließ, dass Love bei der Umschulung sterben würde, aber eine wirkliche Entschlossenheit konnte ich dabei nicht feststellen. Im Gegensatz zu mir fand er es keineswegs befremdlich, was mit Modesty und Greed geschehen war. Eher interessant. Wie das überraschende Resultat eines Forschungsprojekts ...

Ich wand mich weiter hin und her, zermarterte mir den Kopf, versuchte die Pros und Contras sämtlicher Möglichkeiten abzuwägen.

Gab es für Love wirklich nur die Wahl, entweder zu sterben und Hate dadurch stärker zu machen, oder aber sie umzuschulen, um dann – wenn man die Menschen mal außen vor ließ zwei Hates zu haben?

Es schüttelte mich bei dem Gedanken.

Angestrengt grübelte ich darüber nach, ob es nicht noch eine andere Handlungsalternative gab. Hope hatte gesagt, ich sollte Love in jedem Fall helfen. Doch selbst, wenn ich wollte, konnte ich das nicht bringen. Sie würden uns kriegen und dann waren wir beide dran. Selbst wenn mein Schicksal niemanden interessierte, Love hätte das nicht überstanden. Ich mochte mir gar nicht vorstellen, was Hate in einem solchen Fall so alles mit ihr anstellen würde. Dagegen war das bisher Erlebte für sie ein reiner Kindergeburtstag ...

Warum verdammt machte sich Hope über so etwas keinerlei Gedanken?

Weil Hope sich nie großartig Gedanken über irgendetwas machte, gab ich mir selbst die Antwort.

Irgendwann schlief ich über diesen bitteren Gedanken wieder ein.

***

Ich hörte Schreie!

Erschrocken schlug ich die Augen auf. Ich war schweißgebadet.

Beunruhigt spitzte ich die Ohren, doch alles war still. Nach und nach realisierte ich, dass es meine eigenen Rufe gewesen sein mussten. Mal wieder.

Ich rieb mir über die Augen, dann stand ich auf und ging ins Badezimmer. Wie so oft.

Ein kurzer Blick in »Hopes Zimmer« verriet mir, dass sie seelenruhig schlief – wobei das wohl zu viel gesagt war. Wieder sah ich ihren Körper zucken. Auch sie schien zu träumen. Und wenn ich richtig vermutete, ebenfalls nicht besonders gut. Doch garantiert wurde sie nicht von solch einem Albtraum geplagt, wie ich ihn gehabt hatte.

In meinem Traum war Love bereits umgeschult. Und sie war – wie befürchtet charakterlich das exakte Ebenbild von Hate geworden. Die beiden hatten sich zusammengeschlossen und gemeinsam unseren Oberst umgebracht, der sie noch zu stoppen versuchte. Danach ging es allen anderen von uns an den Kragen. Allen, außer mir.

Ich hatte es irgendwie geschafft, zu entkommen, und rannte den kompletten Traum über vor ihnen weg. Was grundsätzlich nicht das Merkwürdigste war. Ich flüchtete oft in meinen Träumen.

Das Komische diesmal war, dass ich auf meiner Flucht nicht allein war. Und ich mochte gar nicht daran denken, *wer* mit mir davonlief, *wer* mir ständig zurief, dass wir es schaffen würden und dass ich mir keine Sorgen machen sollte. *Wer* mir sagte, dass er mich nie im Stich lassen würde: Hope.

Ich klatschte mir immer und immer wieder kaltes Wasser ins Gesicht.

War zur Hölle war nur los mit mir? Wie konnte ich solch eine Scheiße träumen? Und dann auch noch von meiner Erzfeindin?

Ein Schauer überlief mich.

Ich blickte in den Spiegel und versuchte festzustellen, ob ich irgendwie anders aussah. Oder anders wirkte. Doch ich konnte keine Veränderung an mir feststellen – bis auf die Blessuren natürlich, die ich von Hate davongetragen hatte. Lediglich völlig übermüdet sah ich aus. Aber das war nach einem Albtraum ja nichts Ungewöhnliches.

Trotzdem fragte ich mich, ob *ich* vielleicht derjenige war, dessen Umschulung bereits begonnen hatte. Dabei war ich vor dem Schlafengehen noch der festen Ansicht gewesen, dass Hopes Überzeugung langsam aber sicher bröckelte.

Doch was sollte mir dann dieser Traum sonst sagen? Warum zum Teufel träumte ich von ihr? Warum verdammt noch mal träumte ich, dass sie die einzige war, die mir half? War mein Unterbewusstsein von ihr schon so in Mitleidenschaft gezogen worden, dass es Freund von Feind nicht mehr unterscheiden konnte? Oder war sie in Wirklichkeit genau die, die sie immer beteuert hatte zu sein? Die Gute?

Nicht zum ersten Mal fragte ich mich, warum ich bei ihr so redselig war – zumindest für meine Verhältnisse. Und ich fragte mich, warum ich ihr die Sache mit Love erzählt hatte. Schon als ich das Gespräch anfing, zweifelte ich an mir, zweifelte an meinem Verstand.

Warum redete ich überhaupt mit ihr?

Ich klatschte mir eine weitere Ladung Wasser ins Gesicht. In meinem Kopf tobte ein erbitterter Widerstreit.

Hope war der Feind! Der Feind! Der Feind! Ich hatte doch am eigenen Leib gespürt, was ihr Pro anrichten konnte!

Doch so ganz konnte ich mir mittlerweile selbst nicht mehr glauben ...

19. Kapitel

Hope

Sonnenstrahlen, die durch das Fenster fielen, weckten mich. Ich streckte mich, soweit es der Käfig zuließ, und rappelte mich mühsam auf.

Ich fühlte mich wie erschlagen. Bevor ich irgendwann eingeschlafen war, hatte ich stundenlang über Modesty und Love nachgedacht. Dabei waren mir unzählige Möglichkeiten durch den Kopf gegeistert, wie Greed Modesty umgeschult haben könnte, doch keine schien mir annähernd realistisch. Vermutlich war das Ganze einfach so absurd, dass man es sich überhaupt nicht ausmalen konnte.

Barry hatte auf die Frage, wie genau die Umschulung denn aussehen würde, mit »Das kannst du dir im Traum nicht vorstellen« geantwortet. Offensichtlich hatte er auch hier wieder Recht behalten. Ich konnte es mir wirklich *nicht* vorstellen. Ich hoffte nur inständig, dass es nicht allzu furchtbar war.

Doch eines war mir in den letzten, unruhigen Stunden klargeworden: So konnte es nicht weitergehen. Ich konnte unmöglich weiterhin in meinem Käfig rumhocken und darauf warten, dass sich alles zum Guten wendete, während meinen Schwestern schlimme Dinge angetan wurden. Diesmal würde kein Barry kommen und mich hier herausholen. Ich musste es selbst schaffen! Egal wie!

Despair würde mir auch nicht helfen, so viel stand fest. Nach unserem letzten Gespräch war ich zwar positiv überrascht von ihm, doch eine 180-Grad-Drehung hatte er sicher nicht hingelegt. Ich musste ihn also irgendwie loswerden. Und ich hatte auch schon einen Plan ...

***

Ich hörte, dass Despair aufgestanden war. Sehr gut. Dann konnte es ja losgehen.

Ich lehnte mich gegen die Gitterstäbe und tat so, als wäre ich unheimlich müde und erschöpft. Meine Augen waren von der vergangenen Nacht noch verheult und ich sah aufgrund des Schlafmangels bestimmt ziemlich beschissen aus. Beschissen, Schrägstrich, ungefährlich. Mit anderen Worten: Perfekt!

Despair betrat den Raum.

Wow! Seine Nacht schien nur unwesentlich besser gewesen zu sein als meine.

Seine Haare standen kreuz und quer vom Kopf ab, von den Augenringen und dem »schmückenden« Veilchen ganz zu schweigen.

»Gut geschlafen?«, fragte Despair.

Skeptisch sah ich ihn an. *Gut geschlafen?* Was war denn in den gefahren?

Ich schüttelte lethargisch den Kopf.

»Musst du ins Bad?«, fragte er.

Ich nickte lahm.

Despair musterte mich, doch ich versuchte mir nichts anmerken zu lassen. Er gab mir die Handschellen, welche ich anstandslos befestigte. Dann führte er mich zum Badzimmer.

»Du hast fünfzehn Minuten.«

Ich nickte wieder und schloss die Tür hinter mir.

Verdammt! Musste er ausgerechnet heute so spendabel mit der Zeit sein? Heute, wo ich vor lauter Aufregung fast platzte?

Um den Schein zu wahren, machte ich mich wie gewohnt fertig. Dann schaute ich in den Spiegel und atmete noch einmal tief durch.

»Bist du so weit?«, fragte Despair schließlich.

»Ja«, antwortete ich gleichgültig.

Despair machte mir die Tür auf.

Ich ließ den Kopf hängen und ging scheinbar teilnahmslos an ihm vorbei zu meinem Käfig. Dort angekommen bückte ich mich und tat so, als würde ich wieder hineinkriechen wollen.

Despair stand direkt hinter mir, beobachtete mich aber mit eher mäßigem Interesse. Er hatte mich heute wohl tatsächlich als harmlos eingestuft. Gut!

Jetzt oder nie! Mit einem Satz war ich wieder auf den Beinen, verpasste Despair einen schweren Stoß mit meiner Schulter und rannte an ihm vorbei in Richtung Tür. Die Handschellen würde ich schon irgendwie loswerden. Wichtig war jetzt erst mal nur, hier rauszukommen.

Im Augenwinkel sah ich, wie Despair einen Ausfallschritt auf die schwarze Folie machte, um sein Gleichgewicht nicht zu verlieren.

Ich lief weiter in den Flur, als ich plötzlich ein lautes Platschen vernahm und er markerschütternde Schreie von sich gab.

»Hilfe!«, schrie er und ich hörte ihn im Wasser um sich schlagen.

»HILFE!«, ertönte es wieder.

Ich ging noch ein paar Schritte weiter. Die Haustür lag nur noch wenige Meter von mir entfernt.

»Bitte! Hilf mir!«, rief er erneut.

Ich zögerte. Warum kletterte er nicht einfach aus dem Becken?

Ich machte noch einen Schritt.

»Hilf…« Dann hörte ich merkwürdige Gurgelgeräusche. Ertrank Despair gerade?!

Unsicher blieb ich stehen.

Oder war das alles nur ein billiger Trick?

Ich hörte lautes Einatmen. Dann wieder ein »Hilf…«, bevor der restliche Laut abermals vom Wasser verschluckt wurde.

Hin und hergerissen blickte ich zur Tür. Die Freiheit schien so nah. Aber ich konnte doch niemanden ertrinken lassen? Egal, wer es war!

Mit schnellen Schritten ging ich zurück, darauf gefasst, dass Despair mich doch ausgetrickst hatte und mich damit nur zurücklocken wollte.

Vorsichtig lugte ich in das Zimmer hinein – und sah Despair tatsächlich ums Überleben kämpfen. Er ruderte wie wild mit den Armen, sein Kopf verschwand dabei immer wieder unter Wasser. Er hatte es aufgegeben, nach Hilfe zu rufen.

Eine gigantische Welle der Verzweiflung überrollte mich, so hoffnungslos, als würde niemals wieder die Sonne scheinen, als würde es niemals wieder einen Morgen geben.

Ohne weiter darüber nachzudenken sprang ich zu ihm ins Becken. Da ich die Handschellen noch trug, hätte ich ihm sowieso beide Hände reichen müssen – und wäre dabei zweifelsohne ins Wasser gefallen. Da ich aber eine gute Schwimmerin war, machten mir die Umstände nichts aus.

Mit zwei kräftigen Beinstößen war ich hinter Despair, legte meine Arme um seinen Oberkörper und zog ihn auf dem Rücken mit mir zum Beckenrand, wo er sich direkt panisch festklammerte.

Hustend hievte Despair seinen Oberkörper hinaus und begann erst mal wie verrückt Wasser zur spucken. Dann zog er seinen Körper nach.

Ich versuchte, es ihm gleichzutun, doch mit Handschellen war das leichter gesagt als getan.

Fragend sah ich ihn an, wollte ihn bitten, mir zu helfen, doch er hatte mir schon seine Hand entgegengestreckt.

Ich griff sie mit meinen Händen – und es durchfuhr mich wie ein Blitz.

Auch Despair schien das gespürt zu haben. Er zog mich mit einem Ruck aus dem Wasser, ließ mich aber sofort wieder los.

Verwirrt rappelte ich mich auf, strich mir meine langen, blonden Haare aus dem Gesicht.

Da packte Despair mich plötzlich an der Hüfte und zog mich an sich.

Völlig verdattert stand ich vor ihm.

Er sah mir tief in die Augen, Wasser tropfte von seinem wuscheligen schwarzen Haar, hinab auf seine Lippen. Dann legte er seine rechte Hand auf meine Wange und strich mir mit seinem Daumen etwas Wasser aus dem Gesicht. Diese Geste war so zärtlich, so ganz anders, als sich Despair bisher gezeigt hatte – oder wie ich ihn zu kennen glaubte.

Ich war zu perplex, um irgendetwas zu sagen.

Langsam zog er meinen Kopf zu sich. Seine Lippen näherten sich den meinen. Er schien zu warten, ob ich mich ihm entziehen wollte. Doch ich tat es nicht. *Wollte* es nicht. Dabei wusste ich nicht einmal, warum.

Da küsste er mich. Erst sanft, wie ein Hauch von Nichts. Dann wurde der Kuss immer leidenschaftlicher und stärker. Einfach unbeschreiblich.

Es war nicht mein erster Kuss, doch es war der erste, der solche starken Emotionen in mir hervorzurufen vermochte. Er erdete mich. Er gab mir Halt.

Es schien, als wäre *er*, als wäre Despair genau das, wonach ich mich immer gesehnt hatte. Mein Ausgleich. Mein perfektes Gegenstück. Konnte das möglich sein?!

Zu gerne hätte ich meine Hand in seinen Haaren vergraben, um ihn noch näher an mich heranzuziehen. Doch die Handschellen hinderten mich daran.

Da ließ Despair von mir ab, entfernte sich aber nicht wirklich von mir. Unsere Gesichter waren höchstens ein, zwei Zentimeter voneinander getrennt.

»Danke«, flüsterte er und gab mir erneut einen zärtlichen Kuss.

Ich bekam Gänsehaut.

Er lächelte. Es war ein wirklich ehrliches Lächeln, charmant und ein wenig spitzbübisch. Seine dunklen Augen blickten warm auf mich herab.

Und da wusste ich es: Diese Augen verschluckten einen nicht in ihrer Finsternis. Sie versprachen, dass sie einem alles geben konnten.

Despair trat einen Schritt zurück und nahm mir die Handschellen ab.

»Ich … äh …« Verlegen strich er sich durch sein nasses Haar. »Ich …« Offensichtlich war er nicht imstande, die richtigen Worte zu finden.

»Schon gut«, erwiderte ich und legte einen Zeigefinger auf seine Lippen. »Wenn man am meisten fühlt, weiß man am wenigsten zu sagen.«

Er nickte zustimmend und schaute betreten zu Boden.

Ich wollte gerade noch etwas anfügen, als auf einmal jemand hart gegen die Haustür hämmerte.

»Deeeespaaaair«, ertönte eine tiefe Stimme. »Mach auf, wir wissen, dass du hier bist!«

»Scheiße!«, fluchte Despair. Er wurde hektisch.

»Was ist los?«, fragte ich.

Er nahm mein Gesicht zärtlich in beide Hände. »Du musst wieder zurück in deinen Käfig.«

»Bitte was?!«

Wieder ein Donnern an die Tür.

»Bitte!« Ein flehentlicher Blick.

»Willst du mich verarschen? Ich dachte, das hätten wir hinter uns«, wandte ich ein.

»Du hast keine Ahnung, was da gerade auf uns zukommt. Vertrau mir, bitte.«

Ich überlegte kurz. Doch ein erneutes Poltern beschleunigte meine Entscheidung. Ich sah ihn eindringlich an. »Okay. Aber enttäusch mich nicht.«

»Nie mehr«, antwortete Despair und strich mit seinen Lippen sanft über meine.

Ich krabbelte zurück in den Käfig und Despair schloss ab. Danach ging er zur Haustür und öffnete.

Ich hörte, wie er vorher einen Schlüssel ins Schloss steckte und sofort kam mir mein Fluchtversuch in den Sinn. Daran hatte ich gar nicht gedacht. Ich wäre sowieso nie herausgekommen.

Ich schluckte schwer.

»Hey! Ihr könnt doch nicht einfach ...«, hörte ich Despair sich beschweren, doch schon standen zwei fremde Männer in »meinem« Zimmer.

»Alter! Ich wusste es! – Hab ich's dir nicht gesagt?«, grölte der eine, während der andere erst ungläubig guckte und dann schallend zu lachen begann.

Mit hochgezogenen Brauen musterte ich die beiden. Offensichtlich waren das Despairs Brüder.

Sie hatten Ähnlichkeit mit ihm: schwarze Haare, dunkle Augen. Nur dass der eine größer und hagerer war als Despair und der Kleinere noch ein richtiges Jungengesicht besaß. Ohne Ecken und Kanten. Wie weichgezeichnet.

Natürlich sah man trotz der Klamotten, dass beide ebenfalls sportliche Figuren hatten. Aber sie wirkten im Gegensatz zu Despair eher dürr beziehungsweise knabenhaft.

Und unabhängig von dem Kuss gerade eben konnte ich auch sagen, dass er definitiv das attraktivste Gesicht von allen hatte.

Ob einer von den beiden Barry auf dem Gewissen hatte?, schoss es mir durch den Kopf, doch ich drängte den Gedanken wieder zurück. Es schien, als würden sich gerade ganz andere Probleme anbahnen.

»Was wollt ihr hier?«, knurrte Despair nun.

»Sei mal nicht so unfreundlich, Alter. Es scheint, als müsstest du uns für den Rest deines Lebens in den Arsch kriechen.«

Despair trat auf die beiden zu und hob die Faust.

»Ich geb euch gleich Arschkriechen«, blaffte er, doch seine Brüder zeigten lediglich auf mich.

Despair ließ die Hand wieder sinken.

»Ich wusste, dass du Hope bereits gefangen genommen hast«, erklärte der große Dünne.

Despair presste verärgert seine Lippen zusammen. Offensichtlich konnte er die beiden Typen nicht besonders gut leiden.

»Ach, und woher, wenn man fragen darf?«

»Wegen deines Ehrgeizes«, erwiderte der Kleinere.

»Du wärst niemals so oft im Quartier gewesen, wenn du *das da* noch zu suchen hättest«, fügte der Dünne abfällig hinzu und nickte dabei in meine Richtung. Dann beugte er sich zu mir herunter.

»Ich bin Lie. Und du, meine Schöne, musst Hope sein.« Er streckte mir seine Hand entgegen, doch ich reagierte nicht. Was für ein unsympathischer Kerl!

»Störrisches Biest«, lachte er. »Mit der wirst du noch Spaß haben, Despair. Aber wenigstens hast du Glück dabei.«

»Ich habe nie Glück«, murrte Despair.

Ich runzelte kurz die Stirn.

»Oh ... Das scheint deine Proba aber anders zu sehen.« Lie wandte sich wieder an mich. »Ich übrigens auch. Du bist mit Abstand die Hübscheste von allen Probas. Mit dir könnte ich so einiges anfangen.«

Ich erwiderte nichts. Was sollte diese widerliche Anmache? Schon allein daran, wie er das Wort »Proba« aussprach, hörte man doch, was er wirklich von uns hielt.

»Was wollt ihr?«, fragte Despair noch einmal schroff.

»Lie wollte schauen, ob er mit seiner Vermutung Recht hatte, und ich bin mitgekommen, weil ich ihm – egal, was er gesagt hätte natürlich nicht geglaubt hätte.«

Lie lachte und auch der andere Typ grinste.

»Darf man auch wissen, wer *du* bist?«, fragte ich den Kleineren.

Erstaunt sahen die beiden mich an.

»Ja, stellt euch vor. *Das da* kann reden!«, ergänzte ich spöttisch. Wenn sie mich schon so angafften, als wäre ich irgendeine seltsame Abart, fühlte ich mich verpflichtet, sie – wenn auch minder höflich über meine Fähigkeiten aufzuklären.

Der Kleine grinste noch mehr. Dann trat er zu mir an den Käfig.

»Echanté, die Dame. Mein Name ist Treason«, stellte er sich vor und streckte mir wie sein Bruder vorher die Hand entgegen.

»Vergiss es, T. *Das da* ist sich zu fein für uns«, sagte Lie sarkastisch.

Ich kniff die Augen zusammen. Dann ergriff ich Treasons Hand. »Ebenfalls hocherfreut«, erwiderte ich freundlich.

Lie schaute mich böse an.

»Ich gebe nur nicht jedem Schwachkopf die Hand«, erklärte ich trocken.

Despair warf mir einen amüsierten Blick zu, während Treason Lie auf die Schulter boxte.

»Tja, Alter. So gut lügst du scheinbar doch nicht. Sie hat dich direkt durchschaut«, lachte er.

Da musste ich ebenfalls grinsen und auch Despair fing an zu lachen.

»Warum hast du die dumme Zicke überhaupt hierher gebracht?«, blaffte Lie dazwischen.

Ich wurde hellhörig. War das nicht so abgesprochen? Hatte Despair deswegen immer zu diesem Thema geschwiegen?

»Der Oberst hatte mir befohlen, sie zu separieren. Damit sie euren Probas mit ihrer unmittelbaren Anwesenheit nicht noch mehr Hoffnung schenkt«, antwortete Despair gelassen.

»Du lügst!«, schrie Lie ungehalten.

Das war also der Grund ... Ich schaute Despair an, doch er wich meinem Blick aus.

Indes umkreiste Lie seinen Bruder wie ein Haifisch, der auf den geringsten Fehler seiner Beute wartete. »Und hast du auch eine ähnlich gute Ausrede dafür, warum ihr beide klatschnass seid?« Angewidert zog Lie an Despairs Shirt, welches sich wie eine zweite Haut um seinen Oberkörper gelegt hatte. Er schien stocksauer zu sein.

Despair schlug seine Hand weg. »Wegen der letzten Einheit«, erwiderte er dennoch cool.

Lie kniff die Augen zusammen. Als würde er versuchen, die Wahrheit mit ihnen aus Despair herauszupressen.

»Wen willst du hier eigentlich verarschen, Despair?«, fragte er nun ebenso ruhig. Doch seine betont gelassene Stimme passte überhaupt nicht zu dem bösartigen Flackern in seinen Augen.

»Was soll das, Lie? Wirfst du mir nicht immer vor, unerträglich korrekt zu sein? Und jetzt soll ich plötzlich den Oberst hintergehen?«

»Ich merke genau, dass du uns anlügst«, antwortete dieser ohne auf Despairs Fragen einzugehen.

»Tja ... wie wir jedoch eben schon festgestellt haben, scheinen deine Fähigkeiten etwas eingerostet zu sein.« Despair ließ sich nicht aus der Reserve locken.

»Dann beweise es!«, zischte Lie. Man sah ihm nun deutlich an, dass er vor Wut kochte.

»Was?«

»Du sollst beweisen, dass du am Umschulen bist.«

»Das geht nicht«, erwiderte Despair knapp.

»Ach ... und warum nicht?«, fragte Lie herausfordernd.

»Weil sie gerade schon eine Einheit hatte. Und du wirst aus eigener Erfahrung wissen, dass die nächste erst wieder in zwei Stunden fällig ist.«

Mein Herz setzte einen Schlag lang aus. Ich hätte eigentlich alle zwei Stunden eine dieser ominösen »Einheiten« bekommen sollen? Warum hatte Despair das nie getan?!

Auch Lie schien kurz nachzudenken.

»Das erklärt aber immer noch nicht, warum du ebenfalls nass bist«, entgegnete er schließlich und musterte Despair dabei eindringlich.

Der jedoch blieb nach wie vor erstaunlich ruhig – bewundernswert, wenn man Lies aufdringliche Art so erlebte.

»Irgendwann musste ich mich ja mal überwinden«, antwortete er bloß.

»Na ja, da sich diese Art der Umschulung bei Despair mehr als bewährt hat, erscheint es nur logisch, das auch mit Hope zu machen«, mischte sich Treason nun ein.

»Im Gegensatz zu euch, erinnere ich mich offenbar noch sehr gut daran, wie Despair beim Kauf seiner kleinen Hütte hier Gift und Galle gespuckt hat, als der Oberst verlangte, für etwaige häusliche Einheiten einen Pool einbauen zu lassen. Und jetzt soll er ihn plötzlich *freiwillig* nutzen? Despair? Der Wasser mehr hasst, als jedes Katzenvieh?« Lies Augen funkelten auf einmal diabolisch. »Aber gut. Dann wäre eine kleine Demonstration sicher kein Problem, oder, Despair?«

Lie beobachtete Despairs Reaktion ganz genau, doch dieser ließ sich nach wie vor nichts anmerken:

»Wie ich bereits sagte, ist die nächste Einheit erst in zwei Stunden dran. Aber damit du deine Ruhe hast ...«

Despair trat mit den Handschellen zu mir an den Käfig und ging vor mir in die Hocke.

»Ich flehe dich an: Spiel mit«, flüsterte er mir leise zu.

Ich nickte unmerklich.

»Handschellen!«, kommandierte er dann lautstark und warf sie mir vor die Füße.

Ich befestigte sie und ließ ihn kontrollieren – Lie wie ein Schießhund hinter uns.

Despair stand wieder auf und ging hinüber zu der Wand, an der mein Käfigschlüssel hing. Doch bevor er ihn an sich nehmen konnte, ergriff Lie erneut das Wort:

»Im Ernst, Alter? Du würdest das echt durchziehen?«

Despair zuckte gleichmütig mit den Schultern – als wäre ihm völlig egal, was jetzt mit mir passierte. Ich fand, es wirkte erschreckend authentisch.

»Wisst ihr, was euch verraten hat? Hopes plötzlicher Gehorsam, wo sie sich doch vorher alles andere als devot gezeigt hat.« Lie lachte dreckig.

Despair schluckte, seine Stirn legte sich in Falten.

Ich kannte weder Lie noch Treason, doch ich spürte, dass hier gerade etwas gewaltig schief lief.

»Weißt du was? Spar dir deine jämmerliche Vorstellung. Ich glaube, es ist höchste Zeit, dass unser Oberst davon erfährt!« Mit diesen Worten drehte sich Lie um und rannte feixend aus dem Zimmer, Treason hinterher.

»Wartet!«, brüllte Despair.

Doch Lie dachte gar nicht daran.

»Scheiße!«, fluchte Despair und rannte den beiden nach. Die Haustür flog zu und ich war allein.

20. Kapitel

Despair

Ich sah noch, wie Lie und Treason in ein Auto sprangen und davonfuhren.

»Verdammte Scheiße!«, fluchte ich erneut. Sie würden alles unserem Oberst erzählen. Und bevor ich überhaupt die Chance hatte, mich zu rechtfertigen, würde ich mich auch schon in einer Einheit wiederfinden. Und was mit Hope geschah, wollte ich mir erst recht nicht ausmalen ...

Was sollte ich denn jetzt tun? Ich musste sie irgendwie von ihrem Vorhaben abhalten.

Kurzentschlossen rannte ich weiter zu meinem Wagen und raste hinter den beiden her. Da mein Mustang zum Glück das PS-stärkere Fahrzeug war, hatte ich sie schnell eingeholt. Mit Lichthupe versuchte ich sie zum Anhalten zu bewegen.

Lie beobachtete mich durch seinen Rückspiegel, doch er machte keine Anstalten, rechts ran zu fahren.

Ich hupte richtig.

Lie grinste nur, winkte mir zu und trat aufs Gaspedal.

Was für ein Arschloch!

Aber okay: Wenn er so uneinsichtig war, musste ich wohl oder übel versuchen, sie direkt beim Quartier zu erwischen.

***

Nach einer fast eineinhalbstündigen Verfolgungsjagd parkte Lie unmittelbar am Bürgersteig vor unserem Quartier. Ich direkt dahinter.

Fast zeitgleich sprangen wir drei aus den Autos und hechteten zum Gebäude. Lie riss die Eingangstür auf und er und Treason rannten zielstrebig die Treppe hinauf in den ersten Stock. Dort war unser Oberst anzutreffen.

»Wartet«, rief ich ihnen nochmals hinterher, doch das hätte ich mir auch sparen können.

»Oberst«, brüllte Lie aus Leibeskräften. Ich hörte, wie eine Tür schlug, und verlangsamte meine Schritte. Das war er. Unser Oberst. Die restlichen Stufen ging ich gemächlich hinauf. Jetzt nutzte es sowieso nichts mehr.

Ich sah nach oben. Unser Oberst schaute mit grimmiger Miene ins Treppenhaus.

»Wer stört?«, fragte er verärgert.

»Sir, wir stören nicht. Wir haben unglaubliche Neuigkeiten«, legte Lie direkt los.

Der Oberst schaute missmutig. »Wer mich stört, entscheide immer noch ich«, herrschte er Lie an.

Trotz dieser Umstände musste ich grinsen. Das hatte Lie jetzt davon. Was hatte er auch erwartet? Ein Lob? Lächerlich ...

Lie verbeugte sich. »Selbstverständlich, Sir. Verzeihen Sie meine forsche Art, aber es sind wirklich bahnbrechende News.«

»Wie immer, Lie. Wie immer.«

Mein Grinsen wurde breiter.

»Aber gut. Kommt herein und unterrichtet mich. Und gnade dir Gott, Lie, wenn du mal wieder übertrieben hast.«

»Nein, Sir. Auf keinen Fall, Sir.«

Widerlich, dieser Arschkriecher!

Lie und Treason betraten die Räumlichkeiten des Obersts, während ich mich langsam wieder umdrehte.

»Despair?«, rief der Oberst, da er mich entdeckt hatte. »Bringst du ebenfalls Neuigkeiten für mich?«

Zuerst überlegte ich, ob ich mich einfach dumm stellen und danach abhauen sollte. Aber da Lie und Treason bereits in seinem Wohntrakt saßen, war es sowieso nur noch eine Frage der Zeit, bis alles auf den Tisch kam.

Am besten, ich beichtete einfach alles selbst. Zum einen würde Lie sich zu Tode ärgern, wenn ich ihm seine »Superneuigkeit« wegschnappte, und zum anderen würde ich vielleicht auf so etwas wie mildernde Umstände vom Oberst hoffen können.

»In der Tat. Das habe ich«, sagte ich deshalb mit fester Stimme.

Der Oberst zog die Brauen nach oben.

»Sir«, fügte ich schnell noch hinzu. Aber seine Reaktion galt wohl eher dem Inhalt meiner Antwort, statt der fehlenden Anrede.

»Komm herein, Despair.« Er trat beiseite und machte mir Platz.

»Nehmen Sie es mir nicht übel. Aber ich möchte Ihnen Ihre kostbare Zeit nicht stehlen. Ich habe Hope gefangen genommen und würde es begrüßen, wenn ich umgehend mit der Umschulung weitermachen dürfte«, bat ich.

»Argh!«, hörte ich es von drinnen. Die Stimme gehörte Lie.

Ich unterdrückte ein Lachen. Tja, Pech gehabt!

Völlig verblüfft sah der Oberst mich an. Es war offensichtlich, dass er mir das niemals zugetraut hätte. Vor lauter Staunen hatte er noch nicht einmal das von mir absichtlich weggelassene »Sir« bemerkt. Wie nett ...

»Komm trotzdem für einen Moment herein. Ich möchte mehr wissen, Despair.«

Ich seufzte leise, folgte aber seiner Anweisung.

Als ich an ihm vorbeiging, klopfte der Oberst mir auf die Schulter. »Gut gemacht, Soldat.«

Ich nickte.

Dann gesellte ich mich zu meinen Brüdern ins Wohnzimmer und setzte mich auf die Couch.

Lie warf mir todbringende Blicke zu. Gut, dass es solch ein »aktives« Impro nicht gab. Das könnte echt unschön werden ...

Der Oberst baute sich vor uns auf. »Was habt ihr mir zu berichten?«, fragte er an meine Brüder gewandt.

Lie knirschte mit den Zähnen, sagte aber nichts.

»Lie? Treason?«

»Despair hat schon alles verraten«, antwortete Lie nun zögerlich. Dann aber huschte plötzlich ein listiges Grinsen über sein Gesicht. »Er hat Hope bei sich zu Hause vor Ihnen versteckt, damit Sie sie nicht finden.«

Erschrocken schaute ich zu Lie. Was fiel dem denn ein, in dieser Runde so etwas zu behaupten? Auch wenn es ehrlicherweise nicht ganz von der Hand zu weisen war ...

»Hast du sie noch alle?«, fuhr ich ihn wütend an.

»Was denn? Ist doch so«, erwiderte er gelassen.

Der Oberst schaute zwischen uns hin und her. Er überlegte vermutlich gerade, wem er glauben sollte.

»Lie, nur weil das deinem Impro entspricht, kannst du nicht in solch wichtigen Situationen Unwahrheiten verbreiten.« Der Blick des Obersts war todernst.

Lie schnaubte. »Ich lüge nicht.«

»Ja. Klar«, höhnte ich.

»Hast du dazu auch etwas beizutragen, Treason?«, fragte der Oberst.

»Ich habe nicht mehr und nicht weniger gesehen als Lie«, erwiderte dieser.

Als er mir mit Love geholfen hatte, dachte ich, er hätte sich vielleicht ein Stück geändert. Aber darauf konnte ich offensichtlich lange warten.

Der Oberst nickte. »Dann kannst du gehen. Zweimal das Gleiche brauche ich mir nicht anzuhören.«

Treason bedankte sich, stand auf und verließ den Raum.

»Ich weiß, dass du ein besonders gelungenes Produkt bist. Aber in diesem Fall solltest du die Wahrheit sagen«, wandte sich der Oberst nun wieder an Lie.

Produkt. Wie ich dieses Wort hasste!

»Das ist die Wahrheit, Sir«, beteuerte dieser.

»Kannst du das auch beweisen?« Unser Oberst schaute Lie abwartend an.

»Ja. Das kann ich.«

»Da bin ich aber gespannt«, sagte ich spöttisch.

»Wenn du sie heute erst gefangen hast, warum hatte sie dann bereits ein T-Shirt von dir an, Despair?« Lies Augen blitzten schadenfroh.

Entgeistert sah ich ihn an. Was für eine seltsame Beweisführung.

Da drehte sich der Oberst zu mir. »Wenn dem so war, ist das in der Tat eine gute Frage, Despair. – Also?«

Denk nach, Despair! Denk nach!, zwang ich mich.

»Weil sie direkt nach ihrer Ankunft schon die erste Einheit hatte. Im Pool. Wie Sie es mir beigebracht haben. Und da sie nur umgeschult und nicht erfrieren sollte, habe ich ihr schnell eines von meinen T-Shirts gegeben. Eigentlich logisch, oder?«, schoss es aus mir heraus.

»Bah, Despair. Du bist immer so widerlich fürsorglich. Hatte ich dir das nicht ausgetrieben?«, stichelte der Oberst.

»Ich versuche nur meinem Befehl nachzukommen, *Sir*«, entgegnete ich unfreundlich.

»Trotzdem stimmt da was nicht. Despair war – wie man immer noch erkennen kann ebenfalls klitschnass«, fing Lie wieder an.

Konnte er nicht endlich seine Schnauze halten?

»*Du* warst im Wasser?!« Eine Mischung aus Unglaube und Fassungslosigkeit färbten die Stimme des Obersts.

»Zudem wäre noch zu klären, warum er seine Proba überhaupt direkt mit nach Hause genommen hat und sie Ihnen nicht zunächst präsentierte«, hetzte Lie weiter.

»DAS ist ebenfalls eine hervorragende Frage! – Despair?!«

Der Gesichtsausdruck des Obersts verhieß nichts Gutes. Zum Glück war mir bei Treasons und Lies Besuch schon eine glaubwürdige Ausrede für diesen Zustand eingefallen.

»Ich wollte sie in meinen eigenen Wänden zuerst etwas schwächen und sie danach ins Quartier bringen. Nicht, dass sie – vollgepumpt mit ihrer ganzen Hoffnung eure Probas beeinflusst hätte und diese wieder Rückschritte machen würden«, erklärte ich.

Der Oberst kratzte sich am Kinn. »Das war gar keine so dumme Überlegung, Despair. Daran hatte noch nicht einmal ich gedacht. Gut gemacht!«

Ein Lob. *Ein Lob?!* Welche Seltenheit.

Ich nickte leicht.

»DAS IST EINE LÜGE!«, schrie Lie. »EINE VERDAMMTE LÜGE!«

»Ist es nicht«, erwiderte ich gelassen.

»Und wie sie das ist! – Oberst? Lassen sie Hope herbringen. Wir werden sie einfach selbst fragen.«

Ich schluckte. Wenn er das machte, war ich am Arsch. Gute Absichten hin oder her.

Wenn Hope verriet, dass sie bereits einige Tage bei mir war und ich unserem Oberst nichts davon erzählt hatte, würde er mich einen Kopf kürzer machen. Und das meinte ich nicht nur unbedingt im übertragenen Sinne ...

»Modesty ist sowieso schon umgeschult, Love so gut wie fertig und Honesty wird auch nicht mehr lange durchhalten. Hope bedeutet also keine Gefahr mehr für die Umschulung der anderen Probas«, setzte Lie zum Todesstoß an.

»Gut, Lie. Du hast mich überzeugt«, erwiderte der Oberst. »Du und Despair werdet sie holen und in den Keller bringen. Greed braucht Despairs Zimmer ja nicht mehr. Sperrt sie sicherheitshalber dort hinein.«

»Aber Oberst«, wandte ich ein.

»Gibt es ein Problem, Despair?« Der Oberst funkelte mich finster an. Ihm jetzt ein Widerwort zu geben, würde meine »Kopf-ab-Befürchtung« definitiv beschleunigen – und Hopes Schicksal nicht verbessern. Ich musste mir auf der Fahrt zu meinem Haus etwas einfallen lassen.

»Nein. Kein Problem«, antwortete ich deshalb leise.

»Kein Problem, WAS?«

»Kein Problem, Sir«, erwiderte ich.

»Hate kommt mit euch, damit ihr euch nicht die Köpfe einschlagt. Ihr werdet Hope ohne Umschweife hier abliefern. Wenn nicht, darf Hate eine Woche lang mit euch machen, was auch immer er möchte. Ist das klar?«

»Klar, Sir«, erwiderte Lie sofort. Seine Stimme triefte nur so vor Vorfreude und Gehässigkeit. Ekelhaft!

»Despair?«

»Klar.«

Der Oberst bemaß mich mit einem vernichtenden Blick. »Irgendwann wird dir deine Überheblichkeit noch vergehen.«

»Ja, Sir«, antwortete ich. Mir war zwar nicht klar, was mein Unwille, ihn ständig wie eine Gottheit behandeln zu müssen, mit Überheblichkeit zu tun hatte – Ich war alles andere als das! –, aber wenn er meinte ...

»Schert euch nun weg!«, blaffte der Oberst und zeigte auf die Tür.

Wie befohlen verließen Lie und ich die Räumlichkeiten.

Draußen vor der Tür fragte Lie hämisch: »Na? Geht dir schon die Muffe?«

»Ich weiß nicht, wovon du sprichst«, erwiderte ich eisig.

»Ja klar, Despair. – Aber gut, leugne es, solange du noch kannst. Wenn wir Hope hierher gebracht haben, wird sie uns schon aufklären.«

Am Fuß der Treppe empfing uns bereits Hate, indem er uns beiden mit der Faust gegen den Oberarm schlug.

Lie ließ ein ziemliches unmännliches Fiepen hören.

Ich grinste schadenfroh, musste mir aber selbst auf die Zunge beißen, um nicht auch einen Laut von mir zu geben.

Meine Güte. Ich hatte wirklich das Gefühl, Hates Schläge wurden von Mal zu Mal stärker.

»Na, ihr Pussys? Der Oberst hat mich schon angepiept«, informierte Hate uns mit einem teuflischen Grinsen. »Du hast Hope? Geil ey! Das wird Love vollends den Rest geben.« Er gluckste vergnügt und stürmte nach draußen, um sich in seinen Hummer zu schwingen. Lie und ich taten es ihm gleich.

Während der Fahrt überlegte ich fieberhaft, wie ich die beiden loswerden könnte. Doch mir fiel einfach nichts Passendes ein. Und selbst, wenn mir das irgendwie gelingen sollte, müsste ich das später vor unserem Oberst rechtfertigen. Wie sollte das gehen? Warum hatte ich nicht früher darüber nachgedacht? Was hatte ich mir *überhaupt* dabei gedacht, Hope nicht direkt bei unserem Oberst abzuliefern?

Zum Teufel mit ihnen allen!

Und das, wo mir doch gerade ganz andere Dinge im Kopf herumspukten …

21. Kapitel

Hope

Ich hörte, wie die Tür aufging.

Na endlich! Wurde auch Zeit, dass Despair zurückkam. Ich hatte so viele Fragen an ihn. Warum er mich ohne das Wissen der anderen hier untergebracht hatte, zum Beispiel. Und was das vorhin für eine sonderbare Vorstellung gewesen war. Natürlich auch, wie es nun weiterging. – Nicht, dass ich mir einbildete, ein einziger Kuss würde unser Verhältnis zueinander grundlegend verändern. Aber irgendetwas musste all das doch bedeuten, oder?

Ich wusste, ich sollte besser über andere Dinge nachdenken, allen voran vermutlich, was der ungebetene Besuch seiner Brüder jetzt für Konsequenzen für mich hatte. Doch meine Gedanken schweiften immer wieder zu Despair und diesem merkwürdigen Kuss ab. Schon als wir uns berührt hatten, spürte ich an der Stelle ein eigenartiges Kribbeln, welches sich dann durch meine ganzen Körper zog. Ob es ihm genauso gegangen war? Ich vermutete es.

Nachdem er mich aus dem Wasser gezogen hatte, ließ er mich blitzartig los. Ganz so, als hätte er sich verbrannt ...

An den Kuss selbst durfte ich erst gar nicht denken. Er war so sanft, so zärtlich gewesen. Gleichzeitig aber auch unvorstellbar leidenschaftlich und wild. Das hätte ich nie im Leben von Despair erwartet.

Hinzu kam, dass ich auf einmal das Gefühl hatte, alles in meinem Leben realistisch sehen zu können – nicht übertrieben positiv von meinem Pro gefärbt, sondern so, wie es sein sollte. Es war ein wunderbares Gefühl. So rein. So ehrlich. Und es hielt immer noch an.

Ob es Despair wohl genauso ging?

Ich seufzte. Dieses Herumsitzen und dieses immerwährende Grübeln machten mich noch verrückt.

»Despair?«, rief ich.

Warum kam er nicht? Ich hatte ihn doch genau gehört.

Keine Reaktion.

»Despair?«, versuchte ich es noch einmal.

Da: Die Tür zu meinem Zimmer ging auf. Doch nicht Despair kam herein, sondern Treason. Ich bekam einen Riesenschreck.

»Psssst!«, machte er und hielt sich den Zeigefinger vor den Mund.

Verdattert sah ich ihn an. Was wollte der denn hier?

Treason holte meinen Käfigschlüssel von der Wand.

»Was tust du da?«, fragte ich verblüfft.

»Wonach sieht's denn aus?«, stellte er als Gegenfrage.

»Du lässt mich frei?!« Wenn ich irgendwann in meinem Leben schon mal ungläubig geklungen haben sollte, war das sicher ein Scheiß gegen jetzt gewesen.

»Kluges Mädchen«, antwortete Treason.

»Warum tust du das? Hat Despair dich geschickt?«

Treason sah mich mitleidig an. »Du solltest dir Despair aus dem Kopf schlagen.«

»Wie bitte?!«

»Tue nicht so. Ich hab gesehen, wie du ihn angeschaut hast. Despair ist nicht ehrlich zu dir. Und was auch immer du dir erhoffst oder ausmalst: Es wird mit Despair nie real werden. Er ist wie besessen von seinem Impro. Selbst wenn er wollte, könnte er euch nie eine Chance geben. Dazu bräuchte er Hoffnung.«

Skeptisch blickte ich ihn an. »Wer warst du noch mal? Treason, oder? Der Verrat ...«

»Richtig. Der Verrat. Nicht der Lügner«, erwiderte er leicht genervt.

»Und *warum* hilfst du mir?«

»Als du mir vorhin deine Hand gegeben hast, konnte ich dein Pro spüren. Ich hatte ja keine Ahnung, wie wertvoll du für diese Gesellschaft bist.«

»Aha«, machte ich sarkastisch.

Er sah mich aus ernsten Augen an. »Du brauchst mir nicht zu glauben. Aber ich denke, wenn du umgeschult wärst und Despairs Impro die Welt überschatten würde, kämen immense Probleme auf uns zu. Und zwar in einem Ausmaß, wie sie sich keiner vorzustellen vermag. Jeder von uns wäre betroffen und ich habe keine Lust, den Rest meines Lebens irgendwo depressiv in einer Ecke zu liegen und vor mich hinzuvegetieren.«

Ein Klicken und die Käfigtür war offen.

»Jetzt komm. Wir müssen hier weg, bevor Despair und Lie zurückkehren.«

Fragend sah ich ihn an.

»Sie sind sicher schon auf dem Weg hierher, zweifelsohne mit dem Befehl, dich zum Quartier zu bringen. Und was dich da erwartet, willst du lieber gar nicht wissen.«

»Ich kann nicht so einfach weg«, wandte ich ein.

»Ach nein? Willst du lieber in deinem Käfig bleiben?« Treason hob spöttisch eine Augenbraue.

»Nein. Aber was ist mit meinen Schwestern?«

»Denen kannst du vom Käfig aus auch nicht helfen.«

Ich nickte langsam. Da hatte er Recht. Aber dennoch ...

»Jetzt komm schon«, drängte er. Er hielt mir seine Hand hin und ich ergriff sie zögerlich.

»Hab keine Angst. Vertrau mir.«

Ich seufzte. Das hatte ich heute schon einmal gehört.

Treason zog nicht an mir. Er wartete, bis ich von selbst aus dem Käfig gekrabbelt war. Dann stand ich vor ihm.

»Und jetzt?«, fragte ich.

»Jetzt bringen wir dich erst mal in Sicherheit.«

»Aber was ist mit meinen Schwestern?«, beharrte ich.

»Die holen wir heute Nacht.«

Gleichermaßen ungläubig wie misstrauisch sah ich ihn an.

Er machte einen Schritt auf mich zu und strich mir vorsichtig eine Strähne aus dem Gesicht. »Ich helfe dir. Versprochen.«

Ich blickte ihn weiterhin skeptisch an, keineswegs überzeugt von seinen Beteuerungen.

Treason schien das zu merken. Er stieß einen tiefen Seufzer aus. »Weißt du was? Es ist nicht nur unheimlich anstrengend, sondern auch ziemlich ätzend, wenn man sein Leben lang immer wieder versucht, etwas Gutes zu tun, einem aber nie vertraut wird.« Damit drehte er sich um und ging in Richtung Haustür.

»Warte«, rief ich ihm hinterher.

Er blieb kurz stehen. »Du musst nicht mit mir kommen. Ich dachte nur, ich tue dir einen Gefallen.«

»Es tut mir leid. Es ist nur ... Ich *muss* meinen Schwestern helfen.«

»Wie ich schon sagte: Wir holen sie heute Nacht. Wenn keiner mehr im Quartier ist«, erwiderte Treason.

»Und wo soll ich solange hin? Despair wird sicher nach mir suchen.«

»Das wird er gewiss, ja. Aber Despair ist Despair. Ohne Hoffnung wird er sehr schnell aufgeben, zumal er keine Ahnung hat, *wo* er suchen soll.«

»Nein?«, fragte ich.

»Nein.«

»Und wo soll dieses sichere Versteck sein?«

»Bei mir zu Hause.«

Ich schluckte. Von der einen Höhle des Löwen in die nächste?!

»Wie gesagt: Du musst nicht mitkommen. Es ist lediglich ein Angebot. Aber ich gehe davon aus, du wirst so schnell nichts Besseres finden. Bei dir zu Hause werden sie sicher zuerst suchen.«

Ich nickte zustimmend. »Okay, abgemacht«, erwiderte ich. »Aber heute Nacht holen wir meine Schwestern!«

»Ich hätte Loyalty jetzt schon mitgebracht. Vielleicht wärst du dann vertrauensseliger gewesen. Aber ich musste den Schein wahren. Außerdem habe ich unserem Oberst ausrichten lassen, dass ich heute Nachmittag noch Folterspielzeug für Loyalty besorge, um nicht im Quartier anwesend sein zu müssen. Somit wäre es äußerst uncool, wenn sie mich hier antreffen würden. Von der Kombination mit dir mal ganz abgesehen. Also, können wir?«

Damit setzten wir uns in Bewegung. Treason führte mich zu seinem Auto. Einem grünen Jeep. – *Grün.* Die Farbe der Hoffnung. Meine Lieblingsfarbe. Ob das ein Zeichen war?

Ich setze mich auf den Beifahrersitz und schnallte mich an. Ein wirklich gutes Gefühl hatte ich bei der ganzen Sache nicht. Aber da ich keine Alternative hatte, musste ich wohl oder übel das Risiko eingehen, in eine Falle zu tappen.

***

Die ganze Fahrt über starrte ich auf mein Armband.

Hope, las ich immer wieder. Ich war Hope. Die Hoffnung.

Warum hatte ich plötzlich Bedenken, ob meine Entscheidung richtig gewesen war? Hing es womöglich mit Despair zusammen? Seit unserem Kuss fühlte ich mich anders. Ich konnte nur nicht genau beschreiben, wie. Zu gern hätte ich mich mit Despair ausgetauscht, ihn gefragt, ob es ihm vielleicht ähnlich ging ...

Verstohlen sah ich zu Treason hinüber, der stur auf die Fahrbahn schaute. Irgendwann hielt ich sein stoisches Schweigen nicht mehr aus.

»Wie lange dauert es noch?«, fragte ich.

»Wir sind gleich da.«

Ich nickte. »Hast du auch ein eigenes Haus?«

»Nein, eine Wohnung.«

»Ich auch.«

Er lächelte. »Fangen wir jetzt schon an, nach unseren Gemeinsamkeiten zu suchen?«

»Bitte was?« Erschrocken sah ich ihn an.

»Ich mach doch nur Spaß.«

»Witzig«, kommentierte ich trocken.

Er lächelte mehr. »Ich mag Gesellschaft, weißt du? Ein ganzes Haus, in dem ich nur für mich allein bin, wäre mir zu langweilig.«

»Und Despair ist da ... *anders*?«, fragte ich.

»Despair ist ein Einzelgänger. Geworden.«

»Geworden?«

Treason nickte. »Er hat jegliches Vertrauen in alles und jeden verloren. Wie du vielleicht weißt, war seine Kindheit nicht so ... einfach.«

»Warum? Was ist passiert?«

»Wir reden nicht darüber. Nie. Wenn du das wirklich wissen willst, musst du ihn schon selbst fragen.«

Ich nickte verständnisvoll. Auch, wenn es mich wirklich interessierte, wollte ich nicht so pietätlos sein und etwas offenbar so Persönliches hinter Despairs Rücken erfahren.

»Und was ist mit dir?«, fragte ich Treason stattdessen.

»Mit mir?«

»Ja. Ich verstehe das alles nicht. Solltest du mich nicht eher in Windeseile zu diesem berüchtigten Oberst bringen?«

»Den Grund dafür, es eben *nicht* zu tun, habe ich dir schon genannt. Den Glauben an mich kann ich dir leider nicht geben«, erwiderte Treason nüchtern.

»Mir fällt es nur etwas schwer, das alles hier zu begreifen«, entgegnete ich entschuldigend. Ich wirkte sicher total undankbar auf ihn. Er riskierte sein Leben, um mich hier rauszuholen, und ich stellte alles, was er sagte, in Frage. So war ich doch sonst nicht? In Anbetracht der Umstände war mein Misstrauen aber sicher auch ein wenig nachvollziehbar ...

»Vielleicht kann Loyalty dich heute Nacht etwas beruhigen«, sagte Treason. Dann bog er recht abrupt ab und fuhr in eine Tiefgarage hinein.

»So, da wären wir.« Treason parkte den Jeep und stieg aus.

Ich beeilte mich ihm zu folgen.

Er führte mich zu einem Fahrstuhl und wählte das oberste Stockwerk. Nummer 32.

Oben angekommen gab er einen Code ein. Die Fahrstuhltür öffnete sich – und wir standen bereits mitten in Treasons Wohnung.

»Ein Penthouse? Im Ernst?«, fragte ich verblüfft.

»Gefällt's dir?«

»Es ist nobel«, kommentierte ich neutral. Eigentlich mochte ich viel lieber gemütliche Wohnungen. Oder Häuschen. So wie das von Despair zum Beispiel ... Aber ich wollte nicht unhöflich sein.

»Mi casa es su casa«, grinste Treason.

Ich schluckte. Das war genau der Satz, den ich zu Vic gesagt hatte. Mit Entsetzen stellte ich fest, dass ich die letzten Tage kein einziges Mal an sie gedacht hatte. Was war nur aus mir geworden?

Wie es ihr wohl ging? Ob sie noch in meiner Wohnung war? Und ob sie sich um Streuner kümmerte?

»Mein Haus ist dein Haus«, übersetzte Treason.

»Ich hab das schon verstanden. Danke.« Ich lächelte etwas gequält.

»Gut. Du sahst nur gerade so nachdenklich aus.«

Ich überlegte. Sollte ich ihm von Vic erzählen? Vielleicht konnte er für mich in Erfahrung bringen, wie es um sie stand? Oder sollte ich sie lieber nicht erwähnen?

Ich hatte immer noch keine Ahnung, inwieweit ich Treason trauen konnte. Schließlich war er der Verrat … Daher entschied ich mich zunächst, es doch lieber für mich zu behalten. Mein Vertrauen musste er sich erst mal verdienen.

Meine Augen schweiften durch die Wohnung. Ein Boden aus schwarzem Marmor. Weiße Möbel. Goldene Akzente und ebensolche Armaturen in Küche und Badezimmer.

»Wow! Das wird sicher einiges gekostet haben«, staunte ich.

»Schätzchen, das ist unser erstes Date. Checkst du jetzt echt schon mein Gehalt?«

Empört sah ich ihn an.

Treason grinste belustigt. »Meine Güte, mach dich mal locker.«

Im Grunde hatte er Recht. Man sollte nicht jedes Wort auf die Goldwaage legen. Aber in Anbetracht der widrigen Umstände war ich nun mal extrem angespannt und rechnete immer noch damit, dass er irgendetwas Gemeines im Schilde führte.

»Du hast einen Job?«, lenkte ich ab und überging damit seinen Kommentar.

Er hob pikiert die Augenbrauen.

»Gut. Wir müssen uns nicht mögen. Schon kapiert. Ich bin Treason. Eines der Arschlöcher. Huu, huu. Als ›Hoffnung‹ hatte ich von dir ehrlich gesagt eine positivere Gesinnung erwartet.«

Ich schluckte. Zeigte er jetzt sein wahres Gesicht?

»Es tut mir leid. Ich weiß auch nicht, was gerade mit mir los ist«, rechtfertigte ich mich. – Obwohl ich noch nicht einmal genau wusste, wofür.

»Ist schon okay.« Er schenkte mir ein unergründliches Lächeln. »Wäre ich an deiner Stelle sicher auch. Willst du etwas trinken?«

»Ja, bitte«, antwortete ich höflich.

»Was möchtest du?«

»Was da ist.«

»Coke?«

»Okay.« Ich war zwar überhaupt kein Fan von Cola, aber ich wollte die ganze Situation nicht noch schwieriger machen, als sie ohnehin schon war.

Treason ging in die Küche. Dann kam er mit zwei Gläsern und einer Flasche wieder heraus.

»Hier, setz dich«, sagte er und reichte mir die Sachen.

Ich nahm auf seiner weißen Ledercouch Platz, während Treason es sich auf dem dazugehörigen Sessel gemütlich machte.

»Ich würde dir ja gentlemanlike einschenken, aber es ist vielleicht besser, wenn du siehst, dass ich dir nichts in dein Glas tue und die Flasche noch verschlossen ist.«

»Danke«, erwiderte ich und kam mir plötzlich ziemlich albern vor.

»Du hast vorhin von Gehalt gesprochen«, versuchte ich unser Gespräch in Gang zu halten.

Treason grinste.

Ich verengte meine Augen.

»Ist ja gut. Ich hör schon auf«, flachste er.

»Und was machst du, dass man dich so überbezahlt?« Sofort hielt ich mir die Hand vor den Mund. Musste ich immer so vorlaut sein? Und dann auch noch in solch einer unpassenden Situation?

Doch Treason begann schallend zu lachen.

»Ich finde dich witzig. Ich mag dich.«

Ich erwiderte nichts.

»Du hast schon Recht. Ich bin in der Tat überbezahlt. Meine Kunden würden mir jedoch noch mehr geben, wenn ich mehr verlangen würde. So gesehen bin ich wieder ein guter Sensianer.« Der Schalk blitzte aus seinen Augen. Das wiederum ließ ihn sympathisch wirken. Also nicht die Sache an sich, dass er sich selbst für gut hielt, sondern sein Ausdruck. Er hatte etwas Jugendliches, etwas *Ehrliches.*

Dennoch zog ich die Brauen skeptisch nach oben. »Wenn du meinst ...«

Treason schaute beleidigt. Oder ärgerlich? Oder verblüfft?

Ich begann zu grinsen.

»Touché«, sagte er und lachte. »Du wirst es nicht glauben, aber es gibt tatsächlich Leute, die viel Geld für gute Geheimnisse zahlen.«

»Du benutzt dein Impro zum Geldverdienen?«, fragte ich neugierig.

»Ja, warum nicht?«

»Gibt es denn überhaupt so viele wertvolle Geheimnisse, die dir diesen Lebensstandard auf Dauer sichern?« Auch wenn ich das nicht guthieß, interessierte es mich trotzdem irgendwie.

»Du hast ja keine Ahnung. Aber ich kann dich beruhigen: Sollten mir die Geheimnisse doch irgendwann einmal ausgehen, werde ich einfach einen reichen Menschen dazu bringen, Steuern zu hinterziehen. Danach verpfeife ich ihn und kassiere bei einem korrupten Politiker eine hübsche Prämie dafür. Klappt auch. Ist nur mehr Arbeit und bringt weniger.«

»Oh. Okay.« Ich wusste nicht, was ich dazu sagen sollte. Irgendwie fiel mir nichts Positives dazu ein, doch ich wollte ihm nicht schon wieder verbal auf den Fuß treten.

»Wie du siehst, bringt es aber allemal mehr als Despairs komischer Schnitzkram, den er für ein paar Dollar verkauft«, fügte er hinzu.

Ich runzelte die Stirn. Was für ein überflüssiger Kommentar!

»Ich fand die Schnitzereien bewundernswert«, widersprach ich.

Treason sah mich an, mit einem ähnlich durchdringenden Blick, wie es Lie vorhin bei Despair getan hatte.

»Ich würde ja zu gerne wissen, was Despair mit dir gemacht hat, dass du sogar schon Partei für ihn ergreifst.«

Ich senkte den Blick. »Tue ich doch gar nicht.«

Tatsächlich hätte ich das für jeden getan. Aus dem einfachen Grund, weil ich weder Angeberei noch Überheblichkeit leiden konnte. Trotzdem fühlte ich mich nun ertappt.

»Na ja, es geht mich ja auch nichts an«, erwiderte Treason und nahm einen großzügigen Schluck von seiner Cola.

»Ich hab auch einen Job«, wechselte ich das Thema.

»Echt? Aber du bist doch eine Frau!« Treason klang regelrecht entsetzt.

Ich rollte entnervt mit den Augen. »Und was hat das damit zu tun?«

»Du solltest einen Mann haben, der für dich sorgt.«

Ich lächelte. »Du meinst, wie bei der ganz klassischen Rollenverteilung der Menschen?«

Treason nickte. »Die Menschen haben nicht viel, woran man sich bei ihnen ein Beispiel nehmen könnte. Aber *das* zählt definitiv dazu.«

»Ein bisschen chauvinistisch veranlagt bist du schon, kann das sein?« Es sollte eigentlich witzig klingen, aber ich konnte meine Entrüstung nicht ganz verbergen.

Treason grinste nur vielsagend.

Eigentlich hätte ich mich darüber ärgern müssen. Männer, die Frauen als dumme Hausmütterchen abstempelten, fand ich furchtbar! Zumal nicht wenige mit dieser Einstellung auch gerne mal zuschlugen. Zu ihnen gehörten dann die Frauen, die ich einmal die Woche im Frauenhaus besuchte ...

Doch so seltsam wie es klang: Treason machte gerade diese verquere Einstellung »sympathischer«. Vermutlich, weil ihn das irgendwie *echter* wirken ließ, echter und *menschlicher* – sofern ein Sensianer das überhaupt sein konnte.

»Despair sieht das übrigens ähnlich«, fügte Treason hinzu.

»Na ja, wenn man das Arbeiten nur auf's reine Geldverdienen reduziert, bräuchte ich wohl trotzdem einen Mann«, erwiderte ich. Dass ich noch Geld vom Staat bekam, nur damit ich (über)lebte, brauchte ich ihm ja nicht auf die Nase zu binden. Am Ende erfand er noch eine Methode, um dieses Geld ebenfalls abzugreifen.

Ein kleiner Schauer lief mir über den Rücken. Wenn Treason schon so raffgierig war, wie sollte dann erst Greed sein? Brrrrr! Und nun Modesty ...

»Du relativierst schon wieder«, sagte Treason.

»Bitte?!« Verständnislos sah ich ihn an.

»Wenn ich das sage, bin ich ein Chauvinist. Wenn ich behaupte, dass Despair das ähnlich sieht, ist das auf einmal in Ordnung.«

Kurz war ich perplex. Ich wollte etwas dagegen sagen, doch dann fragte ich mich, ob er nicht am Ende Recht hatte. War das wirklich so?

»Wie auch immer. Ich arbeite ehrenamtlich«, fuhr ich hastig fort. Ich fand es zwar gut, dass Treason offenbar versuchte, mir durch Konversation etwas von meinem Misstrauen zu nehmen, aber die Richtung, in die dieses Gespräch abdriftete, passte mir ganz und gar nicht.

Er schlug sich mit der flachen Hand vor die Stirn. »Oh Gott! Typisch Frau!«

»Ja, danke. Ich bewundere dich auch für deine Arbeit«, erwiderte ich sarkastisch. Na, das konnte ja noch heiter werden mit uns.

»Sorry, war nicht so gemeint. Es ist nur irgendwie schwer ... nachvollziehbar.«

»Was? Etwas Gutes zu tun, ohne dafür die Hand aufzuhalten?«

»Nein, nein, tut mir leid. Ich finde nicht immer die richtigen Worte. Ich meinte eher, dass man nicht oft jemanden kennenlernt, der dazu bereit ist.« Er schaute verlegen zu Boden.

»Was machst du denn?«, fragte er dann, nach einer kurzen Pause.

Da lehnte ich mich zurück und erzählte Treason bereitwillig von dem Kinderkrankenhaus, der Palliativstation, dem Frauenhaus und, und, und.

Zu meiner Überraschung war er speziell von der Sache mit dem Kinderkrankenhaus enorm angetan und fragte mich regelrecht darüber aus.

Vielleicht war er doch nicht so verkehrt?

Wenn das so weiterging, würde ich die Zeit bis zum Anbruch der Nacht relativ gut rumbekommen. Und dann konnte ich endlich meinen Schwestern helfen.

22. Kapitel

Despair

Ich holte meinen Schlüssel aus der Tasche und wollte die Haustür aufschließen; da merkte ich, dass diese gar nicht abgeschlossen war. Hatte ich tatsächlich vergessen, sie abzusperren? So was war mir ja noch nie passiert!

Doch jetzt, wo ich darüber nachdachte, fiel mir wieder ein, dass ich sie vorhin im Eifer des Gefechts einfach nur hinter mir zugezogen hatte. Wie leichtsinnig, wenn man bedachte, dass sie auf beiden Seiten eine Türklinke hatte.

Schuld daran war nur diese Frau! Sie veränderte mich. Doch seit unserem Kuss war ich mir nicht mehr sicher, ob ich das überhaupt verhindern wollte.

Der Kuss ...

»Alter? Gehst du jetzt rein oder willst du da Wurzeln schlagen?«, fragte Hate. Ohne eine Antwort abzuwarten rempelte er an mir vorbei.

Ich fasste ihm auf die Schulter, wollte ihn davon abhalten. Das war immerhin noch MEIN Haus!

Doch Hate verpasste mir einen schweren Schlag in die Magengegend, der mich erst mal in die Knie zwang.

»Wichser«, schnaufte ich, aber das beeindruckte Hate wenig.

»Jeder kriegt, was er verdient«, sagte Lie grinsend und wollte ebenfalls an mir vorbeigehen.

Da griff ich nach seinem linken Bein und riss ihn hart zu Boden.

»Richtig«, kommentierte ich und rappelte mich auf.

Lie tat es mir gleich.

Wir schauten uns grimmig in die Augen.

»Alles rächt sich im Leben«, schnappte Lie.

»Ich hoffe es«, erwiderte ich.

»WO IST SIE?«, brüllte Hate.

Lie und ich zuckten unisono zusammen. Bevor einer von uns nachfragen konnte, kam Hate in großen Schritten auf uns zugestürmt.

»WO IST SIE?«, brüllte er erneut. Dabei packte er Lie und mich am Kragen, hob uns von den Füßen und knallte uns gegen die Wand.

»Was?«, fragte ich verdattert.

Lie sah nicht minder entsetzt aus.

»Die Kleine. Sie ist weg!«

»Unmöglich!«, ächzte ich und machte mich von ihm los.

Hate ließ mich gewähren.

Ich rannte zu dem Käfig. Der Schlüssel steckte im Schloss, die Tür stand offen. – Ach du Scheiße!

War mir der Schlüssel irgendwo in ihrer Reichweite runtergefallen? Moment. Hatte ich ihn überhaupt von der Wand genommen? Ich wusste es nicht mehr.

Hektisch rannte ich durch sämtliche Zimmer, doch Hope war nirgends zu finden.

Einerseits ärgerte es mich, andererseits war ich heilfroh, dass sie nicht hier war. Das würde zwar einen Riesenärger mit dem Oberst geben – meine Bestrafung dafür wollte ich mir gar nicht ausmalen –, aber das erste Mal in meinen Leben glaubte ich, dass es das wert war.

»Was ist jetzt?«, donnerte Hate.

»Sie ist weg«, antwortete ich verwirrt.

»Ach ne! Und wie konnte das passieren?«

Lie baute sich neben Hate auf und starrte mich ebenfalls strafend an.

»Ich ... ich weiß es nicht«, stotterte ich. Und das stimmte: Ich wusste es wirklich nicht. Ich erinnerte mich ja noch nicht einmal daran, ob ich den Schlüssel genommen hatte oder nicht.

»Lie?«, sprach ich meinen Bruder an.

»Was ist?«, giftete er zurück.

»Weißt du zufällig noch, ob ich den Schlüssel von der Wand genommen habe?«

»Woher soll ich wissen, was du mit deinen Schlüsseln machst?«

»Hast *du* ihn genommen?«, fragte ich weiter.

»Alter, spinnst du?«, griff Lie mich an. An seiner Reaktion konnte ich erkennen, dass er ausnahmsweise mal die Wahrheit sagte.

Tja, da war ich wohl doch selbst schuld. Aber war das ein Wunder? Seit wir uns geküsst hatten, war ich total neben der Spur. Ich war so ...

»Und jetzt? Suchen wir sie?«, riss Hate mich aus meinen Gedanken.

»Ich wüsste nicht, wo«, erwiderte ich. Schließlich konnte ich mir nicht vorstellen, dass sie so dumm war, sich noch einmal an der gleichen Stelle erwischen zu lassen. Nicht, nachdem ich sie ein wenig kennengelernt hatte.

Hates Handy klingelte. Er ging ran.

»Ja?«

»Nein, Sir.«

Unser Oberst. Na toll!

»Werde ich machen, Sir.«

»Sie können sich auf mich verlassen, Sir.«

Hate legte auf. Dann packte er Lie und mich im Genick und drückte uns in Richtung Auto.

Mrs. Brendon kam die Haustür heraus. Offensichtlich hatte sie wieder einmal alles mitbekommen – wie auch immer das möglich war ...

»Na, hören Sie mal, junger Mann. Lassen Sie sofort die beiden Gentlemen los, sonst –«, schimpfte die alte Frau.

Hate unterbrach sie. »Sonst was?«, fragte er provozierend.

»Sehe ich mich gezwungen, die Polizei zu rufen!« Mrs. Brendon kam zu mir und tätschelte mir die Wange.

»Alles gut, John Carter?«, fragte sie besorgt.

»Alles gut, Mrs. Brendon. Gehen Sie bitte wieder in Ihr Haus zurück«, versuchte ich sie zu beruhigen. Doch die alte Dame musterte mich besorgt.

»Sie glaubt dir kein Wort«, klärte Lie mich unnötigerweise auf.

»Dafür hätte ich dich nicht gebraucht«, erwiderte ich ärgerlich.

»Also noch einmal, werter Herr«, wandte sie sich wieder an Hate. »Lassen Sie die beiden los, oder das wird Konsequenzen haben.«

»Ich empfehle Ihnen, mir nicht weiter auf den Sack zu gehen. Sonst wird das *für Sie* Konsequenzen haben.« Hate drückte uns weiter zum Auto. Im

Normalfall hätte ich mich schon längst gewehrt. Doch auch wenn meine Chancen bei Hate generell nicht die besten waren: Heute schien er noch stärker zu sein als sonst. Er hatte mich mit solch einer unwahrscheinlichen Kraft gepackt ... Würde ich etwas Dummes versuchen und er aus Wut richtig zudrücken, würde er mir bestimmt das Genick brechen.

»Bitte, Mrs. Brendon. Gehen Sie wieder ins Haus«, versuchte ich es noch einmal.

»Wie süß«, kommentierte Hate.

Er bedeutete Lie, die hintere Fahrzeugtür zu öffnen. Was dieser natürlich ohne Widerrede tat. Dann stieß er zuerst ihn, dann mich hinein.

Mrs. Brendon versuchte Hate am Arm festzuhalten. Ich fühlte ihre Panik. Sie hatte wirklich Angst um mich.

Da holte Hate aus und schlug ihr mit voller Wucht ins Gesicht. Die alte Dame taumelte und ging zu Boden.

»HATE!«, brüllte ich entsetzt.

Ich wollte zu ihr, wollte ihr helfen. Doch da traf mich Hates Hammer ebenfalls.

Mir wurde schwarz vor Augen und ich sackte zusammen.

***

»Despair?«, rief jemand. Die Stimme klang dumpf, als wäre sie sehr weit weg.

Ich blinzelte. Mein Kopf dröhnte. Dieser verdammte Hate! Ich schaute mich um. Nachdem mein Blick sich nach und nach klärte, sah ich, dass ich mich in unserem Schulungskeller befand. Aber nicht als Ausbilder, sondern wieder als Schüler! In einem Käfig!

Erschrocken fuhr ich auf und stieß mir prompt meinen Kopf an dem Gitter über mir.

»Autsch«, zischte ich.

Jemand schnipste neben mir. Mehrmals.

»Despair, hier spielt die Musik.«

Ich drehte meinen Kopf zur Seite. Unser Oberst saß entspannt auf einem Stuhl und musterte mich.

»Was soll das?«, fragte ich empört.

»Strafe muss sein. Du kennst das doch«, erwiderte der Oberst seelenruhig.

»Ich habe meine Schulung beendet!«

»Du bist schwach geworden.«

»Bin ich nicht«, hielt ich dagegen.

»Lie sagt das.«

Ich zog die Brauen spöttisch nach oben. »Na was für ein Glück, dass wir den grundehrlichen Lie dazu befragen konnten.«

»Dein Sarkasmus ist hier fehl am Platz, Despair. Sei lieber dankbar, dass ich *diese* Strafe für dich gewählt habe.«

Ich schnaubte.

»Deine Einheit endet heute Abend gegen Mitternacht. Dann wird Hate dich herauslassen. Bis dahin kannst du über deine Entscheidungen nachdenken.« Der Oberst stand auf und wandte sich zum Gehen.

»Warten Sie.«

Er ging weiter.

Ich seufzte.

»Sir?«

Der Oberst drehte sich um.

»Na, siehst du, wie schnell du lernen kannst?«, fragte er herabwürdigend.

Ich verkniff mir einen Kommentar dazu. Da ich noch etwas von ihm wollte, konnte ich es mir nicht erlauben, ihn weiter zu verärgern.

»Ich habe eine Bitte«, sagte ich.

Der Oberst schaute mich erstaunt an. »Eine Bitte?«

Ich nickte.

»Keine Frage?«

Ich knirschte mit den Zähnen. Er machte es mir aber auch verdammt schwer.

»Nein, Sir.«

»Und die wäre?«

»Würden Sie sich bitte nach dem Zustand meiner Nachbarin erkundigen? Hate hat überreagiert und ich würde gerne wissen, wie es ihr geht.«

»Du wirst mir ein ewiges Rätsel bleiben, Despair. Du sitzt hier im Käfig und sorgst dich um eine alte Schachtel.« Seine Stimme strotzte nur so vor Hohn.

»Bitte, Sir«, fügte ich hinzu.

»Ich kann dich beruhigen. Ich habe die Angelegenheit bereits geregelt. Es geht ihr gut.«

Fragend sah ich ihn an.

»Nun ja, vielleicht lügt Lie doch nicht immer.« Mit diesen Worten verließ der Oberst das Zimmer und ich blieb in meinem Käfig zurück.

Ich schaute auf meine Armbanduhr. Wir hatten gerade mal vier Uhr nachmittags. Das konnte ja noch heiter werden ...

Andererseits hatte ich so endlich einmal Zeit, über alles in Ruhe nachzudenken – Ohne, dass ein Lie rumnervte, ohne, dass ein Hate Aufmerksamkeit verlangte.

Mir schwirrten tausende Gedanken durch den Kopf. Und sie hatten alle mit Hope zu tun.

Hope.

Meine Feindin.

Mein Verderben.

Und seit heute gleichzeitig meine Retterin.

Konnte es noch paradoxer werden?

Wie hatte sie das nur geschafft? Wie konnte ich jemanden mögen, dem ich so viel Leid zu verdanken hatte? Konnte ein einziger Kuss so viel verändern?

Diese Frau brachte einfach alles durcheinander. Alles, woran ich glaubte. Alles, wofür ich stand. Alles, was mich ausmachte.

Ich hatte sie gehasst. Wirklich *abgrundtief* gehasst.

Und dann lernte ich sie kennen. Und küsste sie ...

Auch wenn das zugegebenermaßen eine echte Kurzschlussreaktion aufgrund der ganzen Situation gewesen sein musste, bereute ich es dennoch keineswegs.

Hope hätte weglaufen können. Es war zwar abgeschlossen, aber das wusste sie nicht. Trotzdem hatte sie es nicht einmal probiert, hatte nicht einmal die Klinke nach unten gedrückt, während ich im Wasser um mein Leben kämpfte. Das hätte ich gehört, denn dann wäre der Alarm losgegangen.

Nein, sie war zurückgekommen. Viel mehr noch: Sie sprang ohne zu zögern zu mir ins Wasser. Mit Handschellen. Und holte mich heraus, obwohl ich ihr so viel Leid zugefügt hatte.

In diesem Moment fühlte ich mich unglaublich schlecht. Sie hatte mein Leben gerettet! Und alles, was ich zu ihr sagte, war: Danke.

Dann hatte ich sie einfach geküsst, mich zu ihr hinuntergebeugt, ihr zwar die Chance gelassen, sich abzuwenden, doch sie hatte es nicht getan.

Ihre strahlend blauen Augen hatten mich angeschaut, hatten tief in meine schwarze Seele geblickt und diese mit einem einzigen Wimpernschlag erhellt.

Ihre Augen waren so wunderschön wie der Ozean. So endlos. So versunken. Und ich fragte mich, ob mir diese Augen das gleiche Verderben bringen würden wie Wasser ...

Ihre Berührung jedoch hatte eine ganz andere Sprache gesprochen. Sie war eher wie die sanfte Brise eines Windes, wie ein leichtes Prickeln, das auf meiner Haut eine wohlige Wärme hinterließ. Ein Hauch von Geborgenheit war geblieben und in diesem Moment hatte ich mich einfach unfassbar glücklich gefühlt.

Ganz zu schweigen von dem Kuss an sich. Ein Kuss: so verheißungsvoll, so voller Leidenschaft.

Es war, als hätte ich auf ihn mein ganzes Leben lang gewartet. Er verkörperte alles, was ich mir immer gewünscht hatte, was mir jedoch stets verwehrt geblieben war. Nie hatte ich geglaubt, dass ich so etwas erfahren durfte und plötzlich war es da. Wie ein langersehnter Traum.

Das erste Mal in meinem Leben hatte ich das Gefühl, angekommen zu sein. Meine ewige Suche beenden zu können, obwohl ich nicht mal wusste, wonach ich genau gesucht hatte.

Der Kuss war wie ein Versprechen; ein Versprechen, dass ich nie wieder leiden musste. Und ich glaubte es.

Wären Lie und Treason nicht aufgetaucht, hätte ich sie garantiert noch einmal geküsst.

Ich dachte an den Satz, den der Oberst vorhin zu mir gesagt hatte, durchtränkt von Spott und Verachtung:

Du wirst mir ein ewiges Rätsel bleiben, Despair. Du sitzt hier im Käfig und sorgst dich um eine alte Schachtel.

War das nicht genau das, was ich auch zu Hope gesagt hatte, nur auf ihre Schwestern bezogen?

Vielleicht waren wir uns doch nicht so unähnlich? Vielleicht war es einfach falsch, uns in Starke und Schwache aufzuteilen? In Nützliche und Nutzlose? In Gefährliche und Ungefährliche?

Vielleicht waren wir einfach nur zwei Mitglieder einer großen Gesellschaft? Nicht gefährlich füreinander? Und schon gar nicht lebensbedrohlich für andere?

Mehr und mehr beschlich mich das Gefühl, dass mein Hass auf Hope gänzlich unbegründet gewesen war.

Wer so viel Gefühl zu schenken vermochte, konnte nicht bösartig sein. Oder?

Ich bekam Kopfschmerzen. Gerade stellte ich immer mehr in Frage. Doch ich fand keine Antworten.

Das waren definitiv zu viele Gedanken für einen Nachmittag.

23. Kapitel

Hope

Ich spürte, wie mich jemand berührte.

Erschrocken zuckte ich zusammen. Dann schlug ich die Augen auf.

Entsetzt starrte ich in Treasons Gesicht, welches sich direkt über meinem befand. Was hatte er vor?

Doch er lächelte beruhigend und legte eine Wolldecke über meinen Körper. Dann setzte er sich wieder in seinen Sessel vor den Fernseher.

Ich richtete mich auf, lehnte mich mit dem Rücken gegen die Couch und rieb mir verschlafen die Augen.

Ich war eingenickt. Bei einem Fremden. Sehr dumm! Aber so bequem hatte ich schon lange nicht mehr gelegen ...

»Ich wollte dich nicht wecken«, entschuldigte Treason sich.

»Schon gut«, erwiderte ich leise. »Wie spät haben wir es?«

»Noch zu früh, um aufzubrechen.«

Ich seufzte.

»Weißt du eigentlich schon, wie es weitergeht?«, fragte Treason.

»Nein«, gab ich zu.

Er schaute mich mit großen Augen an. »Du willst in das Quartier der Improbas einbrechen, unserem Oberst seine Ware stehlen, und hast nicht mal einen Plan für danach?«, fragte er ungläubig.

Ich nickte lahm. Was sollte ich auch sagen? Außer, dass er Recht hatte ...

Treason schüttelte den Kopf, immer noch entgeistert, wie es schien.

»Du bist irre, Hope. Hat dir das schon mal jemand gesagt?«

»Was soll ich denn deiner Meinung nach tun? Sie so lange in euren Fängen lassen, bis mir eingefallen ist, wie es danach weitergehen könnte? Wichtig ist doch erst einmal, dass sie frei sind.«

»In *euren* Fängen«, wiederholte Treason pikiert.

»Sorry. Du weißt, wie ich das meine.«

Treason ging nicht weiter darauf ein. »Frei kriegen dürfte zunächst nicht das Problem sein. Aber soll ich dir auch bei dem Rest helfen?«, fragte er stattdessen.

»Dem Rest?«

»Einen geeigneten After-Schlachtplan zu entwickeln?«

»Nein«, lehnte ich direkt ab. Alles andere wäre dumm gewesen. Treason wusste sowieso schon viel zu viel. Leider hatte ich nur keine Ahnung, wie ich meine Schwestern ohne seine Hilfe befreien sollte.

»*Nein?*« Amüsiert sah er mich an.

»Ich meine, das ist nicht nötig«, verbesserte ich mich.

»So. Meinst du.«

Ich nickte.

»Dafür, dass du eine Proba bist, bist du aber wirklich ganz schön misstrauisch«, sagte Treason und zappte weiter teilnahmslos durch die Kanäle.

»Es ... Es ist nur ...«, begann ich. Doch eine glaubwürdige Begründung wollte mir nicht einfallen. Das hieß: Ich hatte schon eine. Ich wollte sie nur nicht sagen – oder *konnte* sie vielmehr nicht sagen.

»Ich weiß schon. Ich bin ein Improba und du hast Angst, dass ich euch alle verrate und unserem Oberst ausliefere.«

Ich schluckte. War das doch so offensichtlich?

»Sehr logische Schlussfolgerung übrigens, wenn man bedenkt, dass ich dich rausgeholt habe und dich jetzt vor meinen Brüdern versteckt halte.« Treason stand auf und ging in die Küche. »Ich mach mir was zu Essen. Willst du auch?«

An seiner Erklärung war natürlich etwas Wahres dran. Dennoch ... Irgendwie schien mir das alles zu glatt, zu leicht ...

Ich ging hinter ihm her. »Wo ist der Haken?«

»Was für ein Haken?«, fragte er.

»Tue nicht so scheinheilig. Alles hat einen Haken«, erwiderte ich.

Er drehte sich zu mir um und kam auf mich zu. Und obwohl er bis auf wenige Zentimeter an mich herantrat, blieb ich unbeeindruckt stehen.

Wieder lächelte er. »Das muss man dir lassen. Schnell ins Bockshorn jagen lässt du dich nicht.«

Ich zog eine Braue hoch. »Sollte ich denn?«

»Nein.«

»Dann ist doch alles gut.«

Treason setzte sich auf einen der Küchenstühle und bot mir ebenfalls einen an.

Ich gesellte mich dazu.

»Es gibt tatsächlich eine Sache, die ich für meine Hilfe verlangen möchte«, begann er.

»Ich bin ganz Ohr«, erwiderte ich.

»Du musst Love wegschaffen.«

Fragend sah ich ihn an.

»Hate ist total durchgeknallt. Er wird sie umbringen, wenn du zulässt, dass er sie noch einmal in die Finger bekommt.«

»Das ist dein Wunsch?«, fragte ich verblüfft.

Er nickte.

»Die Sicherheit von Love ist dein Wunsch?!« Meine Stimme überschlug sich fast. Ich konnte es kaum glauben.

»Ist das so schwer zu begreifen?«, patzte er mich an.

»Ja. Ich meine nein. Ich hatte nur mit etwas anderem gerechnet.«

»Ach wirklich?«

»Ja«, gab ich zu.

»Und zwar?«

»Na ja ... was man sich halt so wünscht.«

»Und was wünscht man sich halt so?«, fragte er mürrisch.

Ich zuckte hilflos mit den Schultern. »Dass ich ein Jahr deine Sklavin spielen muss, vielleicht? Dass ich dir hunderttausend Dollar besorgen muss? Dass ich –«

Treason begann schallend zu lachen. »Ernsthaft?« Er lachte weiter, und zwar aus vollem Herzen. »Ich glaube, du hast zu viel Fernsehen geguckt. Ich sag dir jetzt mal was: Wie du siehst, habe ich genug Geld. Und wenn ich eine

Sklavin haben möchte, würden diverse Mädels bereitstehen, um diesen Job sofort mit Hochgenuss zu erledigen.«

Ich senkte beschämt den Blick, da ich nicht wusste, was ich darauf erwidern sollte.

»Wenn du Hate kennen würdest, wüsstest du, warum ich dich darum bitte«, fügte Treason nun ernster hinzu.

»Und wohin soll ich sie bringen? Wir waren noch nie getrennt«, wandte ich ein.

»Wenn du mich fragst, am besten nach Paris. In der Stadt der Liebe wird ihr Pro nicht so auffallen.«

Ich nickte langsam. So absurd es klang: Ich dachte tatsächlich bereits darüber nach, ob wir demnächst alle in Paris wohnen würden, zweifelte gar nicht an seiner Ernsthaftigkeit in diesem Moment.

»Haben wir einen Deal?«, fragte er und hielt mir die Hand hin.

»Habe ich eine Wahl?«

Er schüttelte lächelnd den Kopf.

»Dann erübrigt sich deine Frage wohl.« Ich schlug ein.

»Sehr gut. – Jetzt hab ich aber Kohldampf. Hilfst du mir kochen?« Treason ging hinüber zum Kühlschrank.

Ich fasste mir an den Kopf. Erst sollte ich seinetwillen meine beste Freundin beschützen und jetzt wollte er auch noch kochen?

»Was ist? Erwarte bloß nicht, dass ich dich bewirte.«

»Du kannst kochen?«, fragte ich und stand auf.

Treason verdrehte die Augen. »Wie hattest du bei Despair gesagt? Stellt euch vor, *das da* kann reden? Stell *du* dir vor, *das da* – er zeigte auf sich kann kochen.«

Ich musste schmunzeln. Er besaß durchaus Humor.

»Okay. Was gibt's denn?«, fragte ich neugierig.

»Was möchtest du denn?«

»Wie wär's mit Gemüsepizza?«, schlug ich vor.

»*Gemüsepizza*?« Treason schien nicht wirklich begeistert von meinem Vorschlag zu sein.

Ich nickte lächelnd. »Ich liebe Gemüsepizza.«

Er rümpfte die Nase. »Na dann ...« Treason holte Öl, Gemüse, Käse und Salami aus dem Kühlschrank.

Ich überlegte kurz, ob ich ihn nach Barry fragen sollte. Um ehrlich zu sein, lag mir das schon die ganze Zeit über auf der Zunge und ich hätte zu gerne Antworten auf meine Fragen gehabt. Doch ich entschied mich letztlich dagegen. Schließlich hatte ich keine Ahnung, wie Treason tickte, und bevor ich damit die Stimmung zum Kippen brachte und ich mir die Rettungsaktion in die Haare schmieren konnte, schluckte ich es lieber hinunter.

»Salami?«, fragte ich stattdessen und schaute mir seine Version der Zutatenliste für eine Gemüsepizza an.

»Von irgendetwas muss ich ja satt werden.«

Ich schmunzelte. »Typisch Mann.«

Treason grinste. Dann holte er noch Mehl, Salz, Zucker und Hefe dazu.

»Was soll ich tun?«, fragte ich.

»Du kannst schon mal das Gemüse schnippeln.«

Ich nickte und machte mich eifrig ans Werk – zumindest so lange, bis Treason eine rote KitchenAid hervorholte. Ungläubig starrte ich das Gerät an.

»Ist was?«, fragte er, während er es mit den Zutaten für den Teig befüllte.

Ich schüttelte leicht den Kopf. Auch auf die Gefahr hin, dass sich das jetzt diskriminierend anhörte: Er war ein Mann! Warum zur Hölle besaß dieser Badboy eine Küchenmaschine? Und dann auch noch *so* eine? Den Traum vieler Frauen?

Ich sah ihm weiter beim Werkeln zu, bis er mir eine Handvoll Mehl ins Gesicht warf. Unglücklicherweise hatte ich genau in diesem Moment eingeatmet und bekam einen heftigen Hustenanfall.

»Selbst Schuld«, kommentierte Treason bissig.

»Was denn?«, fragte ich unschuldig.

»Tue nicht so. Ich hab deinen Blick genau gesehen!«

Zuerst war ich mir unsicher, ob er jetzt wirklich sauer war. Doch ein leichtes Lächeln umspielte seine Lippen.

Also nahm ich ein Stück Paprika und feuerte es ihm als Rache gegen den Kopf.

»Na warte!«, rief er und stürzte auf mich zu.

Ich wollte weglaufen, doch er hatte mich schon gepackt. Leider rutschte er auf dem mehlbestäubten Marmor aus und knallte gegen mich.

Wir fielen zusammen hin, ich aber zum Glück auf ihn und nicht umgekehrt.

Treason rieb sich den Hinterkopf.

»Wie war das? Selbst Schuld«, kommentierte ich mit einem unverschämten Grinsen.

»Du freches Biest!« Blitzschnell hatte er mich an den Hüften gepackt und schon lag ich unter ihm.

Er schaute mir in die Augen. Mit einer Hand strich er mir eine Strähne aus dem Gesicht, sein Mund nur unwesentlich von meinem entfernt.

»Ähm ... Treason ...«, begann ich. Erst war das Ganze ja noch witzig gewesen. Doch die Richtung, in die sich der »Spaß« jetzt entwickelte, war mir unangenehm. Zumal ich mir gerade irgendwie schäbig vorkam. Schließlich hatte ich vor ein paar Stunden noch Despair geküsst.

Treason lächelte mich an. Dann war er mit einem gekonnten Satz wieder auf den Beinen und half mir auf.

»Ich hoffe, das wird dir eine Lehre sein, du Schneekamel«, sagte er verschmitzt.

»Ich *was?*«, fragte ich gespielt entrüstet.

»Du hast mich schon verstanden.«

»Sieh dich erst mal an«, erwiderte ich gelassen und klopfte mir etwas Mehl von den Klamotten.

Treason schaute an sich hinunter. Dann zog er sich sein T-Shirt aus. Ein stählerner Oberkörper kam zum Vorschein.

»So besser?«

Ich wandte den Blick ab.

»Darf ich mal kurz ins Badezimmer?«, fragte ich.

»Brauchst du eine Abkühlung?«, scherzte er.

Ich setze einen »Was-soll-das-denn-heißen«-Blick auf.

»Mach ruhig. Ich weiß, dass ich heiß bin.«

Ich antwortete mit Würgegeräuschen.

»Sehr erwachsen«, stellte er fest.

Ich rollte mit den Augen und verschwand im Badezimmer.

Nachdem ich mich etwas sauber gemacht hatte und vor allem, nachdem ich mir das Mehl weitgehend aus der Nase geschnäuzt hatte, kam ich wieder zurück und widmete mich weiter dem Gemüse. Treason werkelte immer noch halbnackt an der Küchenmaschine herum.

»Könntest du dir bitte wieder etwas anziehen?«, fragte ich.

»Wieso? Mache ich die nervös?« Er grinste spitzbübisch, und wenn ich das so sagen durfte, auch noch ziemlich unverschämt dazu.

»Mach schon«, überging ich seine Frage und blickte stur auf mein Gemüse.

Ohne zu murren verschwand Treason und kam mit einer sauberen Hose und einem sauberen Shirt wieder.

»So angenehm, die Dame?«

Ich lächelte und machte das Daumen-Hoch-Zeichen. »Viel besser!«

Treason runzelte die Stirn. »Eigentlich werden alle Weiber immer wild, wenn ich mich auszuziehe. Nicht, wenn ich mich *an*ziehe«, brummte er.

»Da bin ich mir sogar sicher«, entgegnete ich.

Er lächelte wieder.

»Aber ich bin halt auch nicht *alle Weiber*«, konnte ich mir nicht verkneifen.

Treason kam zu mir. Und obwohl ich mich wieder auf das Gemüse konzentrierte, stellte er sich so, dass ich ihn ansehen *musste*.

»Hope?«

»Ja?«

Er legte seine rechte Hand auf meine. »Das bist du tatsächlich nicht.« Dann drehte er sich wieder um und ging zurück zu seinem Pizzateig.

Ich atmete tief durch. Was sollte das nur alles? Er war ein Improba, darauf trainiert, mich zu hassen. Genau wie Despair.

Doch an ein und demselben Tag küsste mich der eine und befreite mich der andere nicht nur aus meiner Gefangenschaft, sondern bot mir auch noch an, bei der Rettung meiner Schwestern zu helfen? Von diesen komischen Anmachversuchen – oder was das auch immer sein mochte mal ganz abgesehen.

Ich fragte mich zum gefühlten hundertsten Mal, ob Treason nicht doch etwas im Schilde führte. Und wenn ja, was es war und was er damit bezweckte.

***

Ungefähr zwei Stunden später war dann auch unsere Pizza fertig. Da Treason darauf bestanden hatte, sie mit frischer Hefe zu machen, war das »mindestens« die Zeit, die eine gute Pizza brauchte. Ich sah das ehrlich gesagt nicht so eng. Dafür war ich vermutlich zu verfressen. Hauptsache, es schmeckte gut und es dauerte nicht zu lange. Die Geduldigste war ich noch nie gewesen.

»Und? Lecker?«, fragte Treason dann auch, als ich schon das dritte Stück in mich hineinstopfte.

»Oh! Ja, natürlich. Sieht man das denn nicht?« Ich grinste verlegen. Wie unhöflich von mir.

»Wenn du so fragst: durchaus.«

Treason ging wesentlich gesitteter an die Sache heran. Während ich mir in Windeseile meine Pizza in zwölf gleichgroße Dreiecke geschnitten hatte, aß er feinsäuberlich mit Messer und Gabel.

»Wann können wir denn los?«, fragte ich neugierig.

»Willst du nicht erst zu Ende essen?«

»Doch. Klar. Aber ich kann mich doch schon mal erkundigen, oder?«

Treason schaute auf seine Armbanduhr. Eine Breitling. Was sonst ...

»In einer Stunde können wir los«, antwortete er. »Dann kämen wir exakt um Mitternacht beim Quartier an. Um diese Zeit dürfte keiner mehr dort sein.«

Ich spürte, wie mein Herz schneller schlug. Adrenalin durchfloss meinen Körper.

Bald! Bald waren meine Schwestern wieder frei!

»Und? Hast du dir jetzt Gedanken gemacht, wo ihr hinwollt?«

Treasons Frage bremste meine Euphorie augenblicklich aus.

»Lass mich raten: Nein?«

Ich schüttelte den Kopf.

»Hier könnt ihr nicht bleiben«, sagte er.

»Oh nein! Nein, nein, nein! Ich danke dir von Herzen für deine Gastfreundschaft, aber ich bin sicher, dass ich im Namen aller spreche, wenn ich sage, dass wir dir nicht zur Last fallen wollen«, erwiderte ich, beinahe erschrocken.

»Darum geht es gar nicht. Aber wenn morgen alle Probas fehlen, wird unserem Oberst klar sein, dass euch jemand geholfen haben muss. Und dann werden sie zuerst hier nach euch suchen.« Er seufzte schwer. Seine gute Laune schien wie weggeblasen zu sein und er starrte verbittert auf seinen Teller.

»Das weißt du doch noch gar nicht«, antwortete ich und legte ihm meine Hand auf die Schulter.

»Pfft«, machte er spöttisch. »Und *wie* ich das weiß.«

»Was macht dich da so sicher?«, fragte ich.

Er schaute mich verächtlich an. »Schätzchen, du weißt schon, wer hier vor dir sitzt, oder? Ich? Treason? Der Verrat? Wer würde denn von uns am ehesten in Frage kommen?«

Ich schluckte. Von dieser Seite hatte ich das gar nicht betrachtet.

Ich räusperte mich mehrmals. »Wie ich schon sagte: Wir wollten uns sowieso nicht bei dir einnisten. Das, was du bereits für mich getan hast und auch noch tun willst, ist schon mehr, als ich verlangen oder jemals wiedergutmachen kann. Und dafür danke ich dir sehr.« Ich nahm seine Hand und drückte sie leicht.

»Ist im Grunde auch egal. Sie werden mich so oder so dafür bestrafen«, murmelte er niedergeschlagen.

»Aber wenn wir nicht hier sind, haben sie doch gar nichts gegen dich in der Hand.« Unverständnis lag in meiner Stimme. Wie sollte er für etwas bestraft werden, was keiner beweisen konnte?

»Das interessiert unseren Oberst nicht. Das hat ihn nie interessiert und das wird ihn nie interessieren.«

»Euer Oberst ist ein ganz schönes Arschloch!«, rutschte es mir heraus.

Doch Treason lächelte nur halbherzig. »Es ist, wie es ist. Ändern kann ich es nicht.«

»Was wäre, wenn du einfach mit uns kommst?«, fragte ich, selbst ganz überrascht von meinem spontanen Angebot. Schließlich wollte ich ihn anfangs noch so gut es ging außen vor lassen, doch nachdem ich das hörte, hatte ich Mitleid mit ihm. Er sollte nicht meinetwegen bestraft werden, nur weil er eine gute Tat vollbrachte.

Treason schaute nicht weniger verblüfft. »Warum solltest du das riskieren?«

»Weil du mir hilfst?«, stellte ich als Gegenfrage.

Misstrauisch beäugte er mich.

Ich seufzte schwer. »Sagt dir der Spruch *›Eine Hand wäscht die andere‹* etwas?«

»Natürlich. Aber danach handelt doch keiner!«, erwiderte er entrüstet.

»Ich schon.« Wieder konnte ich mir ein Augenrollen nicht verkneifen. Diese Improbas hatten aber auch manchmal komische Ansichten.

Treason musterte mich weiter skeptisch.

»Mehr als anbieten kann ich es dir nicht. Überleg es dir einfach«, sagte ich abschließend und aß meine Pizza fertig.

Da nickte er leicht, sagte jedoch nichts mehr dazu.

Nachdem wir aufgeräumt und uns mental gesammelt hatten – so nannte Treason zumindest die Viertelstunde Zeitverschwendung auf der Couch –, ging es endlich los.

Ich war so aufgeregt! So enthusiastisch!

Endlich konnte ich meinen Schwestern zu Hilfe eilen!

24. Kapitel

Despair

»Na, Alter? Genug rumgesessen?«, spottete Hate.

Ich nickte.

»Hast du auch brav über deine Fehler nachgedacht?«

Ich nickte wieder.

Ja, ich hatte nachgedacht! Und wie! Doch worüber, konnte ich Hate wohl schlecht erzählen.

»Der Oberst meinte, ich soll dich um halb zwölf rauslassen. Das wäre jetzt«, brummte Hate.

Ich verfolgte, wie er missmutig meine Käfigtür aufschloss. Gleichzeitig fragte ich mich, wie lange es wohl noch dauerte, bis Hate seinen Gehorsam ablegte. Er schien mir in letzter Zeit wie ein brodelnder Vulkan zu sein, jederzeit bereit auszubrechen.

Auch wenn ich unseren Oberst nicht achtete: Er hatte es bisher immer geschafft, *ihn* unter Kontrolle zu halten. Doch für wie lange noch? Ich wollte gar nicht daran denken, wenn dem mal nicht mehr so war …

»Raus jetzt mit dir!«, blaffte Hate mich an.

Wieder gehorchte ich anstandslos, schließlich hatte ich einen Plan geschmiedet und den wollte ich nicht gefährden, indem ich jetzt noch Streit mit Hate anfing.

Ich krabbelte an ihm vorbei und bekam einen kräftigen Tritt in die Seite.

Arrgh. Ich stöhnte.

»Mach dich am besten direkt auf den Weg und fang Hope ein, du Loser!«

Wieder ein Nicken. »Das mache ich.«

»Das hoffe ich für dich, sonst …« Er sprach nicht weiter. Sein Blick reichte vollkommen aus.

Dann verließ er das Zimmer und ich rappelte mich langsam auf, mir die schmerzende Seite haltend.

Wenn mir eines heute Nachmittag klar geworden war, dann, dass ich – egal, was das nach sich ziehen würde – Love hier herausholen musste. So konnte das nicht weitergehen. Hate wurde quasi von Minute zu Minute grausamer und allein der Gedanke daran, dass Love seinem Impro irgendwann nicht mehr gegensteuern konnte, ließ es mir kalt den Rücken hinunterlaufen.

Außerdem tat ich es für Hope. Ihr lag unheimlich viel an ihren Schwestern. Und abgesehen davon, dass ich ihr für meine Rettung sowieso noch etwas schuldig war, *wollte* ich es auch einfach für sie tun.

Ich trat in den Flur hinaus und sah mich um. Alles war still.

Vorsichtig machte in ein paar Schritte und versicherte mich, dass auch wirklich keiner mehr zugegen war.

Wie es schien, hatte ich Glück: Die Luft war rein. Schließlich war es schon recht spät und irgendwann verlor man anscheinend die Lust an den Probas, wenn man schon den ganzen Tag mit ihnen »gespielt« hatte.

Ich ging zu Hates Zimmer. Hoffentlich war es nicht wieder abgeschlossen.

Ich drückte die Klinke hinunter, lehnte mich gegen die Tür, doch sie bewegte sich keinen Millimeter.

Scheiße! Zu!

Was sollte ich denn jetzt machen? Ich hatte mir fest vorgenommen, unser Quartier auf keinen Fall ohne Love zu verlassen. Vor allem, da ich mittlerweile bezweifelte, dass sie noch einen Tag länger hier überstehen würde.

Kurzentschlossen lief ich zurück in mein Zimmer, holte eine Brechstange und ging schnellen Schrittes zurück. Ohne weiter darüber nachzudenken, hebelte ich die Tür aus den Angeln und konnte sie gerade noch abfangen, bevor sie mit einem lauten Knall zu Boden gefallen wäre.

Behutsam legte ich sie ab. Dann trat ich ein.

»Love?«, rief ich leise.

Keine Antwort.

Das war kein gutes Zeichen.

Ich eilte zu den Käfigen, doch Love war nicht hier.

Frustriert stöhnte ich auf und raufte mir die Haare. Was war denn das wieder für eine Scheiße?

Ich schritt das Zimmer Ecke für Ecke ab, doch sie war nirgends zu sehen.

Was hatte ich auch erwartet?, schalt ich mich selbst. Schließlich konnte man das Zimmer schon vom Eingang aus komplett einsehen. Hatte ich gedacht, dass sie plötzlich irgendwo auftauchen würde?

Aber weshalb hatte Hate dann das Zimmer abgeschlossen?

Plötzlich fiel mir das kleine Badezimmer ein, welches direkt an Hates Zimmer grenzte.

Vorsichtig öffnete ich die Tür, schaltete das Licht ein – und bekam einen Riesenschreck!

Love lag in der Badewanne, die Lippen blau, die Haut bereits gerunzelt. Daneben stand ein Infusionsständer, von dem aus ein Tropf direkt in ihre Vene führte. Eine mir unbekannte Flüssigkeit war daran angeschlossen und floss stetig in Loves Körper.

»Oh mein Gott, Love!«, rief ich entsetzt. Ich eilte zu ihr hin und tätschelte ihre Wange.

»Komm wieder zu dir«, forderte ich sie hilflos auf.

Doch sie bewegte sich nicht. Lediglich ganz seichte Atemzüge konnte man vernehmen. Wenigstens lebte sie noch.

Hate, dieser Verrückte! Dieser Kranke! Dieser Irre! Was hatte er nur getan?!

Ich musste ihr helfen. Sofort. Womöglich zählte jede Minute.

An der Wand hing ein Arzneischrank. Ich holte einen sterilen Tupfer und ein Pflaster heraus. Dann entfernte ich Love die Infusionsnadel und verband alles fachgerecht. Es war ja nicht so, als hätte ich das nicht schon hundertmal für meine Brüder gemacht. Im Übrigen auch für Hate. Doch daran schien er sich nicht mehr erinnern zu wollen …

Der Unterschied war jedoch, dass meine Brüder und ich immer Kochsalzlösungen bekommen hatten, um uns beispielsweise nach einem Wasserentzug wieder zu erholen. Was in diesem Infusionsbeutel allerdings drin war, wollte ich lieber gar nicht wissen. Harmlos sah diese leicht violettfarbene Lösung jedenfalls nicht aus.

Vorsichtig hob ich Love aus der Wanne. Das Wasser war eiskalt!

Schnellen Schrittes trug ich sie hinüber in das andere Zimmer. Dort legte ich sie auf Hates Bett. Da er die Nächte manchmal im Quartier verbrachte, hatte er glücklicherweise eines hier. So konnte ich Love wenigstens etwas Komfort bieten.

Sie zitterte nun entsetzlich.

»Love?«, sprach ich sie an.

Ihre Zähne klapperten.

»Hörst du mich?«

»Mmh ... mmh ... « Sie faselte irgendwelches unterverständliches Zeug. Ich kam nicht dahinter, was sie mir zu sagen versuchte.

Ich wickelte sie in Hates Bettdecke ein. Eigentlich hätte sie sofort aus den Klamotten raus gemusst, doch ich wollte nicht derjenige sein, der sie auszog. Aber ich wusste da schon wen ...

»Schwestern«, stöhnte sie plötzlich, erstaunlich gut vernehmbar.

»Was ist mit deinen Schwestern?«

»Holen«, keuchte sie.

»Natürlich. Eins nach dem anderen, okay?«

»Nein«, flüsterte sie.

Ich rollte mit den Augen. Die Probas waren nicht halb so unkompliziert, wie unser Oberst es immer beschrieben hatte. Weder Hope, noch sie. Doch um ehrlich zu sein, hatte ich das bei beiden zu schätzen gelernt. Bei Hope sogar noch ein bisschen mehr. Aber das war ein anderes Thema.

»Na gut. Ich lasse deine Schwestern raus und dann hauen wir hier ab, einverstanden?«

Sie nickte schwach.

Ich seufzte, trat hinaus aus dem Zimmer und wollte gerade in das nächste hineinhuschen, als ich Geräusche hörte. Mir wurde kalt und warm zugleich. Wer sollte jetzt noch hier sein? Um diese Uhrzeit hatte hier niemand mehr etwas zu suchen!

Angestrengt lauschte ich, ob ich mich nicht vielleicht doch verhört hatte. – Nein, da war es schon wieder. Wenn das Hate war, hatte ich mächtig Ärger am Arsch. Ärger, den ich vielleicht sogar nicht überlebte.

Ich hörte, wie jemand das erste Zimmer betrat.

Ohne weiter darüber nachzudenken, eilte ich zurück zu Love.

»Du musst jetzt ganz still sein, okay?«

Sie antwortete nicht.

Ich nahm das mal als ein Ja.

Hastig schulterte ich Love wie einen alten Mehlsack und schlich auf leisen Sohlen zum Ausgang des Kellers.

Das Quietschen einer Käfigtür.

Seit Modesty umschult war, hatte sie das erste Zimmer bezogen. Vielleicht ließ Greed sie gerade zum Klauen hinaus?

Wenn ich mich beeilte, würde ich es vielleicht unerkannt hinaus schaffen.

Ich riss die Kellertür auf und hechtete so schnell ich konnte die Treppe hinauf. Ohne mich auch nur einmal umzusehen, rannte ich auf die Straße und dort zu meinem Wagen.

Ich warf Love mehr oder weniger auf den Rücksitz. Dann stieg ich selbst ein, startete den Motor und brauste davon.

Mein Herz schlug mit atemberaubender Geschwindigkeit. Ich hatte so viel Adrenalin in mir, dass mein ganzer Körper zitterte.

Ich dachte darüber nach, was passiert wäre, wenn mich jemand erwischt hätte. Schlagartig wurde mir schlecht.

Wie konnte ich nur so kopflos handeln? War ich tatsächlich davon ausgegangen, dass ich es schaffte? Sonst war ich doch auch nicht so optimistisch ...

Doch ich brauchte gar nicht weiter darüber zu spekulieren. Ich *wusste,* woran es lag – oder vielmehr, an *wem*.

Seit ich Hope geküsst hatte, war ich wie ausgewechselt: nicht so euphorisch und blauäugig wie sie, aber auch nicht mehr so ein Schwarzmaler wie früher. Eher wie ein Mittelding. Und das Verrückte daran war: Ich fühlte mich so wohl.

Nun musste ich mich aber auf das konzentrieren, was unmittelbar vor mir lag. Unter Missachtung sämtlicher Verkehrsregeln raste ich die Straße entlang. Ich konnte zwar keine Verfolger ausmachen, doch sicher war sicher.

Nach einer schier endlos langen Zeit war ich endlich bei meinem Grundstück angekommen. Ich parkte das Auto ein paar Straßen weiter und ging zu

Fuß. Allerdings nicht direkt zu mir nach Hause – Das wäre ja auch selten dämlich gewesen. –, sondern zu meiner Nachbarin. Sie würde mir helfen. Da war ich mir sicher. Und ich war mir auch sicher, dass mich dort keiner suchen würde. Hate, das Brot, dachte garantiert nicht mehr an sie.

Ich trug Love ungesehen bis zur Türschwelle. Auch wenn ich tiefschwarze Nächte nicht unbedingt schätzte, hatten sie ihre Vorteile. Nicht auszudenken, was passiert wäre, wenn mich jemand gesehen hätte.

Ich klingelte.

Es dauerte keine fünf Minuten, da machte Mrs. Brendon die Tür auf.

»John Carter!«, rief sie überrascht.

»Mrs. Brendon, ich brauche unbedingt Ihre Hilfe.«

Mit großen Augen schaute sie mich an, doch ich wartete gar nicht erst darauf, hineingebeten zu werden.

Ich trat an ihr vorbei und legte Love auf ihre Wohnzimmercouch.

Mrs. Brendon verschloss die Tür hinter uns.

»Wen haben Sie denn da in der Decke versteckt?«, fragte sie stirnrunzelnd. Ihre Gefühle waren ein Mischmasch aus Misstrauen und Neugier.

»Eine Freundin von mir«, antwortete ich knapp. Fiel mir endlich einmal etwas Besseres ein?

»Oh! Wie entzückend. Lerne ich heute endlich Ihre bezaubernde Freundin kennen? Hat die Gute mal wieder zu viel getrunken?« Die Alte lächelte verschmitzt.

»Nein, Mrs. Brendon. Das ist nicht *meine* Freundin, sondern *eine* Freundin.«

Ihr Blick verdüsterte sich. »Weiß *Ihre* Freundin davon?«, fragte sie streng.

Wider Willen musste ich schmunzeln. Mrs. Brendon war wirklich ein Unikat.

»Noch nicht. Es ist aber *ihre* beste Freundin.«

Meine Nachbarin zog scharf die Luft ein.

»Nein, nein, so ist das nicht«, beeilte ich mich zu sagen. »Lassen Sie mich doch endlich mal ausreden.«

Abwartend schaute sie mich an.

Ich seufzte. »Um ehrlich zu sein, weiß ich auch nicht so wirklich, wie ich das erklären soll. Aber machen Sie sich bitte keine Gedanken. Hope, die süße Blonde, die Sie bereits gesehen haben, ist meine Freundin. Ich würde sie niemals betrügen.«

Abrupt verstummte ich. Was hatte ich da eben gesagt?! War ich noch ganz bei Trost? Oder war das die Wahrheit?

Vielleicht wollte ich auch nur, dass das die Wahrheit war ...

Ich hatte Gefühle für Hope entwickelt. Das war unbestreitbar. Und auch, wenn ich mich anfangs noch so dagegen gewehrt hatte, ließ sich das nun nicht mehr leugnen.

Nicht seit dem Tag, an dem ich sie mit meiner Holzpuppe an sich gepresst beim Schlafen beobachtet hatte.

Nicht seit dem Tag, an dem sie so hilfsbedürftig und schutzlos in meiner Dusche gesessen hatte.

Nicht seit dem Tag, an dem ich sie das erste Mal weinen sah. Und das nicht aus Wut, sondern aus Trauer. Sie hatte um *mich* geweint.

Und schon gar nicht seit dem Tag, an dem ich sie geküsst hatte.

Aber reichte das aus? Reichte das, um sie als *meine* Freundin zu bezeichnen?

Ich musste zugeben, dass sich der Gedanke gut anfühlte.

Doch wie dachte sie darüber? Dachte sie überhaupt über diesen Kuss nach? Oder lebte sie in ihrer Friede-Freude-Eierkuchen-Welt unbeschwert weiter? Ohne einen weiteren Gedanken an mich zu verschwenden?

Schließlich gehörten ja immer zwei dazu ...

»Ich glaube Ihnen, John Carter. Dafür sind Sie ein viel zu guter Kerl«, riss mich Mrs. Brendon aus meinen Gedanken.

Ich nickte dankbar.

»Wie kann ich euch helfen?« Die alte Dame krempelte die Ärmel ihres Nachthemds hoch.

»Ich ...«, stammelte ich. Leider wusste ich nicht wirklich, was ich sagen sollte. Ich war noch nie ein Mann der großen Worte gewesen. Das hatte ich ja nach Hopes Rettungsaktion bereits bestens unter Beweis gestellt.

Oh Gott! Wenn ich daran dachte! Ich hatte mich verhalten wie der letzte Depp.

»Ja, John Carter?«

Ich seufzte erneut. Darüber konnte ich mir später noch Gedanken machen. Jetzt musste ich erst einmal Love helfen. Alles andere würde sich schon irgendwie finden. Oder auch nicht ...

»Sie heißt Love, Mrs. Brendon.«

Ihre Augen leuchteten. »Was für ein wunderschöner Name.«

Ich nickte.

»Ich weiß nicht genau, was mit ihr passiert ist. Sie ist jedenfalls klatschnass und ich glaube, sie friert.«

»Sie wollen mir jetzt nicht wirklich erzählen, dass Sie dieses arme, kaum zu einer Bewegung fähige Mädchen einfach so aufgefunden haben, oder?« Skeptisch schaute sie mich an.

»Mir wäre wohler, wenn sie selbst erzählen würde, was genau mit ihr geschehen ist.«

Die alte Dame nickte. »Na gut, John Carter. Ich hoffe nur, ich bereue mein Vertrauen in Sie nicht.«

»Das hoffe ich auch ...«, erwiderte ich leise.

»Ich werde ihr ein schönes heißes Bad einlassen.«

»Ich weiß nicht, ob das eine so gute Idee ist, Mrs. Brendon. Würden Sie sie vielleicht einfach nur abtrocken, ihr etwas Frisches anziehen und ihr vielleicht noch eine warme Decke geben?«

Die Alte zog die Brauen misstrauisch nach oben, sagte aber nichts dazu.

Ich verließ das Wohnzimmer, damit Mrs. Brendon in Ruhe die Dinge tun konnte, um die ich sie gebeten hatte.

Nach ungefähr einer halben Stunde rief sie mich wieder herein.

»Das war sehr anständig von Ihnen, John.«

»Was?«

»Dass Sie draußen gewartet haben. Kerle in Ihrem Alter hätten im Normalfall alles dafür getan, um auch nur einen kleinen Blick auf ihre Brüste zu erhaschen.«

Ich verdrehte die Augen. »Die Brüste von Love interessieren mich nicht«, entgegnete ich trocken.

»Bemerkenswert.«

»Sie kennen den Grund.«

Mrs. Brendon seufzte. »Was für ein charmanter junger Mann Sie doch sind, John Carter. Genau wie mein Freddy es gewesen war. Er hat auch niemals nach anderen Frauen geguckt.«

»Da bin ich sicher, Mrs. Brendon«, erwiderte ich.

Sie lächelte. Dann wurde ihr Ausdruck plötzlich ernst.

Etwas verwirrt schaute ich sie an.

»Ich habe da ein Pflaster in ihrer Armbeuge entdeckt, John.«

Ich nickte.

»Sie wissen davon?«

»Mehr oder weniger.«

»Nimmt sie Drogen?«

»Um ehrlich zu sein, weiß ich es nicht, Mrs. Brendon.« Meine Stimme klang niedergeschlagen. Und das war ich auch. Zu gern hätte ich sie in ein Krankenhaus gebracht, um sie durchchecken zu lassen. Und mal ganz davon abgesehen, dass Love mir eigentlich immer sympathisch gewesen war, wollte ich auch unter keinen Umständen, dass sie ausgerechnet in meiner Obhut starb. Das würde Hope mir nie verzeihen.

Doch so einfach war das nicht. Hate wusste sehr wohl, was er mit ihr gemacht hatte. Und so wie er sie vermisste, würde er garantiert zuerst sämtliche Krankenhäuser und Ärzte in der Nähe absuchen. Außerdem hätte ich nicht gewusst, was ich dem Krankenhauspersonal hätte erzählen sollen.

Unser Oberst regelte für gewöhnlich sämtliche Belange, die mit dem Staat oder der Polizei zu tun hatten. Aber den konnte ich hierzu ja wohl schlecht befragen ...

»Finden Sie nicht, dass es besser wäre sie einem Arzt vorzustellen?«, fragte Mrs. Brendon.

Ich senkte den Kopf. »Ich weiß auch nicht, was hier das Beste wäre. Ich weiß nur, dass alles zu Komplikationen führen wird. Egal, wie wir was machen.«

Mrs. Brendon nickte. So verständnisvoll hätte ich sie gar nicht eingeschätzt.

»Ich mache Ihnen einen Vorschlag, John. Ich werde Love eine heiße Suppe kochen. Dann kann sie sich hier noch weiter ausruhen. Wenn es ihr in zwei Stunden etwas besser geht, ist alles in Ordnung. Falls nicht, muss sie in ein Krankenhaus. In Ordnung?«

Ich atmete erleichtert aus. »Danke, Mrs. Brendon. Sie sind die Beste.«

Sie winkte ab. »Nicht dafür.«

***

Eine halbe Stunde später kam Mrs. Brendon ins Wohnzimmer zurück, in der Hand einen schönen großen Teller mit dampfender Suppe.

»Ist sie wach?«, fragte sie mich.

Ich schüttelte den Kopf.

Love hatte sich zwar ab und zu bewegt, hatte gestöhnt, hatte gezuckt. Aber ich vermutete, dass das eher an einem Albtraum lag.

»Dann machen wir sie wach.«

Wie geheißen rüttelte ich zaghaft an Loves Schulter.

Sie knurrte leise.

Ich sah Mrs. Brendon an. »Ich glaube, das bedeutet, sie will in Ruhe gelassen werden«, mutmaßte ich.

»So viel Feinfühlgefühl traut man Ihnen aufgrund Ihrer doch sehr männlichen Optik gar nicht zu, John Carter.« Die alte Dame lächelte.

»Bloß keine falschen Vorurteile«, murrte ich.

»Aber darauf können wir jetzt keine Rücksicht nehmen. Los! Versuchen Sie es noch einmal.«

Ich rüttelte erneut an Loves Schulter, diesmal etwas fester.

Mrs. Brendon seufzte laut. Dann gab sie mir den Teller und riss selbst an Love herum – und das ziemlich unsanft, wenn ich das mal so festhalten durfte.

Love stöhnte leise und blinzelte dann. Nachdem sie die Augen aufgeschlagen hatte, schaute sie uns müde an.

Meine Güte. Sie sah echt fertig aus.

»Geht's dir schon etwas besser?«, fragte ich.

»Wer ist das?«, ging sie Mrs. Brendon direkt an.

»Das ist die Frau, in deren Haus du bist«, konterte diese schlagfertig.

Doch Love schien das nicht zu interessieren. »Ist das für mich?«, fragte sie und zeigte auf die Suppe.

»Ja. Möchtest du? Hat Mrs. Brendon extra für dich gekocht.«

Love probierte einen Löffel. Dann spuckte sie die ganze Suppe quer durch das Wohnzimmer.

»Ich darf doch sehr bitten, junge Dame«, beschwerte sich meine Nachbarin.

Ich jedoch war so perplex von Loves Reaktion, dass mir gar nichts mehr dazu einfiel.

»Ist das etwa meine Schuld, wenn Sie so einen Scheißfraß kochen?«, schoss Love zurück.

Mrs. Brendon schaute mich an. Dann kniff sie erbost die Augenbrauen zusammen. »Sie machen Ihrem Namen aber keine Ehre, Kindchen.«

»Ich bin nicht Ihr *Kindchen*«, äffte Love sie nach.

»So schlecht kann es Ihnen ja nicht gegangen sein, wenn Sie nach so kurzer Zeit schon wieder so fit sind«, gab Mrs. Brendon ebenso gereizt zurück.

»Am besten beruhigen wir uns alle erst einmal«, ging ich dazwischen. Obwohl ich zugeben musste, dass die alte Dame nicht ganz Unrecht hatte. Erst schien Love halbtot zu sein und jetzt biss sie um sich wie ein tollwütiger Straßenköter.

»Pfft! Du Schlappschwanz. Lass mich in Ruhe. Ich will noch 'ne Runde pennen«, giftete Love nun auch in meine Richtung. Damit zog sie sich die Decke über den Kopf, rollte sich mit dem Gesicht zur Rückenlehne und rührte sich nicht mehr.

»Auf ein Wort, John Carter«, befahl Mrs. Brendon und ging voraus in die Küche.

Ich folgte ihr.

»Was zum Kuckuck –«, legte sie los.

Ich hob beschwichtigend die Hände. »Ich habe keine Ahnung, Mrs. Brendon. Und es tut mir von Herzen leid, was da gerade passiert ist. Das ist normalerweise nicht ihre Art.«

Auch wenn ich Love nicht wirklich kannte, konnte ich aufgrund ihres Pros mit gutem Gewissen diese Behauptung aufstellen.

Mrs. Brendon schnaubte empört. Ich hatte sie noch nie so verärgert gesehen.

»Wissen Sie, Love hat eine schwere Zeit durchgemacht. Eine *sehr* schwere, um genau zu sein«, entschuldigte ich sie.

Die alte Dame schien nicht überzeugt. »Das ist noch lange kein Grund –«

»Da haben Sie Recht, Mrs. Brendon. Aber ich bitte Sie: Vielleicht muss sie sich nur ein bisschen ausruhen und morgen früh ist sie wieder ganz die Alte?«

»Ihr Wort in Gottes Ohr, John Carter.«

»Ich danke Ihnen.«

Die alte Dame nickte.

»Bleiben Sie heute Nacht ebenfalls hier?«, fragte sie.

»Ich –«

»Unterstehen Sie sich, mich mit dieser Verrückten alleine zu lassen«, fuhr sie mich an.

»Es wäre sehr nett, wenn ich bleiben könnte«, lenkte ich ein.

Mrs. Brendons Gesichtsausdruck wurde merklich zufriedener.

»Ich kann sowieso nicht nach Hause. Zumindest nicht so bald«, fügte ich noch schnell hinzu.

Aufmerksam schaute sie mich an. »Hat das etwas mit dem Rüpel von heute Mittag zu tun?

Ich nickte gequält. »Leider ja. Und ich fürchte, Loves Verhalten geht auch auf sein Konto.«

Mrs. Brendon schlug sich entsetzt die Hand vor den Mund. »Oh mein Gott! Sagen Sie nicht, dass dieses Ungeheuer das arme Mädchen in seinen Fängen hatte.«

»Doch«, seufzte ich.

»Das müssen wir sofort zur Anzeige bringen!«, rief Mrs. Brendon aufgebracht.

»Das können Sie versuchen. Aber sein Dad ist ein ziemlich hohes Tier in der Regierung. Ihm wird nichts passieren. Das einzige, was wir damit bezwecken, ist, dass sie wissen, wo sich Love jetzt befindet«, log ich. Wobei das nicht *ganz* gelogen war. Die Sache mit dem Vater, okay. Aber dass Hate aus der Sache mehr oder minder ungeschoren herauskommen würde, schon. Dafür würde unser Oberst sorgen.

»Und was schlagen Sie stattdessen vor, John?«, fragte Mrs. Brendon. Ihre Stimme klang hilflos, schon fast verzweifelt.

»Ich wäre Ihnen sehr dankbar, wenn Sie Love so lange hier versteckt halten könnten, bis es ihr etwas besser geht. Dann bringe ich sie zu meiner Freundin.«

»Das riecht nach Ärger, John Carter«, stellte Mrs. Brendon nüchtern fest.

»Es riecht vermutlich nicht nur danach«, antwortete ich betrübt. »Aber erzählen Sie mir lieber mal, wie es *Ihnen* jetzt geht. Wie fühlen *Sie* sich? Wie unhöflich von mir, dass ich nicht direkt gefragt habe …«

»Machen Sie sich keine Gedanken, John. Sie hatten wahrlich andere Sorgen.« Liebevoll tätschelte sie mir den Arm. »Aber ich kann Sie beruhigen: Irgendjemand hatte das wohl mitangesehen und den Krankenwagen verständigt. Die haben mich direkt wieder auf die Beine gebracht. So stark, wie dieser Grobian glaubt, war er wohl doch nicht.«

Sie lächelte und ich stimmte mit ein – auch wenn ich es besser wusste.

Mrs. Brendon hatte einfach nur unglaubliches Glück gehabt. Hätte Hate sie *richtig* geschlagen, wäre sie *nie wieder* aufgestanden. Aber das brauchte ich ihr nicht zu erzählen. Schließlich musste ich der alten Dame nicht noch mehr Angst machen, als sie vermutlich eh schon hatte.

Sie richtete das Wort erneut an mich:

»Ich habe keine Ahnung, was Sie mit diesem Pack zu schaffen haben, John Carter. Aber lassen Sie es sich von mir gesagt sein: Halten Sie sich besser fern von denen. Das waren keine guten Menschen. Glauben Sie mir. Ich sehe so etwas.«

»Ich schätze, da haben Sie Recht«, gab ich unumwunden zu.

Sie tätschelte mir erneut den Arm. »Ich bin müde. Ich werde mich jetzt wieder ins Bett begeben. Bitte passen Sie auf das Mädchen auf.«

Ich nickte gehorsam.

»Bis morgen früh, John.«

»Schlafen Sie gut, Mrs. Brendon«, verabschiedete ich sie.

Dann verschwand sie im ersten Stock.

Soso … Sie sah so etwas also. Und mir vertraute sie blind? Oder zumindest so weit, dass sie mich einfach hier unten in ihrer Wohnung ließ, während sie selbst schlafen ging? Das konnte nur eines bedeuten: Entweder hielt sie mich wirklich nicht für böse oder sie überschätzte ihre Kompetenzen. Und zwar maßlos.

Ich ging zurück ins Wohnzimmer. Love schien tief und fest zu schlafen. Gut so. Vielleicht war sie morgen wieder etwas besser drauf. Das hoffte ich zumindest.

Ihre Reaktionen von vorhin waren alles andere als witzig gewesen. Und wenn ich ganz ehrlich war, beunruhigten sie mich sogar.

Ich hoffte inständig – ja ich *hoffte* –, dass ihr ungebührliches Verhalten nur eine Momentaufnahme gewesen war, aufgrund des Schocks, den sie infolge der traumatischen Erlebnisse garantiert erlitten hatte. Und dass es nicht daher rührte, dass Hate bereits mehr verdorben hatte, als ich wahrhaben wollte.

25. Kapitel

Hope

Aufgeregt rutschte ich auf dem Beifahrersitz hin und her. Treason hatte gesagt, dass wir nur noch maximal fünf Minuten Fahrt vor uns hatten.

Meine Nase klebte förmlich an der Scheibe, bis er endlich die erlösenden Worte sprach:

»Wir sind da.«

Treason fuhr direkt auf das Gelände und parkte quasi mitten vor der Haustür.

»Hast du keine Angst, dass du gesehen wirst?«, fragte ich.

Treason lächelte – doch er sah alles andere als fröhlich dabei aus. »Das tut nichts mehr zur Sache, Hope. Nach dieser Nacht gibt es kein Zurück mehr.«

Ich schluckte schwer. Das alles schien viel weitreichender zu sein, als ich es begreifen konnte. Und abermals fragte ich mich, warum Treason das mehr oder weniger meinetwegen alles auf sich nahm. Hatte er wirklich so eine große Angst vor Hate und den möglichen Auswirkungen der »Umschulung«?

Ich atmete tief durch, stieg aus dem Wagen und wir steuerten zielstrebig auf das Gebäude zu. Hoffentlich war auch wirklich niemand dort. Meine Nerven lagen blank.

Vorsichtig öffnete Treason die Eingangstür und zeigte auf eine Treppe, die hinunter in den Keller führte. An ihrem Ende war eine massive Stahltür angebracht.

Neugierig beäugte ich alles.

»Sei leise«, wies mein Begleiter mich an und wir stiegen die Treppe hinab. »Unser Oberst dürfte heute Nacht zwar nicht in seinem Wohntrakt sein, da er sich außerorts mit einem Informanten treffen wollte, aber wir sollten lieber nichts riskieren.«

Ich nickte. Ich war ohnehin so angespannt, dass ich auch gar nicht fähig gewesen wäre, irgendetwas zu sagen.

Treason öffnete behutsam die schwere Tür, winkte mich hindurch und zog sie von innen wieder zu, achtete jedoch darauf, dass sie nicht hundertprozentig wieder einrastete.

»Siehst du die Türen?« Er wies den Flur entlang.

Wieder nickte ich.

»Hinter diesen Türen sind deine Schwestern, vermutlich in Käfige gesperrt wie du es auch warst. Die Schüssel dafür hängen meist an der Wand gegenüber. Wir befreien sie so schnell wir können und dann hauen wir wieder ab. Begrüßen und den ganzen Schwachsinn könnt ihr später machen, verstanden?«

»Verstanden«, antwortete ich aufgeregt.

»Und noch was: Komm bloß nicht auf die Idee, hier weibertypisch rumzukreischen. Und sag das auch deinen Schwestern!«

»Schon klar. Leise sein«, erwiderte ich.

»Draußen auf jeden Fall. Der Keller an sich ist schallisoliert. Hier werdet ihr sowieso nicht gehört.«

»Und warum sollen wir dann so leise sein?«, fragte ich.

Treason verdrehte die Augen. »Weil es nichts Ätzenderes gibt, als dumme Weiber, die wie angestochen rumschreien, weil sie sich freuen«, antwortete er trocken. Dann grinste er unverschämt.

Ich schnaubte, kommentierte das aber nicht weiter. Schließlich brauchte ich ihn ja noch, auch, wenn ich mich gerade nur allzu gerne mit diesem arroganten Arsch angelegt hätte.

»Fertig?«

Ich nickte.

»Dann los.«

Ich betrat das erste Zimmer. Der Käfig stand mitten im Raum und Modesty war darin eingesperrt.

»Modesty«, rief ich glücklich und eilte zu ihr.

»Ach ... Jetzt bist du auch mal da«, empfing sie mich unfreundlich.

Ich stockte kurz.

»Was ist los?«, fragte ich verwirrt.

»Was los ist?« Sie stieß ein hysterisches Lachen aus. »Dass wir alle den Kopf für dich hingehalten haben. Das ist los!«

»Ich …«, begann ich verdattert, da ich nicht wusste, was ich sagen sollte. So hatte ich mir unser Wiedersehen nicht vorgestellt.

»Entweder bist du jetzt dankbar, dass Hope dich rausholt, oder sie lässt dich hier drinnen verrotten!«, mischte sich Treason genervt ein.

Ich holte den Schlüssel von der Wand und schloss den Käfig auf. Da hörten wir ein Geräusch.

Treason bedeutete uns mit einer Handbewegung still zu sein. Nicht mal Modesty traute sich, irgendetwas zu sagen.

»Wollte heute Nacht noch jemand kommen?«, flüsterte Treason ihr zu.

»Greed kommt mich gleich holen und wollte mich sowieso rauslassen«, antwortete Modesty schnippisch.

»Wenn du lieber hierbleiben willst, brauchst du es nur zu sagen«, erwiderte Treason im gleichen Tonfall.

»Nein«, murmelte Modesty leise.

»Gut. Dann komm jetzt hier raus und hilf uns.«

Ein weiterer Knall war zu hören.

»Das war die Stahltür«, keuchte Treason entsetzt. Er ging zu einem Schrank, nahm einen Baseballschläger heraus und schlich langsam zur Tür.

Ich stand wie versteinert da. Was, wenn das gar nicht Greed war, sondern dieser ominöse Hate? Was dann?!

Behutsam öffnete Treason die Zimmertür und trat in den Flur.

»Hallo?«, rief er vorsichtig.

Keine Antwort.

»Hallo?«, rief er erneut.

Wieder nichts.

Ich hörte, wie er irgendetwas mit der Stahltür machte. Dann kam er wieder.

»Wir hatten Besuch.«

Erschrocken starrte ich ihn an. »Was?«

»Ich hatte die Metalltür nur angelehnt. Aber sie ist jetzt ins Schloss gefallen.«

»Vielleicht war das der Wind?«, mutmaßte Modesty, doch Treason hob nur verächtlich die Brauen.

»Eine Stahltür in der Stärke wird nicht vom Wind zugeschlagen. Mal ganz abgesehen davon, dass hier unten auch kein Wind geht.«

»Ist ja gut«, meckerte Modesty.

»Wer auch immer das war: Entweder *hat* er uns nicht bemerkt oder er *wollte* nicht. So oder so sollten wir schleunigst zusehen, dass wir hier wegkommen«, argumentierte Treason.

Modesty und ich nickten zustimmend und gingen zusammen mit ihm zum nächsten Zimmer. Die Tür lag auf dem Boden, so dass wir freien Zutritt hatten.

»Das ist Loves Zimmer«, sagte unser Begleiter und schaute skeptisch auf die Tür.

Ich nahm mir jedoch keine Zeit, mich darum zu kümmern. Mein Herz begann voller Vorfreude wild zu schlagen. *Love!* Wie ich sie vermisst hatte!

Eilig betrat ich den Raum – doch die Käfige waren ... leer.

»Sie ist nicht hier«, stellte ich hilflos fest.

»Sieht so aus, als wäre sie schon abgehauen«, sagte Treason mit einem Nicken auf die Zimmertür.

»Sie soll eine Tür aus den Angeln gerissen haben? Love? – Niemals!«, rief ich.

Panisch rannte ich im Zimmer auf und ab. Da entdeckte ich eine kleine Tür, die offenbar in einen weiteren Raum führte.

Hoffnungsvoll stieß ich sie auf. Doch es war nur ein Badezimmer. – Ein Badezimmer, mit einer vollen Badewanne und Infusionsbesteck?!

»Oh mein Gott! Was war denn hier los?« Ich konnte das Entsetzen in meiner Stimme nicht verbergen.

Treason kam herbeigeeilt. »Oh«, machte er nur.

»Was oh? Was habt ihr mit ihr angestellt?«, verlangte ich sofort zu wissen.

»Immer langsam. ICH habe gar nichts gemacht. ICH habe deinen Arsch gerettet und dich hierher gebracht, falls du dich nicht erinnerst.«

»Aber Love? Wo ist sie?« Ich spürte, wie sich Tränen in meinen Augen sammelten.

»Love?«, rief ich wieder. »Looove!«

»Love, Love, Love ... Das ist wieder sowas von typisch, dass du dir nur um sie Sorgen machst«, motze Modesty.

»Das stimmt doch überhaupt nicht«, verteidigte ich mich.

»Pah! Schon immer!«

Treason seufzte tief. »Sollen wir sie suchen oder wollt ihr euch hier sinnlos ankeifen und womöglich alle Aufmerksamkeit auf uns ziehen?«

Beschämt sah ich zu Boden, während Modesty höhnisch schnaubte.

Wir gingen zum nächsten Zimmer. Honesty lag schlummernd in ihrem Käfig.

»Honesty«, sagte ich leise.

Verschlafen rieb sie sich die Augen. Sie war dünn geworden, hatte unübersehbare Augenringe, aber ansonsten schien sie okay zu sein.

»Hope? Bist du das?«

Ich lächelte.

»Oh, Hope! Ich wusste, dass du kommst!«, freute sie sich.

»Die Hoffnung nie aufgegeben?«, fragte ich.

»*Niemals!*«, schwor Honesty. Und wenn *sie* das sagte, konnte das ja nur stimmen.

Ich öffnete ihren Käfig und half ihr heraus.

Honesty drückte mich herzlich. »Ich bin so froh, dass du da bist.«

»Ist ja schon gut.« Ich schenkte ihr ein liebevolles Lächeln. »Wir müssen uns jetzt beeilen, okay?«

Sie nickte.

»Weißt du zufällig, was mit Love passiert ist?«, fragte ich Honesty.

Modestsy verdrehte die Augen, doch ich ignorierte es.

»Leider nein. Ich war noch nie außerhalb dieses Zimmers«, entschuldigte sie sich.

»Kein Problem. Hilf uns dabei, die anderen herauszuholen und dann hauen wir ab.«

Ihre Augen strahlten und sie folgte uns.

Im nächsten Zimmer befreiten wir Mercy. Sie war noch wach und lehnte traurig an den Gitterstäben. Als sie uns sah, fielen ihr bald die Augen aus dem Kopf.

Ich freute mich über ihre Reaktion. Ganz offensichtlich war sie wie Honesty mindestens genauso glücklich uns zu sehen wie umgekehrt.

»Fehlt nur noch Loyalty«, murmelte ich.

Alle anderen nickten.

Treason führte uns in ihr Zimmer, doch Loyalty war ebenfalls nicht da.

»Wo ist sie?« Diesmal war Treason der Erste, der nach ihr rief und planlos durch das Zimmer irrte.

Mir ging ein Licht auf. Von wegen: Ich muss dich vor Despair und Love vor Hate beschützen. Er hatte das alles *für sie* getan. Offensichtlich musste er Loyalty mehr mögen, als er zugeben wollte. – Wie süß!

Allerdings fragte ich mich, was dann vorhin die Aktion in seiner Küche sollte ... Aber das war jetzt egal.

Ich begann mich ebenfalls nach meiner Schwester umzusehen. Beruhigt stellte ich fest, dass es hier nicht solche Folterwerkzeuge gab, wie in Loves Zimmer.

»Vielleicht ist sie zusammen mit Love abgehauen?«, mutmaßte Mercy.

»Das wäre möglich«, bestätigte ich.

»Nein. Ist es nicht. Ich hatte sie eingesperrt!«, erwiderte Treason.

»Wie gemein! Ich frage mich sowieso schon die ganze Zeit, was du hier bei uns machst«, sagte Honesty. »Hast du die Seiten gewechselt?«

»Ja, genau! Was machst du hier?«, stieg Mercy direkt mit ein.

»Das würde mich allerdings auch –«

»Leute, beruhigt euch bitte«, unterbrach ich Modesty, die ebenfalls mit in die Kerbe schlagen wollte. »Treason hat mich befreit. Ohne ihn wäre ich jetzt nicht hier«, erklärte ich.

Die drei machten große Augen.

»Sie lügt«, befand Modesty direkt, doch Honesty kam näher. Sie musterte mich kritisch.

»Ich glaube nicht.«

»Warum sollte ich euch auch anlügen?«, fragte ich leicht gereizt.

»Das kannst du doch gar nicht mehr beurteilen«, konterte Modesty Honestys Aussage und ignorierte mich dabei. »Wir alle haben etwas von unseren

Kräften eingebüßt. Das heißt, zumindest ihr. Ich bin viel stärker und besser geworden als vorher.«

Honesty und Mercy schnaubten gleichzeitig. Ich jedoch fragte mich, was hier gerade abging. Vor diesem ganzen Kidnapping-Vorfall war mir zwar schon aufgefallen, dass Modesty sich verändert hatte. Aber so?!

»Ich kenne Hope schon mein ganzes Leben. Du übrigens auch, Modesty. Ich brauche mein Pro nicht, um ihr vertrauen zu können.«

Ich lächelte Honesty dankbar an.

»Vielleicht waren es ja Love und Loyalty, die vorhin die Tür geknallt haben. Die zwei sind bestimmt getürmt, weil sie mit unserer Versagertruppe nichts mehr zu tun haben wollten«, ätzte Modesty weiter.

»Modesty!«, rief Mercy erbost. Mercy, das fleischgewordene Mitleid, die eigentlich für alles und jeden Verständnis hatte.

»Vielleicht hat Love Loyalty befreit und die beiden sind tatsächlich abgehauen, als sie uns gehört haben? Sie konnten ja nicht ahnen, dass wir das waren«, überlegte Treason laut.

»Vielleicht«, seufzte ich niedergeschlagen.

»Ja, richtig. *Vielleicht*. Ist ja auch egal. Wer braucht die beiden schon«, kommentierte Modesty gehässig.

Honesty starrte entsetzt Modesty an. »Meine Güte, bist du widerlich geworden!«

Ich schluckte. So einen Satz aus Honestys Mund zu hören war auch gewöhnungsbedürftig.

»Ihre Handys sind weg«, sagte Treason plötzlich.

Ich hatte vor lauter Gezanke gar nicht mitbekommen, dass er das Zimmer kurz verlassen hatte.

»Unsere Handys?«, rief Honesty erfreut. »Die habt ihr noch?«

»Klar. Nach eurer Umschulung hättet ihr die so oder so wiederbekommen.« Treason gab den drei Mädchen ihre Handys wieder. Etwas neidisch verfolgte ich das Ganze. Mein eigenes lag ja leider irgendwo auf einem Waldweg zwischen Phoenix und Flagstaff. Vermutlich hatte mittlerweile ein Bär drauf geschissen. Oder eine fette Kröte machte Liebe mit ihm. Wahrscheinlich war es aber einfach nur aus wetterbedingten Gründen Schrott, dachte ich traurig.

»Meines ist einfach das beste von allen«, säuselte Modesty und streichelte verliebt über den Bildschirm.

Honesty machte Würgegeräusche und auch Mercy gab einen abfälligen Laut von sich.

Ich sagte nichts dazu. An diese neue Situation würde ich mich erst mal gewöhnen müssen. Immerhin kannte ich Modesty bis jetzt nur als absolut bescheiden. Aber sie würde sich schon wieder einkriegen, wenn sie erst mal zurück in einer normalen Umgebung war. Zumindest hoffte ich das …

»Ich will euer Kaffeekränzchen ja nicht stören, aber so langsam wird es Zeit«, erinnerte uns Treason.

»Du hast Recht. Lasst uns gehen«, pflichtete ich ihm bei und wir machten uns auf den Weg zurück zum Auto.

»Ich hab keine Ahnung, warum du diese garstigen Weiber unbedingt befreien wolltest«, flüsterte Treason in meine Richtung.

»Sie sind meine Freundinnen«, gab ich ebenso leise zurück.

»Verzeih mir, wenn mir das entgangen war«, erwiderte er sarkastisch.

»Vermutlich stehen sie aufgrund eurer Wunderbehandlung einfach noch etwas neben sich«, antwortete ich ihm in dem gleichen Tonfall.

»Du relativierst schon wieder.«

Ich wollte noch etwas sagen, doch er war schon in seinen Jeep eingestiegen.

Honesty, Modesty, Mercy und ich taten es ihm nach.

»Gut, dass die anderen schon weg waren«, sagte Modesty. »Sie hätten auch nicht mehr in diese kleine Schleuder reingepasst.«

Treason schnaubte erbost. »Bitte was?!«

»Du hast mich schon verstanden.«

»Du kannst gerne laufen, wenn dir das lieber ist.«

»Nein, danke. Besser schlecht gefahren als gelaufen«, entgegnete sie völlig emotionslos.

Ich saß auf dem Beifahrersitz neben Treason und ihm war deutlich anzumerken, wie er gerade mit sich selbst rang, nicht zu explodieren.

»Wo sollen wir jetzt hin?«, wechselte ich das Thema.

»Das weißt du nicht? Ich dachte, du bist hier der Mastermanager, der den vollen Durchblick hat!«

»Modesty! Wenn du nichts Hilfreiches beizutragen hast, sag besser *gar nichts* mehr«, fuhr ich sie an.

Was zur Hölle war los mit ihr? – Gut, Treason hatte bereits gesagt, dass sie umgeschult wurde. Aber dass sie dadurch so unausstehlich werden würde, hatte ich nicht gedacht.

»Irgendwelche Vorschläge?«, fragte ich die anderen beiden Mädchen.

»Ich möchte wieder nach Hause«, antwortete Mercy leise.

»Ich auch«, gab Honesty zu.

»Ist das euer Ernst? Nachdem wir euch dort so problemlos einkauft haben wie Tiefkühlware im Supermarkt?«, fragte Treason fassungslos. Man konnte deutlich hören, dass er gerade an ihrem Verstand zweifelte.

Und ich auch, wenn ich ehrlich war.

»Ich fahre euch jetzt erst mal in ein Hotel. Da könnt ihr euch dann überlegen, wie es weitergehen soll.« Vielsagend blickte er mich an.

Ich hatte nicht vergessen, welchen Deal wir hatten. Aber so schnell waren diese Pläne ja nicht umsetzbar. Zumal die Person, wegen der dieser ganze Aufwand betrieben wurde, sowieso noch fehlte.

Wenn Love und Loyalty wieder bei uns waren, würden wir uns einfach alle zusammen aus dem Staub machen.

»Ich wüsste da sogar ein Passendes«, antwortete ich auf Treasons Bemerkung.

»Ach ja?«, fragte er.

»Es heißt *Snuggling in*. Es ist zwar etwas weiter weg, aber ich bin sicher, dass keiner von deinen Brüdern uns dort vermuten wird.«

»Woher kennst du denn diesen Schuppen?« Treason klang sichtlich schockiert.

»Ich habe da schon mal übernachtet.«

Jetzt schien er vollkommen irritiert zu sein.

»Als ich mich vor euch versteckt habe«, erklärte ich.

»Ein besseres Versteck hättest du dir nicht aussuchen können. Dort abzusteigen, hätten wir nicht mal euch Probas zugetraut.«

»Ey!«, kam es vom Rücksitz einstimmig.

»Also wäre das dann geklärt.« Ich sah aus dem Fenster und hoffte, dass diese Nacht schnell vorüber sein würde.

Müde kuschelte ich mich in den Sitz hinein. Die Fahrt würde noch eine gute Zeit lang dauern. Die konnte ich ja ausnahmsweise mal sinnvoll nutzen.

Ich gähnte herzhaft und schloss die Augen.

26. Kapitel

Despair

Ein leichtes Zucken unter mir ließ mich wach werden. Etwas benommen richtete ich mich wieder in meinem Stuhl auf. Dann rieb ich mir über die Augen, um einen klaren Blick zu bekommen.

Love lag immer noch schlafend auf der Couch. Ich war wohl über ihr eingenickt.

Ein Blick auf die Uhr verriet mir, dass es halb acht in der Früh war. Ich streckte mich, gähnte herzhaft und ging dann in die Küche, um einen Kaffee zu kochen. Obwohl ich heute Morgen erst spät ins Bett gegangen war, fühlte ich mich so erholt wie schon lange nicht mehr. Es war eine Nacht ohne Albträume gewesen. Ich konnte mich nicht mehr daran erinnern, wann es das das letzte Mal gegeben hatte.

Gutgelaunt setze ich den Kaffee auf und holte schon mal die Morgenzeitung rein. Draußen war alles ruhig. Offensichtlich schien keiner nach mir zu suchen. Zumindest nicht hier. Sehr gut.

Nachdem ich die ersten drei Seiten gelesen hatte, tapste Love in die Küche. Verschlafen setzte sie sich zu mir.

»Guten Morgen«, begrüßte ich sie, doch anstelle einer Antwort kam nur ein nachdenkliches »Warum?«

»Warum was?«, fragte ich.

»Warum hast du mich da rausgeholt?« Ihre Stimme klang eisig. Nicht so wie ich es von einer Love erwartet hätte und wie sie sich anfangs angehört hatte.

»Ist alles okay mit dir?«, erkundigte ich mich vorsichtig.

»Du hast mir nicht geantwortet«, erwiderte sie tonlos.

»Guten Morgen, ihr beiden.« Mrs. Brendon trat zu uns.

»Guten Morgen«, wünschte ich ihr ebenfalls.

Love kümmerte sich gar nicht um sie.

»Und?«, wandte sie sich herausfordernd an mich.

»Wäre es dir lieber gewesen, ich hätte dich dagelassen?«, stellte ich als Gegenfrage.

Love zuckte mit den Schultern. »Wäre auch egal gewesen. Was hätte da noch kommen sollen«, antwortete sie gleichgültig.

»Möchtet ihr was essen?«, fragte Mrs. Brendon freundlich und ignorierte Gott sei Dank unser seltsames Gespräch.

Nachdem ich ihr gestern Abend den Zusammenhang zwischen Loves Verhalten und Hate angedeutet hatte, bemühte sie sich wahrlich um Verständnis.

»Schmeckt das denn wenigstens besser als gestern?«, schnappte Love.

Ich spürte, wie mir so langsam aber sicher der Geduldsfaden riss. Was bildete sie sich überhaupt ein? Wie konnte sie so undankbar sein? Und das auch noch als *Love*! Wie weit war Hate denn schon mit ihr gekommen? Ein kalter Schauer lief mir über den Rücken.

»Wie wäre es, wenn ich dir schon mal eine heiße Schokolade mache und du überlegst dir in der Zeit, was du haben möchtest?«, bot die alte Dame an.

»Fangen Sie an. Ich habe nicht den ganzen Tag Zeit«, kommentierte Love das freundliche Angebot.

Mrs. Brendon schnappte entsetzt nach Luft. Man sah ihr deutlich an, wie sehr sie sich zusammenriss.

»Hopp, hopp«, ergänzte Love und grinste die alte Dame fast schon diabolisch an.

»Jetzt hab ich aber die Faxen dicke«, mischte ich mich verärgert ein. Ich packte Love unsanft am Arm und zog sie mit mir ins Wohnzimmer.

»Was zur Hölle ist los mit dir?!«, blökte ich sie an.

»Was soll denn mit mir los sein?«

»Stell dich nicht so blöd! Hier sind zwei Personen, die dir helfen wollen und du verhältst dich wie die letzte Ratte!«

Love blickte mich verdutzt an. Ihr Gesichtsausdruck wurde nachdenklich.

»Aber das ist doch genau das, was ihr von mir erwartet?«, murmelte sie leise.

»Um Himmels willen, nein! Ich habe dich gestern Abend dort herausgeholt, damit du eben *nicht* wirst wie Hate! Also hör gefälligst auf mit diesem Rumgezicke und entschuldige dich bei Mrs. Brendon«, wies ich sie zurecht.

Plötzlich wirkte Love beinahe schüchtern. »Aber du bist doch –«, begann sie, doch ich unterbrach sie.

»Ich *war*«, korrigierte ich.

Love sah nicht besonders überzeugt aus, wandte sich dann aber in Richtung Küche.

Ich packte sie erneut am Arm, diesmal fester. »Egal, was Mrs. Brendon dir gleich zu essen macht – selbst wenn es schmecken sollte wie frisch Erbrochenes –, du wirst es *lieben*, ist das klar?«

»Äh … ja …«, stammelte sie.

Damit ließ ich sie wieder los und ging hinter ihr her in die Küche.

Hatte sie sich wirklich nur so verhalten, weil sie dachte, dass sie sich vor mir so aufführen musste? Dafür war es aber ganz schön authentisch gewesen.

Oder steckte doch mehr dahinter?

»Es tut mir aufrichtig leid, Mrs. Brendon«, entschuldigte sich Love nun. Und ihrem Tonfall nach zu urteilen, meinte sie das sogar bitterernst. Sie hatte also wohl wirklich die Wahrheit gesagt.

Erleichterung machte sich in mir breit, auch da ich nicht gewusst hätte, wie ich *das* Hope hätte erklären sollen …

»Ich weiß auch nicht, was in mich gefahren ist. Ich hatte gestern –«

»Einen schweren Tag«, beendete ich Loves Satz und warf ihr einen mahnenden Blick zu.

Sie verstand und lächelte Mrs. Brendon noch einmal herzlich an.

Die alte Dame lächelt zurück. »Schon in Ordnung, Kindchen. Man kann nicht immer nur gut gelaunt sein.«

Love machte einen Knicks. »Vielen Dank für Ihr Verständnis.«

Mrs. Brendon nickte. Dann erfüllte sie Loves Wunsch nach ein paar frischen Pancakes.

Ich schloss mich dem nur allzu gerne an. Klar: Pancakes waren jetzt nicht unbedingt ein typisches Männeressen. Aber ich vergötterte diese Dinger einfach! Vor allem mit einer ganzen Menge frischem Ahornsirup.

Während wir aßen und Love am laufenden Band beteuerte, wie fantastisch die Pancakes schmeckten – was sie auch wirklich taten –, klingelte plötzlich ihr Handy, zumindest nahm ich an, dass es ihr Handy war.

Ich hatte es im Vorbeigehen aus unserer Asservatenkammer mitgenommen, wo wir alle Handys der Probas nach deren Ankunft verstaut hatten. Und da dies auf der Rückseite als einziges mit tausenden dicken Herzchen beklebt war, vermutete ich Love als Eigentümer.

Ein schnulziges Liebeslied erklang. *I will always love you* von Whitney Houston. Noch klischeehafter ging's ja wohl nicht ...

»Das ist mein Handy!«, rief Love überrascht.

Gut.

Ich nickte und zog es aus der Hosentasche. Im Display stand »Honesty« – was mich äußerst verwirrte.

Warum zum Teufel konnte Honesty Love anrufen? Woher hatte sie ihr Handy? War sie ebenfalls umgeschult und wollte über diese Tour Love ausfindig machen? Oder hatte sie aus irgendeinem Grund fliehen können?

Automatisch nahm ich den Anruf entgegen. Love selbst drangehen zu lassen, hielt ich für viel zu riskant.

»Ja?«, meldete ich mich knapp.

Love beschwerte sich lautstark über mein Verhalten, doch ich brachte sie mit einer Handbewegung zum Schweigen.

»Wer ist da?«, kam es zurück.

Ich überlegte kurz. »Hope? Bist du das?«, fragte ich verwirrt.

»Despair?« Ihre Stimme klang glücklich und ich spürte, wie mein Herz schneller zu schlagen begann.

»Wo bist du? Was ist passiert? Wie konntest du flieh –«, legte ich los, doch sie unterbrach mich.

»Ich zuerst!«

Ich musste schmunzeln. »Okay«, willigte ich ein.

»Da du an Loves Handy rangegangen bist, nehme ich an, dass sie bei dir ist?«

»Das ist sie.«

Ich hörte ein erleichtertes Seufzen.

»Geht es ihr gut?«

Ich zögerte kurz. Doch nachdem ich noch einen kurzen Blick auf Love geworfen hatte, die mich zwar voller Neugierde anstarrte, aber gleichzeitig einen Pancake nach dem anderen vertilgte, konnte ich die Frage ruhigen Gewissens mit »Ja« beantworten.

Wieder ein frohes Seufzen.

»Wo bist du?«, fragte ich.

»Im *Snuggling in*.«

»Du bist WO?!« Igittigitt! Ich glaubte nicht mal, dass dort Ratten freiwillig schliefen.

»Kennst du das nicht?«, fragte sie unschuldig.

»Doch, schon. Aber ich hätte nicht gedacht, dass –«

»Ja, ja, ich weiß. Dass Probas dorthin gehen«, maulte sie.

»Woher weißt du –«

Sie unterbrach mich abermals. »Ist Loyalty auch bei dir?«

Ich wollte gerade antworten, als ein Piepen den Tod des Handyakkus ankündigte. Keine zwei Sekunden später war das Gespräch weg. – Na toll!

Love sah mich gespannt an. »Was ist?«

»Dein Akku ist leer«, murrte ich.

»Das habe ich selbst gehört.«

»Mach dich fertig. Wir fahren«, bestimmte ich.

»Wohin?«

»Zu deiner Freundin.«

Sie schaute mich mit einem merkwürdigen Gesichtsausdruck an, den ich nicht wirklich deuten konnte.

»Welche Freundin?«, fragte sie dann.

Ich zog die Brauen nach oben. »*Hope*?«

»Es tut mir leid. Aber sie ist nicht meine Freundin«, erwiderte Love.

»Ähm … schon klar. Deine über alles geliebte Schwester.«

»Ich habe keine Schwester.« Sie klang nicht böse oder sauer. Eher so, als wüsste sie tatsächlich nicht, von was ich redete.

Verdattert schwieg ich einen Moment.

»Ich zeige sie dir. Mach dich fertig«, orderte ich schließlich an, schob mir noch meine restlichen Pancakes in den Mund und machte mich bereit zur Abfahrt.

Was sollte das gerade eben? Hatte sie sich dumm gestellt, weil sie mir nicht traute? Oder welches Ziel verfolgte sie mit ihrer Verleugnung? An andere mögliche Gründe mochte ich gar nicht denken … Immerhin hatte ich durch Hope ja bereits mitbekommen, dass die beiden ein ganz besonders starkes Band miteinander geteilt hatten.

Trotz ihrer eigenartigen Reaktion hatte Love sich wie befohlen fertig gemacht und trat eine Viertelstunde später aus dem Badezimmer.

Ich konnte mir nur schwer ein Lachen verkneifen. Sie hatte von Mrs. Brendon eine saubere »Uralt-Oma-Blümchen«-Bluse bekommen und war dadurch schlagartig um etwa hundert Jahre gealtert.

Love bemerkte meinen Blick, schaute an sich hinunter und begann selbst zu schmunzeln.

»Sollen wir?«, fragte ich.

Sie nickte.

***

Nach ungefähr drei Stunden erreichten wir endlich den Parkplatz des *Snuggling in*. Leicht angewidert betrachtete ich die heruntergekommenen Gebäude. – Bäh! Wie konnte man sich nur hier verstecken?

»Was ist *das* denn?«, fragte Love nicht minder irritiert.

Kaum waren wir ausgestiegen, kam auch schon Hope auf uns zugerannt.

»Oh mein Gott! Love! Wie schön, dich endlich wiederzusehen!« Sie umarmte ihre Schwester herzlich, doch Love stand stocksteif vor ihr und rührte sich nicht.

Verwundert schaute ich sie an.

»Das ist Hope«, erklärte ich und setze einen »Du weißt schon: Die, von der wir vorhin gesprochen haben«-Blick auf.

»Ja, ja«, kommentierte Love kühl.

Hope hingegen schien das Ganze irgendwie nicht zu registrieren. Sie freute sich zu sehr, als dass sie Loves abweisende Art wirklich mitbekam.

Schließlich kam Hope zu mir.

»Danke, dass du sie hergebracht hast«, flüsterte sie und ihre Augen glitzerten verdächtig.

»Du siehst trotzdem nicht glücklich aus«, stellte ich fest.

»Ich hatte gehofft, du würdest Loyalty ebenfalls mitbringen.«

Ich schüttelte sachte den Kopf.

»Na ja, Hauptsache, ihr beiden seid schon mal hier«, sagte Hope, wenn auch weniger enthusiastisch, als es mit Sicherheit klingen sollte.

Sie wollte mich ebenfalls in den Arm nehmen, doch ich küsste sie einfach. Ich konnte nichts dafür. Es kam einfach über mich.

Ich spürte, wie sie an meinen Lippen lächelte.

Da zog ich sie noch näher an mich heran und sie ließ es bereitwillig geschehen.

»Ach, sie mal einer an«, ertönte hinter uns eine bekannte Männerstimme. Es war Treason.

Schlagartig packte ich Hope und schob sie hinter mich.

»Wo kommst du denn her?«, fragte ich ihn barsch.

Hope stellte sich wieder neben mich und streichelte sanft meinen Unterarm. »Das ist okay. Treason hat mir geholfen. Er hat mich und die anderen Probas befreit.«

Ich schnaubte höhnisch. »Du warst bereits frei.«

»Ach wirklich? Soweit ich mich erinnern kann, musste ich Hope aus einem Käfig herausholen«, stichelte Treason.

Mieser Wichser!

»Doch keine Sorge: Ich habe mich gut um deine Proba gekümmert.« Ein anzügliches Lächeln huschte über sein Gesicht.

»Was soll das denn jetzt heißen?« Meine Stimme klang angreifend. Und genauso sollte sie sich auch anhören.

»Ach ... Interpretiere es, wie du willst«, entgegnete Treason schnippisch und ging dann zurück in eines der Gebäude.

»Ich gehe mal mit. Ich habe das Gefühl, ich störe hier«, sagte Love und folgte Treason.

»Was sollte das eben?«, fragte ich Hope.

Am liebsten hätte ich sie mit einer ganzen Tirade an Fragen bombardiert, doch ich riss mich zusammen.

»Du meinst Treason?«

Ich knirschte als Antwort mit den Zähnen.

»Du musst dir keine Sorgen machen. Er ist jetzt auf unserer Seite.« Sie lächelte mich glücklich an.

Zu gern hätte ich sie auch explizit nach Treasons letzter Bemerkung gefragt, doch ich verkniff es mir. Sie sollte nicht glauben, dass ich ein eifersüchtiger, hirnloser Idiot war. Auch wenn ich mich gerade so fühlte.

»Du weißt schon, dass du gerade von Treason sprichst, oder?«, sagte ich stattdessen.

»Ja«, erwiderte sie ohne ein Fünkchen Bedenken.

»Treason? Der Verrat?«, versuchte ich ihr auf die Sprünge zu helfen.

Sie lächelte weiterhin. »Ich glaube, er hat sich verändert.«

Ich schnaubte hörbar. »Das glaubst du doch wohl selbst nicht!«

»Warum?«

»Weil er das niemals tun würde!«, sagte ich im Brustton vollster Überzeugung.

»Du hast dich auch verändert, oder etwa nicht?« Sie strich mir mit ihren Fingerspitzen zart über die Wange. Ein wohliges Gefühl durchfloss mich.

»Ich traue ihm nicht«, beharrte ich dennoch.

Hope zog mich zu sich hinunter und gab mir einen sanften Kuss, den ich nur allzu gern erwiderte.

»Komm erst mal mit rein und hör dir an, was er zu sagen hat, okay?«, bat sie mich.

Ich knurrte mürrisch, kam aber dennoch mit.

Allerdings war ich mir jetzt schon sicher, dass sie mich kein bisschen überzeugen würde.

Treason war Treason. Dem konnte man nicht vertrauen. Punkt und Aus.

27. Kapitel

Hope

Ich führte Despair in das kleine Appartement, das wir für die Nacht gemietet hatten. Hier hatten wir alle geschlafen – das hieß, wir Probas. Treason hatte sich ein Zimmer nebenan genommen. Er wollte »uns Mädels« nicht stören, aber dennoch nah genug bei uns bleiben, falls wir Hilfe brauchen sollten.

Ich fand das sehr zuvorkommend von ihm.

Love hatte sich bereits zu Honesty und Mercy auf die Couch gesetzt. Sie schien immer noch verwirrt zu sein. So als könnte sie das alles, was gerade um sie herum geschah, noch nicht richtig begreifen. Sie musste vermutlich erst mal wieder zu sich finden und für sich realisieren, dass sie nicht mehr in Gefahr schwebte. Mir war klar, dass das Zeit brauchte. Schlimme Erlebnisse konnte man nicht von jetzt auf gleich auslöschen und so tun, als wäre nie etwas geschehen. Die Zeit würde ich ihr also selbstverständlich lassen.

Ich setze mich mit Despair auf eines der Betten, welches im Zimmer stand.

»Jetzt fehlt ja nur noch eine«, sagte ich hoffnungsvoll und ließ meinen Blick durch die Runde schweifen. »Dann sind wir alle wieder zusammen.

»Loyalty«, kommentierte Honesty und ich nickte.

»Ach, die wird schon kommen. Ich gehe davon aus, dass sie getürmt ist. Oder hast du sie auch wieder irgendwo heimlich versteckt, Despair?« Treason funkelte meinen Sitznachbar an.

»Was erlaubst du dir!«, ging Despair auf ihn los, doch ich hielt ihn zurück. Sein Körper zitterte vor Aufregung. Oder vor Wut?

»Na ja, ich dachte nur. Wäre ja nicht das erste Mal ...«

Despair kniff erbost die Augenbrauen zusammen. »Loyalty war doch deine Proba. *Du* müsstest doch wissen, wo sie abgeblieben ist, oder etwa nicht?«

»Willst du mich jetzt dafür verantwortlich machen?«, wehrte Treason sich. »Getroffene Hunde bellen, oder wie war das?«

»Deswegen bist *du* ja auch eben direkt drauf angesprungen!«

»Jungs, Jungs ... Bitte beruhigt euch«, ging ich dazwischen.

»Warum ruft ihr sie nicht einfach an, so wie ihr es mit mir gemacht habt?«, fragte Love leise.

Despair schaute mich an. »Hat sie denn ihr Handy?«

»Ich gehe davon aus. Treason meinte, ihres wäre nicht mehr dagewesen«, erwiderte ich.

Despair warf Treason einen merkwürdigen Blick zu. Ich wusste direkt, was er damit sagen wollte. Nämlich: *Ich glaub dir kein Wort!* Aber ich ging nicht weiter darauf ein.

»Selbstverständlich habe ich das schon versucht, aber ihr Handy war ausgeschaltet«, sagte ich leicht betrübt.

»Das wundert mich. Sonst denkst du doch nur an Love und dich selbst«, ätzte Modesty.

Ich seufzte.

Despair streichelte mir über den Rücken. Ein kleiner Schauer durchfuhr mich.

»Vielleicht ist ihr Handy einfach nur leer und sie muss es erst aufladen? Loves Handy war ja auch so gut wie tot.«

Treason ging auf meine andere Seite und fasste mir freundschaftlich auf die Schulter, was Despair offenbar gar nicht gerne sah. Jedenfalls schaute er Treasons Hand an, als würde er sie allein durch seinen Blick zum Abfallen bewegen wollen.

Ich griff auf sein Bein und drückte es leicht. Es war ein stilles Versprechen, dass er sich nicht die geringsten Gedanken machen brauchte.

Despair verstand, denn seine Körperhaltung entspannte sich wieder merklich.

»Vielleicht hat sie sich wirklich in Sicherheit gebracht, als sie uns gehört hat«, überlegte Treason.

»Oder als sie mich gehört hat«, erwiderte Despair.

»Seid ihr eigentlich dumm, oder was? Seid ihr schon mal auf die Idee gekommen, dass ihr euch vielleicht gegenseitig gehört habt?«, patzte Modesty uns an.

Ich senkte den Blick.

Natürlich war mir dieser Gedanke schon gekommen. Doch ich hoffte eben, dass es *nicht* so war.

»Wir warten einfach, ob sie sich meldet. Und wenn nicht, ja mein Gott, müssen wir sie halt suchen«, sagte Treason.

Ich seufzte abermals leise.

»Ich glaube auch, dass sie sich meldet. An Treason sieht man ja, dass sie zumindest nicht umgeschult wurde, oder?«, meinte Honesty.

Mercy nickte beipflichtend.

Nur Modesty rollte genervt mit den Augen, während Love einfach nur teilnahmslos auf der Couch saß.

Despair nahm meine Hand und drückte sie leicht.

»Sie haben Recht. Genauso werden wir vorgehen. Aber warten wir es wirklich erst einmal ab. Am Ende meldet sie sich morgen früh und dann war alle Aufregung umsonst«, sagte er und küsste mich zärtlich auf die Stirn. »Die Nacht über schaltet ihr die Handys aber aus, okay? Nicht, dass wir geortet und mitten im Schlaf überrascht werden. Wie wir mit dieser Situation dann weiterverfahren, überlegen wir uns morgen.«

Alle nickten. Selbst Modesty zeigte sich einverstanden.

»Sollte sie sich nicht melden, rufe ich meinen Kumpel bei den Bullen an. Dann lassen *wir sie* einfach orten«, bot Treason an.

Despair sah aus, als wollte er noch etwas dazu sagen, verkniff sich jedoch einen Kommentar und wandte sich wieder mir zu: »Ich bin sicher, sie meldet sich.«

Ein Lächeln kehrte auf meine Lippen zurück. Zum einen, weil Despair überraschend positiv an die Sache heranging und zum anderen, weil sie einfach Recht hatten!

Sie hatten *alle* Recht!

Ich war Hope! Und wenn *ich* nicht fest davon überzeugt war, dass alles gut werden würde, wer sonst?!

Ende von Band 1

Danksagung

Als Erstes möchte ich mich bei all meinen Lesern bedanken!

Ich bin unglaublich glücklich, dass ich durch eure Unterstützung meine Leidenschaft zum Beruf machen konnte.

Ohne euch wäre das alles nicht möglich.

Von Herzen vielen, vielen Dank dafür! <3

Ein weiterer Dank gilt der wundervollen Pia vom Impress-Verlag, die bereits an die Geschichte glaubte, bevor sie überhaupt fertig geschrieben war …

Ich freue mich wirklich sehr, weiterhin ein Teil der Impress-Familie sein zu dürfen! :)

Vielen lieben Dank dafür!

Nicht vergessen darf ich meine Lieblings- (und einzige *haha* :D) Schwester und meine weltbeste BAFF Tanja, welche ohne zu murren mein Gejammer, mein Verzweifeln an bestimmten Szenen, meine unerträgliche Euphorie, wenn ich eine Stelle besonders gelungen fand, und vieles mehr ertragen haben …

Ich danke euch! Ich hab euch lieb! :*

Und zum guten Schluss: meine bezaubernde Lektorin Konstanze, die mit viel Geschick und Aufmerksamkeit das Skript perfektioniert hat. Herzlichen Dank, Konstanze: Du hast echt tolle Arbeit geleistet! :)

Und lustig war es obendrein! :D

© privat

Carina Mueller wurde 1984 im schönen Westerwald geboren, wo sie heute immer noch lebt und arbeitet. Neben ihrem Hund und ihren Pferden zählte das Lesen schon immer zu ihren größten Hobbies, woraus sich dann die Idee entwickelte, eigene Romane zu schreiben. Sie selbst liebt Jugendbücher und auch Fantasy-Romane, vor allem die ganz spannenden, weshalb sie auch in diesen Genres schreibt.

Tauch ein in
romantische Geschichten.
HOL DIR
BITTERSÜSSE
STIMMUNG
AUF DEINEN
E-READER!
E-BOOKS VON IMPRESS HIER:
CARLSEN.DE/IMPRESS
im.
pre
ss
impress IST DAS DIGITALE LABEL DES CARLSEN VERLAGS FÜR GEFÜHLVOLLE
UND MITREISSENDE GESCHICHTEN AUS DER GEHEIMNISVOLLEN WELT DER FANTASY.

Folge deiner Bestimmung ...

Ava Reed
Die Spiegel-Saga, Band 2:
Spiegelstaub
Softcover
ISBN 978-3-551-30050-8

Lange schon dauert der Kampf gegen die Wesen der Fantasie. Und noch immer muss Caitlin lernen, ihre Fähigkeiten zu beherrschen. Obwohl jegliche Verbindung zur Spiegelwelt zerstört wurde, ist sie noch nicht in Sicherheit. Denn Finn, der Spiegel ihrer Seele und Caitlins wahre Liebe, hat ihr verschwiegen, dass der Magier Seth möglicherweise aus Scáthán entkommen konnte. Ihrer Bestimmung folgend, macht sie sich gemeinsam mit ihm und ihren Freunden auf den Weg in die Heimat ihrer Mutter. An den Ort, an dem das Leben begonnen hat. Doch alles was lebt, kann auch sterben ...

www.impress-books.de

im.
pre
ss